OLA DE CALOR

RICHARD CASTLE

OLA DE CALOR

Título original: *Heat Wave*
Castle © ABC Studios. All rights reserved
© De la traducción: 2010, Eva Carballeira
© De esta edición: 2010, Santillana Ediciones Generales, S. L.
Torrelaguna, 60. 28043 Madrid
Teléfono 91 744 90 60
Telefax 91 744 92 24
www.sumadeletras.com

Diseño de cubierta: © American Broadcasting Companies, Inc.

Primera edición: octubre de 2010

ISBN: 978-84-8365-195-7
Depósito legal: M-32.419-2010
Impreso en España por Dédalo Offset, S. L. (Pinto, Madrid)
Printed in Spain

*Para la extraordinaria KB
y para todos mis amigos de la 12*

Ella siempre hacía lo mismo antes de ir a ver el cadáver. Después de desabrocharse el cinturón de seguridad, después de sacar un bolígrafo de la goma de la visera para el sol, después de que sus largos dedos acariciaran sus caderas para sentir la comodidad de su ropa de trabajo, lo siguiente que hacía siempre era una pausa. No demasiado larga. Lo suficiente para hacer una inspiración lenta y profunda. Era lo único que necesitaba para recordar aquello que nunca podría olvidar. Otro cadáver la estaba esperando. Soltó el aire. Y cuando sintió los bordes ásperos del agujero que había dejado la parte de su vida que había volado por los aires, la detective Nikki Heat estuvo lista. Abrió la puerta del coche y se dispuso a hacer su trabajo.

Los treinta y ocho grados que le cayeron encima casi consiguieron que se volviera a meter en el coche. Nueva York era un horno, y el reblandecido asfalto de la 77 Oeste que estaba bajo sus pies hacía que tuviera la sensación de estar caminando sobre arena mojada. Podría haber evitado un poco el calor aparcando más cerca, pero ése era otro de los rituales: la aproximación. Todos los escenarios de un crimen tenían un regusto caótico, y esos doscientos metros caminando eran la única oportunidad de la detective para rellenar la página en blanco con sus propias impresiones.

Debido al calor achicharrante, la acera estaba casi vacía. El ajetreo de la hora de la comida en el barrio se había terminado, y los turistas se estaban refrescando en el Museo Americano de Historia Natural o buscando refugio en el Starbucks de bebidas heladas que terminaban en vocal. Aparcó su desdén por los bebedores de café, tomando nota mentalmente de coger uno ella misma cuando volviese a la comisaría. Unos pasos más adelante, se fijó en un portero del edificio de apartamentos situado en su mismo lado de la cinta de balizamiento que rodeaba la cafetería de la acera. Se había quitado la gorra y estaba sentado en los gastados peldaños de mármol con la cabeza entre las rodillas. Ella alzó la vista hacia el toldo verde botella cuando pasó a su lado, y leyó el nombre del edificio: Guilford.

¿Conocía a aquel hombre uniformado que le estaba sonriendo? Rápidamente repasó una serie de diapositivas de caras, pero lo dejó cuando se dio cuenta de que sólo estaba disfrutando de su vista. La detective Heat le devolvió la sonrisa y se abrió la americana de lino para darle algo más sobre lo que fantasear. La expresión de su cara cambió cuando vio la placa en la cintura del pantalón. La joven policía levantó la cinta amarilla para poder pasar por debajo y al levantarse lo pilló de nuevo mirándola de forma lasciva, así que no pudo resistirse.

—Le propongo un trato —dijo—. Yo vigilo mi culo y usted vigila a la gente.

La detective Nikki Heat entró en su escenario del crimen, más allá del atril de recepción vacío de la terraza de la cafetería. Todas las mesas de La Chaleur Belle estaban vacías excepto una, en la que el detective Raley, de su misma brigada, estaba sentado con una afectada familia con las caras quemadas por el sol que intentaba traducir del alemán una declaración. Su almuerzo, intacto, estaba lleno de moscas. Los gorriones, también ellos ávidos comensales al aire libre, estaban posados en los respaldos de los asientos y hacían atrevidos descensos en picado en busca de *pommes frites*. En la puerta de servicio, el detective Ochoa levantó la vista de su cuaderno y asintió rápidamente hacia ella mientras interrogaba a un ayudante de camarero que llevaba un delantal blanco manchado de sangre. El resto de los camareros estaban dentro del bar tomando una copa después de lo que habían presenciado. Heat miró hacia donde estaba arrodillada la médico forense, y no se lo pudo reprochar en absoluto.

—Varón no identificado, sin cartera, sin identificación alguna. Podría tener entre sesenta y sesenta y cinco años. Traumatismos contusos severos en cabeza, cuello y pecho.

Lauren Parry, con su mano enguantada, retiró la sábana para que su amiga Nikki pudiera ver el cadáver tendido en la acera. La detective echó un vistazo y apartó rápidamente la mirada.

—No tiene cara, así que peinaremos la zona en busca de alguna pieza dental; la verdad es que no hay mucho más que sirva para identificarlo después de un golpe así. ¿Es ahí donde aterrizó?

—Allí. —La forense señaló la zona reservada para los camareros de la cafetería, situada a unos cuantos metros de allí. Se había hundido con tanta fuerza que estaba partida en dos. Las violentas salpicaduras de hielo y sangre ya se habían cocido sobre la acera en los minutos transcurridos tras la caída. Mientras Heat daba unas cuantas vueltas por el lugar, se dio cuenta de que las sombrillas de la cafetería y las paredes de piedra del edificio también tenían manchas de sangre seca, hielo y trozos de servilletas de papel. Se acercó a los restos lo máximo que se atrevió sin contaminar el escenario y miró hacia arriba.

—*It's Raining Men.*

Nikki Heat ni siquiera se volvió. Se limitó a pronunciar su nombre, suspirando:

—Rook.

—Aleluya. —Continuó sonriendo hasta que ella, finalmente, miró hacia él, sacudiendo la cabeza—. ¿Qué? No pasa nada, no creo que pueda oírme.

Se preguntó qué habría hecho en su otra vida para tener que aguantar a ese tío. Y no era la primera vez durante ese mes que se lo preguntaba. Su trabajo ya era lo suficientemente duro si se hacía como era debido. Si encima se le añadía un periodista graciosillo que jugaba a ser policía, el día no se acababa nunca. Retrocedió hasta las jardineras que delimitaban el perímetro de la terraza y miró de nuevo hacia arriba. Rook la acompañó.

—Habría llegado antes si no fuera porque alguien no me llamó. Si no hubiera llamado a Ochoa, me lo habría perdido.

—Al parecer, las desgracias nunca vienen solas.

—Tu sarcasmo me deja sin palabras. Mira, no puedo documentarme para escribir mi artículo sobre lo mejor de Nueva York si no tengo acceso, y mi acuerdo con el inspector establece explícitamente que…

—Créeme, sé cuál es tu acuerdo. Lo he vivido día y noche. Llegas para observar todos mis homicidios como si fueras un detective de verdad que trabaja para ganarse la vida.

—Así que te olvidaste. Acepto tus disculpas.

—No me olvidé, y yo no he oído ninguna disculpa. Al menos no por mi parte.

—La he intuido. Subliminalmente.

—Algún día me vas a contar qué favor le has hecho al alcalde para que te permitan acompañarnos.

—Lo siento, detective Heat, soy periodista, y eso es estrictamente extraoficial.

—¿Decidiste no publicar un artículo que lo hacía quedar mal?

—Sí. Dios, siempre consigues sonsacarme. Pero no diré ni una palabra más.

El detective Ochoa finalizó el interrogatorio al ayudante de camarero, y Heat le hizo señas para que se acercara.

—Me he cruzado con un portero de este edificio que parecía estar teniendo un día muy malo. Ve a interrogarle; a ver si conoce a nuestro hombre anónimo.

Cuando se dio la vuelta, Rook tenía las manos enroscadas formando una especie de prismáticos de carne y hueso y miraba hacia el edificio de arriba, ignorando la cafetería.

—Yo diría que ha sido desde el balcón del sexto piso.

—Cuando escriba su artículo para la revista, puede poner el piso que más le plazca, señor Rook. ¿No es eso lo que hacéis los periodistas? ¿Especular? —Antes de que pudiera contestarle, ella puso el dedo índice sobre sus labios—. Pero nosotros no somos *paparazzi*. Somos la policía y, maldita sea, tenemos unas molestas cosas llamadas hechos que hay que esclarecer y acontecimientos que verificar. Y mientras intento hacer mi trabajo, ¿sería mucho pedir que muestres un poco de decoro?

—Claro. Ningún problema.

—Gracias.

—¿Jameson? ¿Jameson Rook? —Rook y Heat se dieron la vuelta y vieron a una chica detrás de la cinta de señalización haciendo señas y dando saltos para llamar su atención—. ¡Oh, Dios mío, es él, es Jameson Rook! —Rook sonrió y la saludó con la mano, lo que sólo consiguió que su fan se emocionara aún más y acabara cruzando por debajo de la cinta amarilla.

—¡Eh, no, atrás! —La detective Heat hizo señas a un par de agentes, pero la mujer de la camiseta de escote *halter* y los vaqueros cortados ya había cruzado la línea y se estaba acercando a Rook—. Éste es el escenario de un crimen, no puede estar aquí.

—¿Podría al menos firmarme un autógrafo?

Heat sopesó si aquello resultaba conveniente. La última vez que había intentado librarse de una de sus fans, se enzarzó en una discusión de diez minutos. Luego se había pasado una hora redactando una respuesta a la queja oficial de la mujer. Los fans con estudios son los peores. Asintió hacia los policías y esperaron.

—Lo vi ayer por la mañana en *The View*. Dios mío, es incluso más guapo en persona. —Estaba rebuscando en su bolso de paja, pero mantenía la mirada clavada en él—. Después del programa salí corriendo a comprar la revista para poder leer su artículo, ¿lo ve? —Sacó el último número de *First Press*. En la foto de portada aparecían Rook y Bono en un dispensario en África—. Aquí tengo un rotulador.

—Perfecto. —Él lo cogió y le pidió la revista.

—No, fírmeme aquí. —Dio un paso adelante y separó el escote de su camiseta.

Rook sonrió.

—Creo que voy a necesitar más tinta.

La mujer estalló en carcajadas y agarró del brazo a Nikki Heat.

—¿Lo ve? Por eso es mi escritor preferido.

Pero Heat estaba concentrada en las escaleras de la entrada principal del Guilford, donde el detective Ochoa daba unas compasivas palmadas en el hombro al portero. Abandonó la sombra del toldo, pasó por debajo de la cinta y se acercó a ella.

—El portero dice que nuestra víctima vivía en este edificio. En el sexto piso.

Nikki oyó a Rook carraspear detrás de ella, pero no se dio la vuelta. O se estaba regodeando, o estaba firmándole en el pecho a una *groupie*. Y a ella no le apetecía ver ninguna de las dos cosas.

Una hora más tarde, en el solemne caos del apartamento, la detective Heat, la personificación de la paciencia comprensiva, estaba sentada en una silla antigua tapizada frente a la esposa y al hijo de siete años de la víctima. Un cuaderno azul de espiral, como los de los periodistas, descansaba cerrado sobre sus rodillas. Su natural pose erguida de bailarina y su mano caída sobre el reposabrazos de madera tallada le daban un aire de majestuosa serenidad. Cuando pilló a Rook mirándola fijamente desde el otro lado de la habitación, se dio la vuelta y se puso a analizar el Jackson Pollock que había en la pared de enfrente. Pensó en cuánto se parecían las salpicaduras de pintura a las del mandil del ayudante de camarero de abajo y, aunque intentó detenerlo, su cerebro de policía empezó a reproducir el vídeo que había grabado del reservado de los camareros destrozado, de las caras desencajadas de los camareros traumatizados y de la furgoneta del juez de instrucción yéndose con el cadáver del magnate inmobiliario Matthew Starr.

Heat se preguntaba si Starr se había suicidado. La economía, o más bien la falta de ella, había desencadenado un montón de tragedias colaterales. Cualquier día normal el país parecía a una vuelta de llave de que la camarera de un hotel descubriera el suicidio o asesinato-suicidio del siguiente director de una empresa o magnate. ¿Era el ego un antídoto? En lo que se refería a los promotores inmobiliarios de Nueva York, no es que Matthew Starr escribiera el libro sobre el ego, pero lo que estaba claro era que sí había hecho un ensayo. Eterno perdedor en la carrera de pegar su nombre en el exterior de cualquier cosa con tejado, había que reconocerle a Starr que continuara intentándolo.

Y a juzgar por su residencia, había estado capeando el temporal magníficamente en un apartamento de lujo de dos pisos en un edificio emblemático justo al lado de Central Park West. Todos los muebles eran antiguos o de diseño; el salón era una gran estancia de casi dos pisos de altura, y las paredes estaban llenas hasta el techo abovedado de obras de arte de coleccionista. Apostaba la cabeza a que nadie dejaba menús de comida a domicilio ni folletos de cerrajeros en su portal.

El sonido de una risa amortiguada desvió la atención de Nikki Heat hacia el balcón donde los detectives Raley y Ochoa, un dúo cariñosamente condensado como «los Roach», estaban trabajando. Kimberly Starr acunaba a su hijo en un largo abrazo y no pareció oírlo. Heat se disculpó y atravesó la sala deslizándose dentro y fuera de los estanques de luz que descendían desde las ventanas superiores, proyectando un aura sobre ella. Esquivó a los forenses, que empolvaban las puertas acristaladas y salió al balcón mientras abría su cuaderno por una hoja en blanco.

—Fingid que estamos tomando notas. —Raley y Ochoa intercambiaron miradas confusas y luego se acercaron más a ella—. Os he oído reíros desde dentro.

—Vaya… —dijo Ochoa. Se estremeció y la gota de sudor que colgaba de la punta de su nariz cayó sobre la página.

—Escuchadme. Sé que para vosotros esto no es más que otro escenario de un crimen, pero para la familia es el primero que viven. ¿Me estáis oyendo? Bien. —Se giró a medias hacia la puerta, y volvió—. Y cuando nos vayamos quiero oír ese chiste. Podría resultarme útil.

Cuando Heat volvió a entrar, la niñera se estaba llevando al hijo de Kimberly fuera de la habitación.

—Saca un rato a Matty a la calle, Agda. Pero no por la puerta principal. ¿Me has oído? Por la puerta principal, no. —Cogió otro pañuelo de papel y se sonó delicadamente.

Agda se detuvo en el arco que daba al pasillo.

—Hoy hace demasiado calor para él en el parque.
—La niñera escandinava era muy atractiva y podría haber
sido la hermanastra de Kimberly. Una comparación que
hizo a Heat considerar la diferencia de edad entre Kimberly Starr, a la que le echaba unos veintiocho años, y su
difunto marido, un hombre de sesenta y pico. Sin duda
se trataba de una mujer florero.

La solución de Matty fue el cine. Estaba en cartel la
nueva película de Pixar y, aunque ya había ido al estreno,
quería volver. Nikki tomó nota para llevar a su sobrina a
verla el fin de semana. La pequeña adoraba las películas
de animación. Casi tanto como Nikki. Nada como una
sobrina para tener la excusa perfecta para pasarse dos horas disfrutando de la inocencia pura y dura. Matty Starr
se fue tras despedirse de forma insegura con la mano, como sintiendo que algo no encajaba, aunque hasta el momento le habían ahorrado las noticias de las que ya tendría
tiempo de enterarse.

—Una vez más, señora Starr, lamento su pérdida.
—Gracias, detective —dijo con una voz de ultratum-
ba. Se sentó de forma remilgada, se alisó los pliegues de su
vestido de tirantes y luego esperó, inmóvil, a excepción del
pañuelo de papel que retorcía distraídamente en su regazo.

—Sé que éste no es el mejor momento, pero tengo
que hacerle algunas preguntas.

—Lo entiendo. —De nuevo esa voz abandonada,
mesurada, lejana… ¿y qué más?, se preguntó Heat. Sí,
recatada.

La detective le quitó el capuchón al bolígrafo.

—¿Estaban aquí usted o su hijo cuando sucedió?

—No, gracias a Dios. Habíamos salido. —Nikki hizo una breve anotación y cruzó las manos. Kimberly esperó, haciendo rodar una cuenta de ónix negro de su collar de David Yurman. Luego llenó el silencio—: Fuimos a Dino-Bites, en Amsterdam. Tomamos sopa de alquitrán helada. En realidad es helado de chocolate derretido con gomisaurios. Matty adora la sopa de alquitrán.

Rook se sentó en la orejera Chippendale, tapizada en tul, frente a Heat.

—¿Sabe si había alguien más en casa?

—No, creo que no. —Parecía como si acabara de reparar en él—. ¿Nos conocemos? Me resulta familiar.

Heat se apresuró a cerrar ese flanco.

—El señor Rook es periodista. Escribe en una revista y está trabajando con nosotros en algo extraoficial. Muy extraoficial.

—Un periodista… No irá a escribir un artículo sobre mi marido, ¿verdad?

—No. No específicamente. Sólo estoy haciendo una investigación general sobre esta brigada.

—Mejor, porque a mi marido no le habría gustado. Creía que todos los periodistas eran unos gilipollas.

Nikki Heat le dijo que la entendía perfectamente, aunque a quien estaba mirando era a Rook. Luego continuó.

—¿Había notado usted algún cambio en el estado de ánimo o en el comportamiento de su marido últimamente?

—Matt no se ha suicidado, no siga por ahí. —Su postura recatada y pija se esfumó en un destello de enfado.

—Señora Starr, sólo queremos tener en cuenta todas las...

—¡No siga! Mi marido me amaba, y también a nuestro hijo. Amaba la vida. Estaba construyendo un edificio bajo de uso mixto con tecnología ecológica, por el amor de Dios. —Unas gotas de sudor afloraron bajo los laterales de su flequillo—. ¿Por qué se dedica a preguntar estupideces cuando podría estar buscando a su asesino?

La agente Heat dejó que se desahogara. Había vivido esto suficientes veces como para saber que los más serenos eran los que tenían una ira más efervescente. ¿O se estaba acordando de cuando ella misma había estado sentada en circunstancias similares, con diecinueve años, cuando de repente todo su mundo explotó a su alrededor? ¿Había liberado ella toda su rabia, o simplemente le había puesto una tapa?

—Es verano, maldita sea, deberíamos estar en los Hamptons. Esto no habría sucedido si hubiéramos estado en Stormfall. —A eso se le llamaba tener dinero. No era una simple propiedad en East Hampton. Stormfall estaba en primera línea de playa, aislado y al lado de Seinfeld con vistas parciales a Spielberg—. Odio esta ciudad —gritó Kimberly—. La odio, la odio. ¿Éste qué es, el asesinato número trescientos en lo que va de año? Como si no os olvidarais de ellos al instante —jadeó para terminar, aparentemente. Heat cerró su cuaderno y rodeó la mesa de centro para sentarse al lado de ella en el sofá.

—Por favor, escúcheme. Sé lo difícil que resulta esto.

—No, no lo sabe.

—Me temo que sí. —Esperó a que el significado de sus palabras hiciera mella en Kimberly antes de continuar—. Los asesinatos no son simples números para mí. Una persona ha muerto. Un ser querido. Alguien con quien creía que iba a cenar esta noche se ha ido. Un pequeño ha perdido a su padre. Alguien es responsable de ello. Y tiene mi palabra de que resolveré el caso.

Ablandada, o tal vez en estado de shock, Kimberly asintió y preguntó si podían continuar más tarde.

—Ahora mismo lo único que quiero es estar con mi hijo.

Los dejó en el piso para que continuaran con la investigación.

—Siempre me he preguntado de dónde vienen todas esas Marthas Stewart —comentó Rook cuando la señora Starr se hubo marchado—. Las deben de criar en una granja secreta de Connecticut.

—Gracias por no interrumpir mientras se estaba desahogando.

Rook se encogió de hombros.

—Me gustaría poder atribuirlo a mi sensibilidad, pero en realidad la culpa fue del sillón. Es difícil para un hombre tener credibilidad rodeado de tul. Pero bueno, ahora que se ha ido, ¿te importa que te diga que hay algo en ella que no me gusta?

—No me extraña, después de lo que dijo sobre tu «profesión»... Con toda la razón del mundo. —Heat se dio la vuelta por si su sonrisa interna se reflejaba en su cara, y se dirigió de nuevo hacia el balcón.

Él la acompañó.

—Por favor, tengo dos Pulitzer, no necesito su respeto. —Ella lo miró de reojo—. Aunque me gustaría haberle dicho que la serie de artículos que escribí sobre el mes que pasé bajo tierra con los rebeldes chechenos van a ser llevados a la gran pantalla.

—¿Y por qué no lo hiciste? Tu autoensalzamiento podría haberla distraído del hecho de que su marido acaba de tener una muerte violenta.

Salieron al calor abrasador de la tarde, gracias al cual las camisas de Raley y Ochoa estaban empapadas en sudor.

—¿Qué habéis encontrado, Roach?

—Definitivamente no ha sido un suicidio —dijo Raley—. Para empezar, fíjate en los desconchones frescos de pintura y en la piedra desmenuzada. Alguien abrió esta puerta de cristal sin demasiada delicadeza, como en el transcurso de una pelea.

—Y segundo —Ochoa tomó el relevo—, hay marcas de arañazos desde la puerta a lo largo de los... ¿qué es esto?

—Ladrillos de terracota —dijo Rook.

—Eso es. Conservan las marcas muy bien, ¿eh? Y luego siguen hasta aquí. —Se detuvo en la barandilla—. Aquí es donde nuestro hombre salió volando.

Los cuatro se asomaron para mirar hacia abajo.

—Caray —dijo Rook—, seis pisos de caída. Son seis, ¿no, chicos?

—Déjalo, Rook —dijo Heat.

—Y aquí está nuestro testigo. —Ochoa se puso de rodillas para señalar algo en la barandilla con su bolígrafo—. Tenéis que acercaros más. —Se echó hacia atrás para dejarle espacio a Heat, que se arrodilló para ver qué estaba señalando—. Es un trozo de tela rota. El *friqui* del Departamento Forense dice que el resultado del análisis seguramente será tela vaquera azul. La víctima no llevaba pantalones vaqueros, así que esto pertenece a otra persona.

Rook se arrodilló al lado de ella para echar un vistazo.

—Por ejemplo al que se lo cepilló. —Heat asintió, al igual que Rook. Se volvieron para mirarse y ella se sobresaltó ligeramente por su proximidad, pero no retrocedió. Nariz con nariz con él en medio de aquel calor, ella sostuvo la mirada y observó la danza de la luz del sol reflejada en sus ojos. Luego pestañeó. Mierda, pensó, ¿qué era aquello? No podía sentirse atraída por aquel tío. Ni de broma.

La detective Heat se puso en pie rápidamente, con brusquedad y sin contemplaciones.

—¿Roach? Quiero que investiguéis los antecedentes de Kimberly Starr. Y comprobad su coartada de esa heladería de Amsterdam.

—Así que tú también tienes una mala corazonada sobre la desconsolada viuda, ¿eh? —dijo Rook, levantándose tras ella.

—Yo no me guío por corazonadas, soy policía. —Y se apresuró a entrar en el apartamento.

Más tarde, mientras bajaban en el ascensor, les preguntó a sus detectives:

—Vale, ¿qué era aquello tan gracioso por lo que estuve a punto de estrangularos a ambos con mis propias manos? Ya sabéis que me han entrenado para hacerlo.

—Nada, sólo estábamos espabilándonos un poco, ya sabes —contestó Ochoa.

—Sí, no era nada —corroboró Raley.

Dejaron pasar dos pisos en silencio y luego ambos empezaron a tararear en voz baja *It's Raining Men* antes de partirse de risa.

—¿Eso? ¿De eso era de lo que os reíais?

—Puede que éste sea el momento de mayor orgullo de toda mi vida —dijo Rook.

Mientras volvían a salir al calor abrasador para reunirse bajo el toldo de Guilford, Rook comentó:

—Ni os imagináis quién escribió esa canción.

—Yo no conozco a nadie que escriba canciones, tío —admitió Raley.

—Seguro que a éste sí.

—¿Elton John?

—Incorrecto.

—¿Una pista?

El grito de una mujer rompió el ruido de la hora punta de la ciudad y Nikki Heat saltó a la acera mientras volvía la cabeza para mirar al edificio.

—¡Allí! —dijo el portero, señalando hacia Columbus—, ¡es la señora Starr!

Heat siguió su mirada hacia la esquina, donde un corpulento hombre agarraba a Kimberly Starr por los hombros y la lanzaba contra un escaparate. Se oyó un estruendo, pero el cristal no se rompió.

Nikki salió corriendo con los otros tres pisándole los talones. Agitó su placa y gritó a los peatones que se apartasen mientras zigzagueaba entre la multitud que acababa de salir de trabajar. Raley cogió su radio y pidió refuerzos.

—¡Alto, policía! —gritó Heat.

En la fracción de segundo de sorpresa del agresor, Kimberly le lanzó una patada a la ingle que no alcanzó su objetivo. El hombre se dio a la fuga y ella cayó retorciéndose sobre el asfalto.

—Ochoa —ordenó Heat, señalando a Kimberly mientras ella pasaba de largo. Ochoa se detuvo para atenderla.

Raley y Rook siguieron a Heat, esquivando coches en el cruce de la 77. Un autobús turístico hizo un giro no permitido y les bloqueó el paso. Heat rodeó corriendo la parte trasera del vehículo, atravesando una nube de humo del tubo de escape para salir a la acera adoquinada que rodeaba el complejo del museo.

Ni rastro de él. Redujo su carrera a un trote y luego a un paso ligero cruzando desde Evelyn hasta la 78. Raley estaba aún hablando por la radio tras ella, dando su localización y la descripción del hombre: «... varón caucásico, treinta y cinco, poco pelo, metro ochenta y cinco, camisa blanca de manga corta, vaqueros...».

En la 81 con Columbus, Heat se detuvo y giró en redondo. El reflejo del sudor hacía brillar su pecho dibujando una «V» en la parte delantera de su camiseta. La agente no mostraba signos de fatiga, sólo de estar en estado de alerta, mirando en todas direcciones, tratando de avistar al hombre, aunque fuera de lejos, para salir corriendo de nuevo.

—No estaba en tan buena forma —dijo Rook, jadeando ligeramente—. No puede haber ido muy lejos.

Ella se giró hacia él, un poco impresionada por encontrarlo aún allí. Y también ligeramente contrariada.

—¿Qué demonios estás haciendo aquí, Rook?

—Cuatro ojos ven más que dos, detective.

—Raley, yo cubriré Central Park West y rodearé el museo. Tú coge la 81 hasta Amsterdam y da la vuelta por la 79.

—Allá voy. —Atravesó a contracorriente la multitud del centro de la ciudad en Columbus.

—¿Y yo qué?

—¿No se te ha ocurrido pensar que puede que en este momento esté demasiado ocupada para hacer de canguro? Si quieres servir de ayuda, coge ese par de ojos extra y vete a ver cómo está Kimberly Starr.

Lo dejó en la esquina sin mirar atrás. Heat necesitaba toda su concentración y no quería interferencias, no por parte de él. Esa carrera ya estaba siendo demasiado agotadora. ¿Y qué pasaba con la historia aquella del balcón? Lo de acercarse a su cara como en un anuncio de colonia de *Vanity Fair*, uno de esos anuncios que prometen el tipo de amor que la vida nunca parece proporcionar. Menos mal que se largó de aquel pequeño cuadro. Aun así, se preguntaba si tal vez había sido un poco dura con él.

Se dio la vuelta para ver dónde estaba Rook. Al principio no conseguía verlo, pero luego lo localizó hacia la mitad de Columbus. ¿Qué demonios estaba haciendo agachado tras aquella maceta? Parecía estar espiando a alguien. Ella saltó la valla del parque para perros y atajó por el césped, a paso vivo, hacia donde estaba él. Entonces vio al señor Camisa Blanca y Vaqueros saliendo del contenedor de la entrada trasera del complejo del museo. Ella echó a correr hacia allí. Rook estaba delante y se quedó de pie tras su maceta. El tipo lo esquivó y salió volando hacia el acceso para vehículos, desapareciendo en el túnel de servicio. Nikki Heat lo llamó, pero Rook ya estaba corriendo para meterse en la entrada subterránea tras el agresor.

Ella soltó una maldición y saltó la reja del otro extremo del parque para perros para seguirlos.

Capítulo
2

Los pasos de Nikki Heat resonaban tras ella por el túnel de hormigón mientras corría. El pasadizo era ancho y alto, lo suficientemente grande para que entraran camiones con los materiales para las exposiciones de los dos museos del complejo: el Museo Americano de Historia Natural y el Centro Rose de la Tierra y el Espacio, o lo que es lo mismo, el Planetario. La luz anaranjada de las lámparas de vapor de sodio aportaba una buena iluminación, aunque ella no podía ver lo que estaba sucediendo más allá, al otro lado de la curva de la pared. Tampoco se cruzó con ningún otro visitante y, al girar, supo por qué.

El túnel no tenía salida, acababa en un muelle de carga y allí no había nadie. Subió a grandes zancadas hasta la plataforma de carga, en la que había dos puertas: una para el Museo de Historia Natural a la derecha, y otra para el Planetario a la izquierda. Hizo una elección zen y empujó la barra de la puerta del Museo de Historia Natural. Estaba cerrada. Al infierno el instinto, se guiaría por el proceso de eliminación. La puerta que daba al muelle de carga del Planetario se abrió. Empuñó su pistola y entró.

Heat entró en posición weaver, manteniendo la espalda pegada a una hilera de cajas. Su entrenador de la academia la había instruido para usar la isósceles, más cuadrada y sólida, pero en sitios pequeños en los que tenía que hacer muchos giros no le hacía caso y adoptaba la posición que le permitía moverse mejor y que la ponía menos a tiro. Registró la sala con rapidez, sobresaltándose sólo una vez por un traje espacial del Apolo que estaba colgado de un viejo expositor. En la esquina más alejada encontró una escalera de servicio. Cuando se estaba acercando, alguien abrió arriba bruscamente una puerta golpeándola contra una pared. Antes de que se cerrara de un portazo, Heat empezó a subir de dos en dos los escalones.

Apareció en medio de una marea de visitantes que deambulaban por la planta baja del Planetario. Un monitor de campamento pasó a su lado liderando un grupo de niños con camisetas idénticas. La detective enfundó el arma antes de que aquellos jóvenes ojos se quedaran alucinados con su pistola. Heat caminó entre ellos con los ojos entornados ante la deslumbrante blancura de la entrada del Planetario y echó un rápido vistazo en busca de Rook o del agresor de Kimberly Starr. Sobre un meteorito del tamaño de un rinoceronte divisó a un guardia de seguridad con su radio que señalaba algo: era Rook, que estaba saltando un pasamanos y trepando por una rampa que rodeaba la entrada y discurría en espiral hasta el piso de arriba. A mitad de la rampa, la cabeza de su sospechoso surgió por encima de la reja para mirar hacia atrás y comprobar dónde estaba Rook. Luego empezó a correr con el periodista persiguiéndolo.

El cartel decía que estaban en el Camino Cósmico, un camino en espiral de trescientos sesenta grados que marcaba la cronología de la evolución del universo en la longitud de un campo de fútbol. Nikki Heat recorrió trece mil millones de años a una velocidad récord. En la parte superior de la rampa, mientras sus cuádriceps protestaban, se detuvo para echar otro vistazo. Ni rastro de ninguno de los dos. Entonces oyó gritar a la multitud.

Heat puso una mano en la funda de su pistola y orbitó bajo la gigante esfera central para ver el elenco del espectáculo espacial. La multitud, alarmada, se apartaba, alejándose de Rook, que estaba en el suelo recibiendo patadas en las costillas por parte de su hombre.

El agresor retrocedió para darle otra patada, y al efectuar el cambio de apoyo, Heat se le acercó por detrás y le puso la zancadilla. Cayó cuan largo era sobre el suelo de mármol. Lo esposó a la velocidad del rayo y la multitud estalló en aplausos.

Rook se sentó.

—Estoy bien, gracias por tu interés.

—Buen trabajo haciéndole disminuir la velocidad así. ¿Era así como rodabais en Chechenia?

—El tío me saltó encima cuando tropecé con eso —dijo, señalando una bolsa de la tienda del museo bajo sus pies. Rook la abrió y sacó un pisapapeles de cristal artístico que representaba un planeta—. Mira esto, me he tropezado con Urano.

***

Cuando Heat y Rook entraron en la sala de interrogatorios, el detenido se irguió como hacen los niños de colegio cuando entra el director. Rook cogió la silla de al lado. Nikki Heat arrojó un expediente sobre la mesa, pero se quedó de pie.

—Levántese —ordenó. Y Barry Gable así lo hizo. La agente caminó en círculo alrededor de él, disfrutando de su nerviosismo. Se agachó para examinar unas rasgaduras en sus vaqueros que podrían encajar con el jirón de tela que el asesino se había dejado en la reja—. ¿Qué le ha pasado ahí?

Gable arqueó el cuerpo para mirar la marca que ella estaba señalando, en la parte de atrás de su pierna.

—No lo sé. Puede que me los enganchara en el contenedor. Son nuevos —añadió, como si eso le concediera alguna ventaja.

—Vamos a necesitar sus pantalones. —El tipo empezó a desabrochárselos allí mismo, hasta que ella lo detuvo—: Ahora no. Después. Siéntese. —Él obedeció, y ella se sentó relajadamente en la silla de enfrente, con aire despreocupado y responsable—. ¿Quiere decirnos por qué agredió a Kimberly Starr?

—Pregúnteselo a ella —contestó, intentando que sonara a tipo duro, pero lanzando nerviosas miradas a su reflejo en el espejo, señal para ella de que nunca antes había estado en una sala de interrogatorios.

—Le estoy preguntando a usted, Barry —dijo Heat.

—Es algo personal.

—También lo es para mí. ¿Una agresión así contra una mujer? Me lo puedo tomar de forma muy personal. ¿Quiere ver hasta qué punto?

Rook metió baza:

—Además, también me agredió a mí.

—Oiga, usted me estaba persiguiendo. ¿Cómo iba a saber qué pretendía? Se ve a la legua que no es un poli.

A Heat le gustó aquello. Enarcó una ceja mirando a Rook y se volvió a sentar, pensativo. Ella se giró hacia Gable.

—Veo que no es su primera agresión, Barry, ¿me equivoco? —Hizo el paripé de abrir el expediente. No tenía muchas páginas, pero su simulación hacía que él se pusiera más nervioso, así que continuó con ella todo lo posible—: 2006: pelea con un gorila en el SoHo; 2008: empujó a un tipo que lo pilló rayando con una llave el lateral de su Mercedes.

—Ésos fueron delitos menores.

—Ésas fueron agresiones.

—A veces pierdo el norte —dijo, forzando una sonrisa a lo John Candy—. Supongo que debería mantenerme alejado de los bares.

—Y quizá pasar más tiempo en el gimnasio —apuntó Rook.

Heat le dirigió una mirada asesina. Barry se miró de nuevo en el espejo y se colocó el cuello de la camisa. Heat cerró el expediente.

—¿Nos puede decir dónde estaba esta tarde, alrededor de las dos? —preguntó.

—Quiero un abogado.

—Por supuesto. ¿Quiere esperarlo aquí, o abajo en el zoo del calabozo? —Se trataba de un farol que sólo funcionaba con los novatos, y los ojos de Gable se pusieron como platos. Detrás de la mirada de tía dura que le estaba clavando, Heat estaba disfrutando de lo fácilmente que se había venido abajo. Adoraba lo del zoo del calabozo. Siempre funcionaba.

—Estaba en el Beacon, en el hotel Beacon de Broadway, ¿lo conoce?

—Sabe que comprobaremos su coartada. ¿Hay alguien que lo haya visto y pueda responder por usted?

—Estaba solo en mi habitación. Tal vez alguien de recepción, por la mañana.

—Su fondo de cobertura le daría para una imponente vivienda en la 52 Este. ¿Por qué un hotel?

—Vamos, ¿es necesario que se lo diga? —Miró fijamente sus propios ojos suplicantes en el espejo, y luego asintió mirándose a sí mismo—. Voy allí un par de veces por semana. Para verme con alguien, ya saben.

—¿Para practicar sexo? —preguntó Rook.

—Por Dios, sí, el sexo forma parte de ello. Pero es algo más profundo.

—¿Y qué pasó hoy?

—Que ella no apareció.

—Qué mala suerte, Barry. Podía haber sido su coartada. ¿Tiene nombre?

—Sí. Kimberly Starr.

***

Cuando Heat y Rook finalizaron el interrogatorio, el agente Ochoa estaba esperando en la cabina de observación, mirando a través del espejo mágico a Gable.

—No puedo creer que hayas dado por finalizado el interrogatorio sin haberle preguntado lo más importante. —Una vez captada su atención, continuó—. ¿Cómo ha conseguido un patán como ése llevarse al huerto a un bombón como Kimberly Starr?

—¿Cómo puedes ser tan superficial? —dijo Heat—. No es cuestión de físico. Es cuestión de dinero.

***

—Al el Raro —dijo Raley cuando los tres entraron en la sala de su brigada—. *It's Raining Men,* ¿fue Al Yankovic?

—No —dijo Rook—. La canción la escribió… Bueno, podría decíroslo, ¿pero qué gracia tendría? Seguid intentándolo. Pero no vale buscar en Google.

Nikki Heat se sentó a su mesa y giró su silla hacia la oficina abierta.

—¿Puedo fastidiaros el programa de esta noche de *Jeopardy!* por una pequeña investigación policial? Ochoa, ¿qué sabemos sobre la coartada de Kimberly Starr?

—Sabemos que no encaja. Bueno, lo sé yo, y ahora vosotros también lo sabéis. Estuvo hoy en Dino-Bites, pero se fue poco después de llegar. Su hijo se comió su sopa de alquitrán con la niñera, no con su mamá.

—¿A qué hora se fue? —preguntó Heat.

Ochoa rebuscó en sus notas.

—El encargado dice que sobre la una, una y cuarto.

—Ya os decía yo que Kimberly Starr me daba mala espina —observó Rook.

—¿Crees que Kimberly Starr es sospechosa? —preguntó Raley.

—Esto es lo que creo. —Rook se sentó en la mesa de Heat. Ella lo vio hacer un gesto de dolor por las patadas en las costillas que había recibido y deseó que se hubiera ido a hacer una revisión—. Nuestra amante esposa florero y madre ha estado recibiendo amorcito extra. Su amigo con derecho a roce, Barry, nada guapo, asegura que ella lo dejó tirado como un perro cuando su fondo de cobertura quebró y su capital se redujo. De ahí la agresión de hoy. ¿Quién sabe? Tal vez nuestro megamillonario muerto tenía a su señora atada en corto en cuestiones económicas. O tal vez Matthew Starr se enteró de su aventura y ella lo mató.

Raley asintió.

—Pinta mal que lo estuviera engañando.

—Tengo una idea muy original —dijo Heat—. ¿Por qué no hacemos esa cosa a la que llaman «investigación»? Reunir pruebas, hacer encajar las cosas. Algo que suene mejor en un tribunal que «esto es lo que yo creo».

Rook sacó su cuaderno Moleskine.

—Excelente. Añadiré todo esto a mi artículo —dijo, haciendo clic teatralmente con un bolígrafo para provocarla—. ¿Por dónde empezamos a investigar?

—Raley —ordenó Heat—, ve al Beacon y entérate de si Gable es cliente habitual. De paso enséñales una foto de la señora Starr. Ochoa, ¿cuánto puedes tardar en investigar los antecedentes de nuestra viuda florero?

—¿Qué te parece para mañana a primera hora?

—Bien, aunque esperaba que fuera para mañana a primera hora.

Rook levantó la mano.

—Una pregunta, ¿por qué no la detenéis directamente? Me encantaría ver cómo actúa en esa sala de espejos vuestra.

—Aunque la mayor preocupación de mi vida es proporcionarte diversión de la buena, creo que voy a esperar hasta tener algún dato más. Además, ella no va a ir a ninguna parte.

***

A la mañana siguiente, entre destellos de luz, el ayuntamiento anunció que los neoyorquinos deberían reducir el uso del aire acondicionado y las actividades intensas. Para Nikki Heat eso significaba que su combate de entrenamiento cuerpo a cuerpo con Don, el ex marine, se llevaría a cabo con las ventanas del gimnasio abiertas. Su entrenamiento consistía en una combinación de jujitsu brasileño, boxeo y judo. Su combate comenzó a las cinco y media con una ronda de forcejeos y llaves a veintiocho grados con la correspondiente humedad. Tras el segundo descanso para beber agua, Don le preguntó si quería rendirse. Heat le respondió con una llave y un estrangulamiento de libro, antes de soltarlo. Era como si las condiciones meteorológicas adversas le dieran alas, como si se alimentara de ellas. Lejos de agotarla, la sofocante intensidad del combate matinal hacía a un lado el ruido de su vida y la situaba en un tranquilo lugar central. Lo mismo sucedía cuando ella y Don se acostaban juntos de vez en cuando. Ella era la que decidía si sucedía algo. Tal vez la semana próxima le sugeriría otra sesión fuera de horario a su entrenador, con premio. Algo que le acelerase el pulso.

Lauren Parry llevó a Nikki Heat y a su periodista acompañante a través de la sala de autopsias hasta el cuerpo de Matthew Starr.

—Para variar, Nik —dijo la forense—, aún no hemos hecho el análisis de sustancias tóxicas, pero, salvo alguna sorpresa del laboratorio, la causa de la muerte ha sido un traumatismo contuso debido a la caída desde una altura excesiva.

—¿Y qué casilla vas a marcar, la de homicidio o la de suicidio?

—Para eso te he llamado. He encontrado algo que indica que ha sido un homicidio. —La forense rodeó el cuerpo para situarse al otro lado y levantó la sábana—. Tiene una serie de contusiones del tamaño de un puño en el torso. Eso quiere decir que hace poco que le han pegado una paliza. Fíjate bien en esta de aquí.

Heat y Rook se inclinaron a la vez y ella retrocedió para evitar que se repitiera lo del anuncio de colonia del balcón. Él dio un paso atrás e hizo un gesto de «por favor, tú primero».

—Un golpe muy marcado —comentó la detective—. Se pueden adivinar los nudillos y, ¿de qué es esa forma hexagonal de ahí? ¿De un anillo? —Retrocedió para dejar paso a Rook y pidió—: Lauren, me gustaría tener una foto de eso.

Su amiga le tendió una inmediatamente.

—La subiré al servidor para que puedas hacer una copia. ¿Y tú qué has hecho? ¿Meterte en una pelea en un bar? —preguntó, mirando a Rook.

—¿Yo? Nada, sólo un poco de acción durante el cumplimiento del deber ayer. Mola, ¿eh?

—Por tu postura, yo diría que tienes una lesión intercostal justo aquí. —Le tocó las costillas sin hacer presión—. ¿Te duele cuando te ríes?

—Repite lo de «acción durante el cumplimiento del deber», es muy gracioso —dijo Heat.

***

La agente Heat pegó las instantáneas de la autopsia en la pizarra blanca de la oficina abierta para prepararse para la reunión sobre el caso con su unidad. Trazó una línea con un rotulador no permanente y escribió los nombres de las personas a las que correspondían las huellas que los forenses habían encontrado en las puertas del balcón, en el Guilford: Matthew Starr, Kimberly Starr, Matty Starr y Agda, la niñera. Raley llegó temprano con una bolsa de donuts y confirmó las reservas regulares de Barry Gable en el Beacon. Los empleados de recepción y del servicio habían identificado a Kimberly Starr como su invitada habitual.

—Ah, y ya está el resultado del laboratorio del análisis de los vaqueros de Barry el Bruto de Beacon —añadió—. No coinciden con el tejido del balcón.

—Era de esperar —dijo Heat—. Pero fue divertido ver lo rápido que estaba dispuesto a quitarse los pantalones.

—Divertido para ti —observó Rook.

Ella sonrió.

—Sí, definitivamente, una de las ventajas de este trabajo es poder ver cómo adorables patanes se despojan de sus vaqueros falsificados.

Ochoa entró precipitadamente, hablando mientras se dirigía hacia ellos.

—Llego tarde, pero es por una buena causa, no me digáis nada. —Sacó unas hojas impresas de su bolsa de mensajero—. Acabo de terminar la investigación de Kimberly Starr. ¿O debería decir de Laldomina Batastini de Queens?

El equipo se acercó mientras él iba leyendo extractos del expediente.

—Nuestra pija mamá Stepford nació y se crió en Astoria, sobre un salón de manicura y pedicura de Steinway. Más lejos de los colegios para chicas de Connecticut y de las academias de equitación, imposible. Veamos, abandonó el instituto... y tiene antecedentes penales. —Se lo pasó a Heat.

—Ningún delito grave —dijo—. Arrestos juveniles por robos en tiendas y, posteriormente, por posesión de hierba. Detención por conducir borracha y... ¿qué tenemos aquí? Dos arrestos a los diecinueve por actos lascivos con clientes. La joven Laldomina era bailarina erótica en varios clubs cerca del aeropuerto, en los que actuaba con el nombre de Samantha.

—Siempre he dicho que *Sexo en Nueva York* daba mal ejemplo —dijo Rook.

Ochoa volvió a coger la hoja de manos de Heat.

—He hablado con un colega de Antivicio. Kimberly, Samantha, o quienquiera que sea, se lió con un tío, un habitual del club, y se casó con él. Tenía veinte años. Él tenía sesenta y ocho y estaba forrado. El viejo verde ricachón era de una familia adinerada de Greenwich y la quería llevar al club de yates, así que...

—Deja que adivine, contrató a un Henry Higgins —lo interrumpió Rook. Los Roach lo miraron, confusos.

—Yo entiendo de musicales —dijo Heat. Junto con las películas de animación, Broadway era la gran evasión de Nikki de su trabajo en las otras calles de Nueva York. Eso cuando conseguía una entrada—. Quiere decir que su nuevo marido contrató a un profesor de buenos modales para que la convirtiera en alguien presentable. Una clase para tener clase.

—Y así nació Kimberly Starr —añadió Rook.

—El marido murió cuando ella tenía veintiún años. Sé lo que estás pensando, por eso lo comprobé a conciencia. Muerte natural, un ataque al corazón. El hombre le dejó un millón de dólares.

—Y ganas de más. Buen trabajo, detective. —Ochoa cogió un donut como premio y Heat continuó—: Raley y tú la mantendréis vigilada. No la perdáis de vista. No estoy preparada para mostrar mi mano hasta que vea qué más campa a sus anchas en otros frentes.

Heat había aprendido hacía años que la mayor parte del trabajo de un detective es trabajo sucio hecho a golpe de teléfono, combinando archivos y buscando en la base de datos del departamento. Las llamadas que había hecho la tarde anterior al abogado de Starr y a los detectives que llevaban denuncias personales habían dado sus frutos esa mañana con una retahíla de gente que había amenazado de muerte al promotor inmobiliario. Cogió el bolso y fichó su salida pensando que ya era hora de mostrarle a su famoso escritor de revistas de qué iba realmente el tema, pero no lo vio por ninguna parte.

Ya casi se había olvidado de Rook, cuando se lo encontró de pie en el vestíbulo de la comisaría, muy ocupado. Una mujer realmente despampanante estaba colocándole el cuello de la camisa. Luego la mujer soltó una carcajada mientras chillaba «¡Oh, Jamie!» y se quitó de la cabeza sus gafas de sol de diseño para sacudirse una melena de cuervo que le llegaba al hombro. Heat vio cómo se le acercaba para susurrarle algo, presionando sus pechos contra él, que no retrocedió. ¿Qué estaba haciendo Rook, un anuncio de colonia con cada maldita mujer de la ciudad? Entonces se detuvo. ¿Qué le importaba a ella?, pensó. Le fastidiaba que aquello le molestase. Así que mandó todo a paseo y se fue, enfadada consigo misma por haber mirado hacia ellos una última vez.

—Entonces, ¿cuál es el objetivo de este ejercicio? —preguntó Rook mientras se dirigían en coche a la zona residencial.

—Es algo a lo que los profesionales del mundo de la investigación llamamos detectar. —Heat sacó el expediente del bolsillo de la puerta del conductor y se lo pasó—. Alguien quería matar a Matthew Starr. Algunos de los que ves ahí lo amenazaron formalmente. A otros simplemente les molestaba.

—¿Y esto consiste en ir eliminando?

—Esto consiste en hacer preguntas y ver adónde nos llevan las respuestas. A veces eliminas a un sospechoso, a veces consigues información que no tenías y que te lleva a otro sitio. ¿Era aquélla otro miembro del club de fans de Jameson Rook?

Rook se rió.

—¿Bree? Por favor, no.

Condujeron una manzana más en silencio.

—Pues parecía una gran fan.

—Bree Flax es una gran fan, tienes razón. De Bree Flax. Trabaja como autónoma para revistas de moda, siempre merodeando en busca de la auténtica noticia delictiva que pueda convertir en un libro instantáneo. Ya sabes, arrancado directamente de los titulares. Toda aquella opereta era para intentar sonsacarme información confidencial sobre Matthew Starr. —Rook sonrió—. Por cierto, se deletrea F-l-a-x, por si quieres expedir un cheque.

—¿Y qué se supone que significa eso?

Rook no contestó. Se limitó a dedicarle una sonrisa que hizo que se ruborizara. Ella se volvió y fingió atender a los coches que se aproximaban a la intersección por su ventanilla lateral, preocupada por lo que él habría leído en su cara.

***

Arriba, en el último piso del edificio Marlowe, la ola de calor no existía. En el envolvente frescor de su despacho de dirección, Omar Lamb escuchaba la grabación de su llamada telefónica amenazando a Matthew Starr. Estaba tranquilo, las palmas de sus manos descansaban planas y relajadas sobre su cartapacio de piel mientras el diminuto altavoz de la grabadora digital vibraba con una versión enfurecida de él mismo escupiendo improperios y descripciones gráficas de lo que le iba a hacer a Starr, incluyendo los lugares de su cuerpo en los que introduciría una serie de utensilios, herramientas y armas de fuego. Cuando terminó, lo apagó sin mediar palabra. Nikki Heat estudió al promotor inmobiliario, su cuerpo de gimnasio, las mejillas hundidas y sus ojos de «para mí estás muerto». Una oleada de aire refrigerado salió susurrante de los ventiladores invisibles para llenar el silencio. Por primera vez en cuatro días sentía frío. Aquello se parecía mucho a una morgue.

—¿De verdad me grabó diciendo eso?

—El abogado del señor Starr lo adjuntó cuando interpuso la denuncia por amenazas.

—Venga ya, detective, las personas dicen constantemente que van a matar a otras personas.

—Y a veces lo hacen.

Rook observaba sentado desde el alféizar de la ventana, donde dividía su atención entre Omar Lamb y el solitario patinador que desafiaba al calor en la pista de patinaje Trump de Central Park, treinta y cinco pisos más abajo. Por ahora, pensó Heat, gracias a Dios, parecía que iba a seguir sus instrucciones de no inmiscuirse.

—Matthew Starr era un titán de esta industria y lo echaremos de menos. Yo lo respetaba y lamento profundamente la llamada telefónica que hice. Su muerte ha sido una pérdida para todos nosotros.

Heat supo nada más verlo que aquel tipo iba a ser duro de pelar. Ni miró su placa cuando entró, ni pidió la presencia de su abogado. Decía que no tenía nada que ocultar, y si lo tenía, ella tenía la sensación de que era demasiado listo como para decir alguna estupidez. No era del tipo de hombres que se tragaban la vieja historia del zoo del calabozo. Así que decidió seguirle la corriente y esperar su oportunidad.

—¿Por qué toda esa bilis? —le preguntó—. ¿Qué podía haberle molestado tanto de un rival en los negocios?

—¿Mi rival? Matthew Starr no tenía la categoría suficiente para ser calificado como mi rival. Matthew Starr necesitaba una escalera para besarme el culo.

Ahí estaba. Había encontrado una herida abierta en la resistente piel de Omar Lamb. Su ego. Heat lo aprovechó. Se burló de él.

—Chorradas.

—¿Chorradas? ¿Ha dicho chorradas? —Lamb se puso bruscamente en pie y saltó como un héroe de detrás de la fortaleza de su mesa para enfrentarse a ella. Estaba claro que esto no iba a ser un anuncio de colonia.

Ella ni siquiera parpadeó.

—Starr tenía más propiedades que nadie en la ciudad. Muchas más que usted, ¿no es así?

—Tratamiento de residuos, restricciones medioambientales, derechos limitados sobre el aire… ¿Qué significa «más» cuando se refiere a basura?

—Eso me suena a rival. Debe de ser muy duro bajarse la cremallera y ponerlas sobre la mesa para darse cuenta de que uno se ha quedado corto.

—Oiga, ¿quiere algo que medir? —Eso estaba bien. Le encantaba hacer salir a los chicos duros en la conversación—. Pues mida todas las propiedades que Matthew Starr me robó delante de mis narices. —Con un dedo al que le habían hecho la manicura, le fue dando golpecitos en el hombro para destacar cada componente de su listado—. Amañaba permisos, sobornaba a inspectores, compraba por debajo de precio, vendía por encima del valor, entregaba menos de lo que prometía.

—Vaya —dijo Heat—, casi no me extraña que quisiera matarlo.

Esta vez el promotor sonrió.

—Buen intento. Escuche. Sí, amenacé a ese tipo en el pasado. He dicho «pasado». Hace años. Ahora mire estas cifras. Incluso sin contar con la recesión, Starr estaba acabado. No necesitaba matarlo. Era un muerto viviente.

—Eso lo dice su rival.

—¿No me cree? Vaya a cualquiera de sus oficinas.

—¿Para qué?

—Oiga, ¿quiere que haga todo el trabajo por usted?
—Ya en la puerta, mientras se iban, Lamb dijo—: Una cosa. Leí en el *Post* que se había caído desde un sexto piso.

—Así es, desde el sexto —dijo Rook. La primera cosa que decía y era para provocarla.

—¿Sufrió?

—No —dijo Heat—, murió en el acto.

Lamb sonrió, mostrando una hilera de dientes perfectos.

—Bueno, tal vez en el infierno, entonces.

***

Su Crown Victoria dorado rodaba hacia el sur por la autopista de la Costa Oeste con el aire acondicionado al máximo y la humedad condensándose en jirones de niebla alrededor de las salidas de aire del salpicadero.

—¿Qué te parece? —preguntó Rook—. ¿Crees que Omar se lo cargó?

—Podría ser. Lo tengo en mi lista, pero la idea no era ésa.

—Así me gusta, detective. Sin prisa. Total, sólo hay, ¿cuántos? ¿tres millones más de personas a quien ir a conocer y saludar en Nueva York? No es que no seas una agradable entrevistadora.

—Vaya, qué impaciencia. ¿Acaso le dijiste a Bono que estabas harto de los dispensarios en Etiopía? ¿Presionaste a los líderes militares chechenos para conseguir la paz? «Venga, Iván, veamos un poco de acción de líderes militares».

—Me gusta ir al grano, eso es todo.

A ella le gustó ese cambio radical. La mantenía fuera del radar personal de él, así que continuó por ahí.

—¿De verdad quieres aprender algo mientras te estás documentando para ese proyecto tuyo? Prueba a escuchar. Esto es una investigación policial. Los asesinos no andan por ahí con cuchillos ensangrentados encima, y los ladrones de casas no van vestidos como Hamburglar. Hay que hablar con la gente. Escuchar. Ver si ocultan algo. O, en ocasiones, si prestas atención, puedes ir más allá y obtener información que no tenías antes.

—¿Como cuál?

—Como ésta.

Cuando llegaron al edificio Starr, situado en la Avenida 11 en el Lower West Side, lo encontraron desierto. Ni rastro de obreros. Era una obra fantasma. Aparcó a un lado de la calle, en la sucia franja entre el bordillo y el cierre de contrachapado de la obra. Salieron del coche.

—¿Oyes lo mismo que yo? —preguntó Nikki.

—No oigo nada.

—Exacto.

—Oiga, señorita, esto es propiedad privada, lárguese. —Un tipo con casco y sin camisa soltaba una nubecilla de polvo al caminar hacia ellos, que manipulaban la puerta cerrada con una cadena. La forma en que se pavoneaba y aquella barriga hizo que Heat se imaginara a alborozadas amas de casa de Nueva Jersey metiéndole billetes de un dólar en su tanga—. Tú también, colega —dijo, dirigiéndose a Rook—. *Bye, bye.* —Heat hizo brillar la hojalata y Descamisado pronunció la palabra que empieza por «j».

—Vale —dijo Rook.

Nikki Heat se le encaró.

—Quiero hablar con tu capataz.

—No creo que eso sea posible.

Ella se llevó una mano ahuecada a la oreja.

—¿Me has oído preguntar? No, definitivamente no creo que fuera una pregunta.

—Dios mío, ¿Jamie? —La voz venía del otro lado del patio. Un hombre escuálido con gafas de sol y calentadores de satén azul estaba en la puerta abierta de la caravana de la obra.

—¡Vaya! —gritó Rook—. ¡Tommy el Gordo!

El hombre los saludó con la mano.

—Venga, daos prisa, no tengo el aire acondicionado encendido para refrescar a medio estado.

Una vez dentro de la caravana doble, Heat se sentó con Rook y su amigo, pero no en la silla que éste le ofreció. Aunque actualmente no había ninguna orden judicial relacionada con él, Tomaso —Tommy el Gordo— Nicolosi pertenecía a una de las familias de Nueva York, y el sentido común le decía que no debía quedarse encajonada entre la mesa y la pared de contrachapado. Se sentó en la silla que estaba más en el extremo y la giró para no estar de espaldas a la puerta. A pesar de su sonrisa, la forma en que la miró Tommy el Gordo le hizo ver que sabía exactamente qué estaba haciendo.

—¿Qué te ha pasado, Tommy el Gordo? Ya no estás gordo.

—Mi mujer me ha puesto a dieta. Dios mío, ¿ha pasado tanto tiempo desde la última vez que nos vimos? —Se quitó las gafas polarizadas y dirigió una mirada a Heat—. Jamie estuvo haciendo un artículo hace un par de años sobre «la vida» en Staten Island. Nos conocimos, parecía un buen tipo, para ser periodista, y qué le parece, al final acabó haciéndome un pequeño favor. —Heat esbozó una sonrisa y él se rió—. No se preocupe, detective, fue algo legal.

—Sólo maté a un par de tíos, eso fue todo.

—Qué bromista. ¿Sabía que es un bromista?

—¿Jamie? Me toma el pelo continuamente —dijo ella.

—Bien —dijo Tommy el Gordo—. Está claro que esto no es una visita de cortesía, así que vayamos al grano. Nosotros dos nos podemos poner al día más tarde.

—Este edificio es del constructor Matthew Starr, ¿no?

—Lo era hasta ayer por la tarde. —Aquel graciosillo tenía una de esas caras perpetuamente equilibradas entre la amenaza y la diversión. Heat podía haber entendido su respuesta como un chiste o como un hecho.

—¿Le importa que le pregunte cuál es su trabajo aquí?

Se recostó en la silla, se relajó; estaba en su elemento.

—Consultoría laboral.

—No veo que se esté llevando a cabo ningún trabajo.

—Qué directa. Lo dejamos hace una semana. Problemas con los incentivos. Starr no nos pagaba lo acordado.

—¿Qué clase de acuerdo era ése, señor Nicolosi?

—Sabía de sobra qué era. Lo llamaban de mil maneras diferentes. Principalmente, «impuesto extraoficial de construcción». El porcentaje actual solía ser de un dos por ciento. Y no iba a parar al gobierno.

—Me cae bien tu novia —dijo, volviéndose hacia Rook.

—Repita eso y le parto las piernas —amenazó ella.

Él la miró, sopesando si sería capaz, luego sonrió.

—No hablará en serio, ¿verdad?

Rook lo corroboró con un ligero movimiento de cabeza.

—Vaya —dijo Tommy el Gordo—, me habéis engañado. De todos modos, le debo una a Jamie, así que responderé a la pregunta. ¿Qué tipo de acuerdo? Llamémosle «tasa de expedición». Sí, ese nombre es apropiado.

—¿Por qué dejó de pagar Starr, Tommy? —Rook estaba haciendo preguntas, pero ella se alegró de que participara, relevándola para sonsacarle desde ángulos que ella no podía. Llamémoslo poli bueno y poli malo.

—Tío, ese hombre estaba arruinado. Nos lo dijo, y nos fuimos. Tenía el agua tan hasta el cuello que le estaban saliendo branquias. —Tommy el Gordo se rió de su propio chiste y añadió—: No nos importa.

—¿Han matado a alguien alguna vez por eso? —preguntó Rook.

—¿Por eso? Venga ya. Nosotros nos limitamos a cerrar el chiringuito y a dejar que la naturaleza siga su curso. —Se encogió de hombros—. Bueno, a veces la gente lo paga con la muerte, pero éste no era el caso. Al menos no en principio. —Se cruzó de brazos y sonrió burlonamente—. ¿De verdad no es tu novia?

**

Con unas carnitas y unos burritos en Chipotle delante, Heat le preguntó a Rook si aún tenía la sensación de que estaban dando palos de ciego. Antes de responder, Rook sorbió los cubitos de hielo con su pajita, aspirando más Coca-Cola *light*.

—Bueno —dijo finalmente—, no creo que hayamos conocido hoy al asesino de Matthew Starr, si es eso a lo que te refieres.

Tommy el Gordo entraba y salía de su cabeza como posible candidato, pero eso se lo guardó para sí. Él le leyó el pensamiento.

—Si Tommy el Gordo me dice que él no se cargó a Matthew Starr, no hay más que hablar.

—Vaya, caballero, parece que lleva a un investigador dentro.

—Conozco a ese tío.

—¿Te acuerdas de lo que te dije antes de lo de hacer preguntas y ver adónde llevaban las respuestas? A mí me han llevado hasta una imagen de Matthew Starr que no me encaja. ¿Qué imagen quería dar él? —Dibujó un marco en el aire con ambas manos—. De persona de éxito, respetable y, sobre todo, con mucho dinero. Bien, ahora pregúntate esto. ¿Con tanto dinero y no podía pagar su impuesto a la mafia? ¿El incentivo que hace que el hormigón siga brotando y el acero levantándose? —Hizo una bola con el envoltorio y se puso en pie—. Vamos.

—¿Adónde?

—A hablar con el gestor de Starr. Míralo por este lado, así tienes otra oportunidad para que veas mi actitud más encantadora.

***

Los oídos de Heat se destaponaron en el rápido ascensor que se dirigía al ático del Starr Pointe, el cuartel general de Matthew Starr en la 57 Oeste cerca de Carnegie Hall. Salieron al opulento vestíbulo y le susurró a Rook:

—¿Te has dado cuenta de que este despacho está un piso más arriba que el de Omar Lamb?

—Creo que podríamos decir sin temor a equivocarnos que, hasta el final, Matthew Starr tuvo muy en cuenta las alturas.

Se presentaron en recepción. Mientras esperaban, Nikki Heat examinó una galería de fotos enmarcadas de Matthew Starr con presidentes, miembros de la realeza y famosos. En la pared del fondo, una pantalla plana reproducía silenciosamente un vídeo publicitario corporativo de Promociones Inmobiliarias Starr. En una urna para trofeos de cristal, debajo de triunfantes maquetas a escala de edificios de oficinas de Starr y relucientes réplicas del G-4 y del Sikorsky-76, se extendía una larga hilera de tarros de cristal de mermelada llenos de tierra. Sobre cada uno de ellos, una fotografía de Matthew Starr poniendo el primer ladrillo en la obra en la que habían llenado el tarro.

La puerta de caoba tallada se abrió y un hombre en mangas de camisa y con la corbata aflojada le tendió la mano.

—¿Detective Heat? Noah Paxton, soy… Mejor dicho, era, el asesor financiero de Matthew. —Se estrecharon la mano y él le dedicó una sonrisa—. Todavía estamos todos conmocionados.

—Lamento mucho su pérdida —dijo ella—. Éste es Jameson Rook.

—¿El escritor?

—Sí —admitió él.

—Vale… —concedió Paxton, aceptando la presencia de Rook como si reconociera que había una morsa en el jardín delantero pero no entendiera por qué—. ¿Vamos a mi despacho? —Abrió la puerta de caoba para ellos y entraron en el cuartel general mundial de Matthew Starr.

Heat y Rook se detuvieron. El piso estaba completamente vacío. En los cubículos de cristal a izquierda y derecha no había ni mesas ni gente. Los cables de teléfono y de Ethernet estaban tirados por el suelo, desconectados. Las plantas estaban muertas y secas. La pared más cercana mostraba el fantasma de un tablón de anuncios. La detective intentó conciliar el elegante vestíbulo que acaba de dejar atrás con ese espacio vacío del otro lado del umbral.

—Disculpe —le dijo a Paxton—, Matthew Starr falleció ayer. ¿Ya han empezado a cerrar el negocio?

—¿Lo dice por esto? No, en absoluto. Desmantelamos esto hace un año.

La puerta se cerró tras ellos y el piso estaba tan desierto que el chasquido de la cerradura metálica de la manilla resonó.

Capítulo

3

Heat y Rook siguieron a Noah Paxton un par de pasos por detrás mientras éste los guiaba a través de los despachos y cubículos vacíos del cuartel general de Promociones Inmobiliarias Starr. En claro contraste con la desbordante opulencia del vestíbulo, el ático de la torre Starr Pointe, de treinta y seis pisos, tenía el sonido hueco y el aspecto de un gran hotel sobre el que se hubiera ejecutado una hipoteca después de que los acreedores lo hubieran expoliado de todo lo que no estuviera clavado al suelo. El espacio tenía un aire fantasmagórico, como si se hubiera producido un desastre biológico. No de simple vacío, sino de abandono.

Paxton señaló una puerta abierta y entraron en su despacho, el único de los que Heat había visto que aún estaba en funcionamiento. Supuestamente, él era el director financiero de la empresa, pero sus muebles eran una mezcla de Staples, Office Depot y muebles de Lavender de segunda mano. Sencillo y funcional, pero no del estilo de un directivo de una empresa de Manhattan, ni siquiera de una empresa venida a menos. Y, por supuesto, nada adecuado a la marca de la casa Starr de ostentación y arrogancia.

Nikki Heat oyó una risita ahogada de Rook y siguió la mirada que el periodista dirigía a un póster de un gatito colgado de un árbol. Bajo sus patas traseras se podía leer la frase: «Aguanta, nene». Paxton no les ofreció café de su cafetera, que llevaba hecho cuatro horas; se limitaron a tomar asiento en unas sillas para invitados desparejadas. Él se acomodó en la curva interior de su mesa de trabajo con forma de herradura.

—Hemos venido para que nos ayude a entender el estado financiero del negocio de Matthew Starr —dijo la detective, haciendo que sonara trivial y neutral. Noah Paxton estaba tenso. Ella estaba acostumbrada a eso; la gente se ponía nerviosa delante de las placas, igual que las batas blancas de los médicos. Pero este tipo era incapaz de mantener el contacto visual, una señal de alarma de libro. Parecía distraído, como si estuviera preocupado porque hubiera dejado la plancha enchufada en casa y quisiera ir allí cuanto antes. Decidió hacerlo de forma suave. A ver qué dejaba caer cuando se relajara.

Él miró de nuevo su tarjeta de visita.

—Por supuesto, detective Heat. —Una vez más intentó sostener su mirada, pero sólo lo consiguió a medias. Hizo como que examinaba de nuevo la tarjeta—. Aunque tengo una duda —añadió.

—Adelante —dijo ella, alerta por si intentaba esquivar la pregunta o por si llamaba a la oficina abierta para que viniera un picapleitos.

—No quiero ofenderle, señor Rook.

—Jamie, por favor.

—Tener que responder a las preguntas de la policía es una cosa. Pero si pretende publicar una exclusiva mía en *Vanity Fair* o *First Press*...

—No se preocupe —lo tranquilizó Rook.

—Por respeto a la memoria de Matthew y a su familia, no pienso airear sus negocios en las páginas de ninguna revista.

—Sólo me estoy documentando para un artículo que estoy preparando sobre la agente Heat y su brigada. Cualquier cosa que diga sobre los negocios de Matthew Starr será extraoficial. Lo he hecho con Mick Jagger, podré hacerlo con usted.

Heat no daba crédito a lo que acababa de oír. El desgastado ego de un famoso periodista en acción. No sólo había dejado caer como quien no quiere la cosa un nombre, sino también un favor. Y lo que estaba claro era que eso no ayudaría a conseguir que Paxton estuviera predispuesto.

—Es un momento horrible para hacer esto —dijo, poniéndola a prueba, ahora que Rook había aceptado sus condiciones. Se alejó para analizar lo que quiera que estaba en su pantalla plana y luego volvió con ella—. No lleva muerto ni veinticuatro horas. Estoy en pleno... Bueno, ya se lo puede imaginar. ¿Qué le parecería mañana?

—Son sólo unas cuantas preguntas.

—Sí, pero los archivos están… Bueno, lo que quiero decir es que no lo tengo todo —chasqueó los dedos— a mano. Haremos una cosa. ¿Por qué no me dice lo que necesita para tenerlo listo cuando vuelva?

Vale. Había intentado ser amable. Pero él seguía sin cooperar y ahora creía que podía echarla de allí para fijar una cita de su conveniencia. Decidió que había llegado el momento de cambiar de táctica.

—Noah. ¿Le importa que le llame Noah? Quiero que esto continúe en un tono cordial mientras le digo lo que vamos a hacer, ¿de acuerdo? Esto es la investigación de un homicidio. No sólo le voy a hacer unas cuantas preguntas aquí y ahora, sino que espero que las responda. Y no me preocupa lo más mínimo si tiene sus números —chasqueó los dedos— a mano. ¿Sabe por qué? Porque mis contables forenses van a revisar sus libros. Así que decida ya lo cordial que va a ser esto. ¿Nos entendemos, Noah?

Tras una brevísima pausa, el hombre le hizo un resumen en una sola frase:

—Matthew Starr estaba arruinado.

Una declaración de hechos tranquila y moderada. ¿Qué más oyó Nikki Heat oculto tras ello? Franqueza, con toda certeza. Él la miró directamente a los ojos cuando lo dijo, ahora no había ningún tipo de evasión, sólo claridad. Pero había algo más, es como si se estuviera acercando a ella, mostrándole algún sentimiento más, y justo cuando se estaba devanando los sesos en busca de la palabra que lo definiera, Noah Paxton dijo como si estuviera con ella dentro de su mente:

—Qué alivio. —Eso era, alivio—. Por fin puedo hablar con alguien de esto.

Durante la hora siguiente, Noah hizo algo más que hablar. Desentrañó la historia de cómo una máquina de hacer dinero caracterizada por su personalidad había llegado a lo más alto pilotada por el ostentoso Matthew Starr, amasando capital, adquiriendo propiedades clave y construyendo edificios emblemáticos que permanecerían para siempre dibujados en la imagen mundial del *skyline* de Nueva York, y que luego había sido volada por los aires por el propio Starr. Era la historia de una caída en barrena desde lo más alto.

Paxton, que según los informes de la empresa tenía treinta y cinco años, se había unido a la compañía con su recién estrenado MBA casi en el momento de pleno apogeo de la empresa. Su firme gestión de la financiación creativa para dar luz verde a la construcción del vanguardista StarrScraper en Times Square lo había consolidado como el empleado de mayor confianza de Matthew Starr. Tal vez porque había decidido cooperar, Nikki miraba a Noah Paxton y le inspiraba confianza. Era sólido, competente, un hombre capaz de guiarte en medio de la batalla.

No tenía mucha experiencia con hombres como él. Los había visto, por supuesto, en el tren de la Metro-North en dirección a Darien al final del día, con las corbatas flojas, sorbiendo una lata de cerveza del vagón cafetería con algún compañero o vecino. O con sus esposas vestidas de Anne Klein, cenando un menú degustación antes de asistir a algún espectáculo de Broadway. Podría haber sido Nikki la que estuviera a la luz de las velas con el cosmopolitan de Absolut, poniéndolo al corriente de la reunión con los profesores y planificando la semana en el viñedo, si las cosas hubieran sido diferentes para ella. Se preguntó cómo sería tener un césped y una vida segura con un Noah.

—Esa confianza que Matthew tenía en mí —continuó— era un arma de doble filo. Yo guardaba todos los secretos. Pero también conocía todos los secretos.

El secreto más desagradable, según Noah Paxton, era que su jefe con toque de Midas estaba llevando a su empresa a la ruina de forma imparable.

—Demuéstremelo —pidió la detective.

—¿Quiere decir ahora?

—Ahora o en un escenario más… —conocía el baile y dejó que su pausa hiciera su trabajo— formal. Usted elige.

Abrió una serie de hojas de cálculo en su Mac y los invitó a sentarse dentro de la U de su lugar de trabajo para verlas en la gran pantalla plana. Las cifras eran alarmantes. Luego vino una progresión de gráficos que hacían una crónica del viaje de un vital promotor inmobiliario que prácticamente imprimía dinero hasta su caída en picado desde una montaña de números rojos, bastante antes de la crisis de los créditos hipotecarios, que le llevó a la debacle de la ejecución hipotecaria.

—¿Así que esto no tiene nada que ver con los tiempos difíciles de la crisis económica? —preguntó Heat, señalando por encima del hombro de él lo que a ella le parecía una escalera pintada de rojo que conducía al sótano.

—No. Y gracias por no tocar mi monitor. Nunca he entendido por qué hay gente que tiene que tocar las pantallas de los ordenadores cuando señalan.

—Son los mismos que necesitan imitar un teléfono con los dedos cuando dicen «llámame». —Se rieron y a ella le llegó el aroma a cítricos y a limpio que él desprendía. L'Occitane, adivinó.

—¿Cómo se las arregló para seguir en el negocio? —preguntó Rook cuando volvieron a sus asientos.

—Ése era mi trabajo, y no era nada fácil. Y le prometo que todo era legal —dijo, mirando a Nikki de forma reveladora.

—Explíqueme cómo —se limitó a decir ella.

—Muy fácil. Empecé a liquidar y a diversificar. Pero cuando el desplome inmobiliario llegó, nos comieron la tostada. Entonces fue cuando caímos en picado financieramente hablando. Y cuando empezamos a tener problemas para mantener nuestras relaciones laborales. Tal vez lo ignore, pero actualmente nuestras obras están paradas. —Nikki asintió y barrió con la mirada al campeón de Tommy el Gordo—. No podíamos

pagar nuestra deuda, no podíamos continuar construyendo. Es una regla muy simple: no hay edificio, no hay
alquiler.

—Parece una pesadilla —observó Heat.

—Para tener una pesadilla hay que ser capaz de dormir. —Ella se fijó en la manta doblada con la almohada
encima del sofá del despacho—. Digamos que nuestras
vidas se convirtieron en un infierno. Y esto es sólo el aspecto financiero del negocio. Ni siquiera he mencionado
aún sus problemas personales de dinero.

—¿La mayoría de los altos cargos de las empresas
no ponen un cortafuegos entre su empresa y sus finanzas
personales? —preguntó Rook.

Una pregunta realmente maravillosa. «Finalmente
está actuando como un periodista», pensó Nikki, así que
ella cogió el tren.

—Siempre había pensado que la idea era estructurar
las cosas para que un fallo en los negocios no estropeara
el lado personal, y viceversa.

—Y eso fue lo que yo hice cuando me puse al frente
también de sus finanzas familiares. Pero en ambos lados
del cortafuegos el dinero estaba ardiendo. Ya ve... —Se
puso serio, y su joven rostro envejeció veinte años—. De
verdad, necesito que me aseguren que esto es extraoficial.
Que no saldrá de aquí.

—Yo puedo prometérselo —dijo Rook.

—Yo no —dijo la agente Heat—. Ya se lo dije. Ésta
es la investigación de un homicidio.

—Ya —dijo él—. Matthew Starr tenía algunas costumbres personales que comprometieron su fortuna personal. Hacía daño. —Noah hizo una pausa y luego ya no pudo detenerse—: En primer lugar, era un jugador compulsivo. Y con ello me refiero a un jugador perdedor. No sólo sangraba a los casinos desde Atlantic City a Mohegan Sun, sino que también apostaba a los caballos y al fútbol americano con corredores de apuestas locales. A alguno de esos personajes les debía grandes cantidades de dinero.

Heat escribió sólo tres palabras en su cuaderno de espiral: «Corredores de apuestas».

—Y luego estaban las prostitutas. Matthew tenía ciertos... ¿cómo decirlo...? gustos sobre los que no vamos a entrar en detalles en este momento, a menos que usted indique lo contrario, quiero decir, y los satisfacía con prostitutas muy caras, de alto *standing*.

Rook no se pudo contener:

—Ésa es una colocación que siempre me choca: «alto *standing*» y «prostituta». ¿Es su nivel laboral o una postura sexual? —Recibió unas silenciosas miradas como respuesta y susurró—: Lo siento. Continúen.

—Podría detallarle la tasa de despilfarro, aunque huelga decir que esos y otros hábitos acabaron con él financieramente. La pasada primavera tuvimos que vender la propiedad familiar de los Hamptons.

—Stormfall. —Nikki recordó el enfado de Kimberly Starr, que aseguraba que el asesinato nunca habría tenido lugar si hubieran estado en los Hamptons. Ahora entendía su profundidad e ironía.

—Sí, Stormfall. No es necesario que le cuente lo que se fue por el desagüe con la venta de esa propiedad tal y como está el mercado. Se la vendimos a algún famoso que salía en un *reality show* y perdimos millones. El dinero de la venta apenas afectó a la deuda de Matthew. Las cosas iban tan mal que me ordenó que dejara de pagar su seguro de vida, que dejó vencer en contra de mi consejo.

Heat apuntó dos nuevas palabras: «Sin seguro».

—¿La señora Starr lo sabía? —Por el rabillo del ojo vio cómo Rook se inclinaba hacia delante en su silla.

—Sí, lo sabía. Yo hice todo lo que pude para ahorrarle a Kimberly los detalles más escabrosos de los gastos de Matthew, pero sabía lo del seguro de vida. Yo estaba allí cuando Matthew se lo dijo.

—¿Y cómo reaccionó?

—Dijo que... —Hizo una pausa—. Tiene que entender que estuviera enfadada.

—¿Qué dijo, Noah? ¿Cuáles fueron sus palabras exactas, si las recuerda?

—Dijo: «Te odio. No me vas a dar nada bueno ni muerto».

***

Cuando volvían en el coche a la ciudad, Rook fue directo a la afligida viuda.

—Vamos, detective Heat, ¿«no me vas a dar nada bueno ni muerto»? Tú dices que hay que reunir información para pintar un cuadro. ¿Qué te parece el retrato que hemos visto de Samantha, la Bailarina Erótica?

—Pero sabía que no tenía seguro de vida. ¿Dónde está el móvil?

Él sonrió burlón y la provocó de nuevo:

—Caray, no lo sé, pero mi consejo es continuar haciendo preguntas y ver adónde nos llevan.

—Que te den.

—¿Ahora que tienes otros panes en el horno eres desagradable conmigo?

—Soy desagradable porque eres un gilipollas. Y no sé a qué te refieres con lo de otros panes.

—Me refiero a Noah Paxton. No sabía si tirarte un cubo de agua por encima o fingir que me llamaban al móvil para dejaros solos.

—Por eso eres un simple escritor de revistas jugando a los policías. Tu imaginación es mucho mayor que tu comprensión de los hechos.

Él se encogió de hombros.

—Supongo que estoy equivocado. —Y en su rostro apareció esa sonrisa, la que hacía que ella se ruborizara. Y allí estaba ella de nuevo, atormentándose por Rook por algo de lo que se tenía que haber reído. En lugar de eso, cogió su manos libres y utilizó el modo de marcación rápida para llamar a Raley.

—Raley, soy yo. —Inclinó la cabeza hacia Rook y su voz sonó enérgica y formal, para que él no se perdiera su intención, aunque rebosara de mensajes subliminales—. Quiero que investigues al tío de las finanzas de Matthew Starr. Se llama Noah Paxton. Sólo a ver qué aparece: condenas, arrestos, lo de siempre.

Cuando colgó, Rook la miró divertido. Eso no iba a llevar a ningún sitio que le gustara, pero tuvo que decirlo:

—¿Qué pasa? —Él no respondió—. ¿Qué?

—Olvidaste pedirle que se enterara de qué colonia usa Paxton. —Y abrió una revista y se puso a leer.

***

El agente Raley levantó la vista del ordenador cuando Heat y Rook entraron en la oficina abierta.

—El tío ese que querías que investigara, ¿Noah Paxton?

¿Sí? ¿Has encontrado algo?

—Aún no. Pero acaba de llamarte.

Nikki evitó la mirada burlona que le dirigía Rook y echó un vistazo al montón de mensajes que tenía sobre la mesa. El de Noah Paxton estaba arriba de todo. No lo cogió. En vez de eso le preguntó a Raley si Ochoa había llegado. Estaba vigilando a Kimberly Starr. La viuda estaba pasando la tarde en Bergdorf Goodman.

—Dicen que ir de compras es un bálsamo para los afligidos —señaló Rook—. O tal vez la feliz viuda esté devolviendo algunos modelitos de diseño para conseguir algo de dinero.

Cuando Rook desapareció en el baño de hombres, Heat marcó el número de Noah Paxton. No tenía nada que ocultarle a Rook, simplemente no quería tratos con sus burlas de preadolescente. Ni ver esa sonrisa que la hacía derretirse. Maldijo al alcalde por la deuda que había hecho que ella tuviera que soportarlo.

Paxton contestó y le dijo que había encontrado los documentos del seguro de vida que quería ver.

—Bien, enviaré a alguien a buscarlos.

—También he recibido la visita de esos contables forenses de los que me habló. Copiaron todos mis archivos y se fueron. Usted no bromeaba.

—Son los dólares de sus impuestos en acción. —No pudo resistirse a añadir—: ¿Paga sus impuestos?

—Sí, aunque no es necesario que se fíe de mí. Sus censores jurados de cuentas con placas y pistolas parecen capaces de informarla.

—Cuente con ello.

—Escuche, sé que no me he mostrado demasiado abierto a cooperar.

—Lo ha hecho bastante bien. Después de que lo amenazara.

—Me gustaría pedirle disculpas. Al parecer, no llevo bien el dolor.

—No sería el primero, Noah —dijo Nikki—, créame.

***

Esa noche se sentó sola en la fila central del cine, riendo y engullendo palomitas. Nikki Heat estaba hechizada, enfrascada en una inocente historia y embelesada por la maravillosa animación digital. Se dejó llevar como si fuera una casa atada a un millar de globos. Sólo noventa minutos después, volvió a soportar de nuevo su carga mientras volvía a casa atontada por la ola de calor, que hacía que ascendieran desagradables olores por las rejillas del metro e, incluso en la oscuridad, dejaba sentir el calor acumulado durante el día que irradiaban los edificios al pasar al lado de ellos.

En momentos como ése, sin el trabajo para esconderse, sin las artes marciales para tranquilizarse, siempre le volvían aquellas imágenes a la cabeza. Ya habían pasado diez años, pero seguía siendo la semana pasada y la noche pasada y todas ellas entretejidas. El tiempo no importaba. Nunca lo hacía cuando volvía a revivir «la Noche».

Eran las primeras vacaciones universitarias de Acción de Gracias desde que sus padres se habían divorciado. Nikki se había pasado el día de compras con su madre, una tradición de la tarde anterior a Acción de Gracias transformada en una misión sagrada por la nueva soltería de su progenitora. Había una hija decidida a tener, si no el mejor día de Acción de Gracias de su vida, al menos uno lo más parecido posible a lo normal, a pesar de la silla vacía en la cabecera de la mesa y los fantasmas de tiempos más felices.

Aquella noche, ambas se encerraron como siempre hacían en la cocina del apartamento tamaño Nueva York para hacer tartas para el día siguiente. Manejando el rodillo para estirar la masa congelada, Nikki defendía su deseo de cambiarse de inglés a teatro. ¿Dónde estaba la canela en rama? ¿Cómo se podían haber olvidado de la canela en rama? Su madre nunca usaba canela molida en las tartas de los días de fiesta. Rallaba ella misma un palito, y ¿cómo podían haberlo pasado por alto en su lista?

Nikki se sintió como si le hubiera tocado la lotería cuando encontró un tarro de ellos en el pasillo de las especias de Morton Williams en Park Avenue South. Para asegurarse, cogió el móvil y llamó a su casa. Sonó y sonó. Cuando saltó el contestador, se dijo que quizá su madre no oía el teléfono con el ruido de la batidora. Pero luego contestó. Se disculpó con los chirridos del contestador de fondo, se estaba limpiando la mantequilla de las manos. Nikki odiaba la aguda reverberación del contestador, pero su madre nunca sabía cómo apagar ese maldito trasto sin desconectarlo. Estaban a punto de cerrar, ¿necesitaba algo más del súper? Esperó mientras su madre iba con el teléfono inalámbrico a ver si había leche condensada.

Entonces Nikki oyó el ruido de cristales rotos. Y los gritos de su madre. Se le aflojaron las rodillas y llamó a su madre. La gente que estaba en las cajas volvió la cabeza. Otro grito. Mientras oía caerse el teléfono al otro lado de la línea, Nikki dejó caer el tarro de canela en rama y corrió hacia la puerta. Mierda, era la puerta de entrada. La abrió a la fuerza y se precipitó hacia la calle, donde casi la atropella un repartidor con su bicicleta. Dos manzanas de distancia. Mantenía el teléfono móvil pegado a la oreja mientras corría, rogándole a su madre que dijera algo, que cogiera el teléfono, que dijera qué había pasado. Oyó una voz masculina como en medio de un forcejeo. Los gemidos de su madre y cómo su cuerpo se desplomaba cerca del teléfono. Un sonido de algo metálico rebotando en el suelo de la cocina. Sólo una manzana más. Un repiqueteo de botellas en la puerta de la nevera. El ruido de una lata al abrirse. Pasos. Silencio. Y luego, el débil y apagado gemido de su madre. Y a continuación sólo un susurro. «Nikki...».

Capítulo
4

ikki no subió a casa inmediatamente después de la película. Se quedó de pie en la acera, bajo el cálido y esponjoso aire de la noche de verano mirando hacia arriba, a su apartamento, en el que había vivido de niña hasta que se había ido a la universidad a Boston, y del que se había vuelto a ir para comprar canela en rama porque la molida no servía. Lo único que había allá arriba, en aquel piso de dos habitaciones, era soledad sin tregua. Tenía diecinueve años otra vez y entraba en una cocina en la que la sangre de su madre formaba un charco que se metía por debajo de la nevera o, si intentaba alejar aquellas imágenes, escuchaba alguna noticia en el metro y oía hablar de más crímenes: fruto del calor, dirían en *Team Coverage*. Crímenes fruto del calor. Hubo un tiempo en que eso hacía sonreír a Nikki Heat.

Sopesó la posibilidad de enviarle un mensaje a Don, su entrenador de lucha, para ver si le apetecía una cerveza y unas cuantas llaves en un combate cuerpo a cuerpo en la cama, frente a la alternativa de dejar que algún gracioso nocturno trajeado le echase una mano sin ocupar el baño por la mañana. Pero había otra opción.

Veinte minutos después, en su sala de brigada de la comisaría completamente vacía, la detective giraba su silla para contemplar la pizarra blanca. Ya lo había pulido en su cabeza, tenía todos los elementos disponibles hasta la fecha pegados y garabateados dentro de ese marco en el que aún no se veía ningún cuadro: la lista de las correspondencias de las huellas dactilares, la tarjeta verde de cinco por siete con sus apartados de las coartadas de Kimberly Starr y sus vidas anteriores, fotos del cadáver de Matthew Starr tras estrellarse contra la acera, fotos del Departamento Forense de la marca del puñetazo en el torso de Starr con la peculiar forma hexagonal dejada por un anillo.

Se levantó y se acercó a la foto de la marca del anillo. Más que analizar el tamaño y la forma, la detective la escuchó a sabiendas de que, en cualquier momento, cualquiera de las pruebas podía ponerse a hablar. Esa foto, más que cualquiera de las otras pruebas de la pizarra, le estaba susurrando algo. La había tenido en el oído todo el día y su susurro era el sonido que la había llevado a la sala de brigada en la tranquilidad de la noche para poder escuchar con claridad. Su susurro era una pregunta: «¿Por qué un asesino que lanzaba a un hombre por un balcón, lo agredía además con inofensivos puñetazos?». Aquellas marcas no eran contusiones al azar resultantes de cualquier refriega. Eran precisas y claras, algunas hasta se superponían. Don, su instructor de lucha, llamaba a eso «pintar» al contrincante.

Una de las primeras cosas que Nikki Heat había emprendido cuando se hizo con el mando de su unidad de homicidios era un sistema que facilitaba compartir la información. Entró en el servidor y abrió el archivo OCHOA sólo de lectura. Se desplazó por las páginas hasta llegar a la entrevista del portero del Guilford como testigo. Adoraba a Ochoa, pensó. Su habilidad con el teclado era una mierda, pero tomaba notas maravillosas y hacía preguntas certeras.

P: ¿Salió la vict. del edif. x la mañana?

R: N.

Nikki cerró el archivo de Ochoa y miró el reloj. Podía enviarle un mensaje a su jefe, pero cabía la posibilidad de que no lo viera. Quizá estuviera durmiendo. Tamborilear con los dedos en el teléfono sólo conseguía que se hiciera más tarde, así que marcó su número. Al cuarto tono, Heat se aclaró la garganta, preparándose para dejar un mensaje de voz, pero Montrose contestó. Su saludo no sonaba somnoliento y se oía la previsión meteorológica en la televisión.

—Espero que no sea demasiado tarde para llamar, capitán.

—Si es demasiado tarde para llamar, también lo es para tener esperanza. ¿Qué sucede?

—He venido a echar un ojo al vídeo de la cámara de vigilancia del Guilford, pero no está aquí. ¿Sabe dónde está?

Su jefe tapó el teléfono y le dijo algo a su esposa, con la voz amortiguada. Cuando volvió con Nikki, ya no se oía la televisión.

—Esta noche, durante la cena, he recibido una llamada del abogado que representa a los vecinos. Se trata de un edificio con inquilinos adinerados que son muy susceptibles al tema de la privacidad —dijo.

—¿Y al de que sus vecinos salgan volando por las ventanas?

—¿Intentas convencerme? Para que den su consentimiento hará falta una orden judicial. Según el reloj parece que tendremos que esperar a mañana por la mañana para encontrar a un juez que firme una. —Lo oyó suspirar porque estaba segura de que lo había hecho. La verdad era que Heat no podía soportar el hecho de perder otro día más esperando una orden judicial.

—Nikki, duerme un poco —dijo con su habitual amabilidad—. Mañana te la conseguiremos.

Claro que el jefe tenía razón. Despertar a un juez para que firmara una orden judicial era una baza que sólo se utilizaba en caso de extrema necesidad en la que se jugaba contrarreloj. Para la mayoría de los jueces, éste era sólo un homicidio más, y ella lo sabía demasiado bien como para presionar al capitán Montrose para que malgastase una baza como ésa. Así que apagó la luz de su lámpara.

A continuación, la volvió a encender. Rook era colega de un juez. Horace Simpson era compañero suyo de

póquer en la partida semanal a la que ella siempre recha-
zaba asistir cuando era invitada por el periodista. Dejar
caer el nombre de Simpson no era tan sexy como dejar caer el de Jagger, pero, según su información, ninguno
de los Stones firmaba órdenes judiciales.

Pero se detuvo a pensar un momento. Tener prisa
era una cosa, y deberle un favor a Jameson Rook era otra.
Además, había oído cómo les contaba a los Roach que
había quedado para cenar con aquella fan de la camiseta
de escote *halter* que había irrumpido en el escenario del
crimen de Nikki. A esas horas, Heat debía de estar con-
tinuando la firma de su autógrafo en una nueva y más
excitante parte del cuerpo.

Así que levantó el teléfono y marcó el número de
móvil de Rook.

—Heat —dijo sin tono de sorpresa. Era más como
un saludo, como en *Cheers* cuando gritaban ¡Norm! Pres-
tó atención para oír el ruido de fondo, pero ¿por qué?
¿Qué esperaba oír, a Kenny G y el corcho de una botella
de champán?

—¿Te llamo en mal momento?

—Según la identificación de llamadas estás en la comisaría. —Evasiva. El Mono Escritor no respondió a su pregunta. Tal vez si lo amenazaba con el zoo del calabozo...

—El trabajo de un policía no acaba nunca, y todo
ese rollo. ¿Estás escribiendo?

—Estoy en una limusina. Acabo de tener una cena
maravillosa en Balthazar. —Silencio. Lo había llamado

para fastidiarlo, ¿cómo era posible que acabara siendo ella la fastidiada?

—Ya me darás tu puntuación Zagat en otro momento, esto es una llamada de trabajo —dijo ella, aunque se preguntaba si esa fan de la camiseta *halter* sabría que no se podían llevar vaqueros cortados a un restaurante, un local de moda del SoHo o lo que fuera—. Llamaba para decirte que no vengas a la reunión de la mañana. La hemos cancelado.

—¿La habéis cancelado? Pues será la primera vez.

—Era para prepararnos para una reunión con Kimberly Starr mañana por la mañana. Ahora esa reunión está en el aire.

Rook pareció maravillosamente alarmado.

—¿Cómo? Necesitamos reunirnos con ella. —Lejos de sentirse culpable por jugar con él, le encantó la urgencia de su voz.

—El motivo para quedar con ella era visionar las imágenes de ayer de la cámara de vigilancia del Guilford, pero no puedo tener acceso a ellas sin una orden judicial y ¿cómo vamos a encontrar a un juez esta noche? —Heat se imaginó un vídeo rodado bajo el agua de la boca enorme de una perca a punto de morder el anzuelo milagroso en uno de esos publirreportajes que ella veía con demasiada frecuencia en sus noches de insomnio.

—Yo conozco a un juez.

—Olvídalo.

—Horace Simpson.

Ahora Nikki estaba de pie, midiendo con sus pasos el largo de la oficina abierta, intentando que su sonrisa no se reflejara en su voz mientras decía:

—Escúchame, Rook. No te metas en esto.

—Ahora te llamo.

—Rook, te estoy diciendo que no —dijo con su voz más autoritaria.

—Sé que aún está despierto. Probablemente viendo su canal de porno blando. —Entonces, justo cuando Rook estaba cortando la comunicación, Nikki oyó la risita de fondo de la mujer. Heat había conseguido lo que quería, pero, por alguna razón, no se sentía todo lo victoriosa que se había imaginado. ¿Pero por qué se ponía así?, se preguntó una vez más.

***

A las diez de la mañana siguiente, en medio del bochorno al que la prensa amarilla llamaba «el verano hirviente», Nikki Heat, Roach y Rook se encontraron bajo el toldo del Guilford llevando dos juegos de doce fotogramas estáticos de la cámara de vigilancia del vestíbulo. Heat dejó a Raley y Ochoa enseñándole uno de ellos al portero, mientras ella y Rook entraban en el edificio para su cita con Kimberley Starr.

En cuanto las puertas del ascensor se cerraron, él empezó.

—No hace falta que me des las gracias.

—¿Por qué iba a dártelas? Te dije claramente que no llamaras a ese juez. Como siempre, hiciste lo que te dio la gana, es decir, lo contrario de lo que yo te digo.

Él hizo una pausa para asimilar la veracidad de aquello.

—De nada —dijo.

Luego empezó con aquella perorata suya de «es la información subliminal. El aire está lleno de ella esta mañana, agente Heat». ¿Al menos estaba mirando para ella? No, estaba de espaldas disfrutando del contador de pisos de LED y, aun así, ella se sentía como si la estuviera observando desnuda con rayos X y se quedó sin palabras. La campanilla emitió una señal de rescate en el sexto. Cabrón.

Cuando Noah Paxton abrió la puerta principal del apartamento de Kimberly Starr, Nikki tomó nota mentalmente para investigar si la viuda y el contable se acostaban juntos. En un caso abierto de asesinato todas las posibilidades estaban sobre la mesa, ¿y había algo con más derecho a formar parte de una lista de probabilidades que una mujer florero con ansias de dinero y el hombre que manejaba el dinero tramando una conspiración desde la cama? Pero dejó eso a un lado, y se limitó a decir:

—Qué sorpresa.

—Kimberly está tardando más de lo normal en volver del salón de belleza —dijo Paxton—. He venido a traerle algunos documentos para firmar y ella ha llamado para ver si podía entretenerlos hasta que llegara.

—Me alegra ver que está centrada en encontrar al asesino de su marido —dijo Rook.

—Bienvenidos a mi mundo. Créame, Kimberly nunca se centra en nada.

La agente Heat intentó interpretar su tono de voz. ¿Era verdadera exasperación, o estaba fingiendo?

—Mientras esperamos, quiero que vea unas fotos. —Heat se sentó en la misma silla tapizada de su última visita y sacó un sobre tipo manila. Paxton se sentó frente a ella en el sofá, y ella desplegó dos filas de imágenes de diez por quince sobre la mesa de centro lacada en rojo situada delante de él.

—Observe detenidamente a estas personas. Dígame si alguna de ellas le resulta familiar.

Paxton analizó cada una de las doce fotos. Nikki hizo lo habitual durante un reconocimiento de fotos, analizar a su analizador. Era metódico, de derecha a izquierda, primero la fila superior y luego la inferior, sin cambios de orden, todo muy constante. Sin ningún sentimiento de deseo, se preguntó si sería así en la cama y, una vez más, pensó en la carretera que no había cogido que conducía hacia las afueras y hacia rutinas más agradables.

—Lo siento, pero no reconozco a ninguna de estas personas —dijo Paxton, cuando hubo acabado. Y luego añadió lo que todos dicen cuando no reconocen a nadie—: ¿El asesino es uno de ellos? —Y volvió a mirar, como todos hacían, preguntándose cuál de ellos sería, como si lo pudieran descubrir a simple vista.

—¿Puedo hacer una pregunta tonta? —dijo Rook mientras Heat metía de nuevo las fotos en el sobre. Como siempre, no esperó a que le dieran permiso para sacar a pasear la lengua—. Si Matthew Starr estaba tan arruinado, ¿por qué no vendía alguna de sus posesiones y listo? Estoy viendo todos estos muebles antiguos, la colección de arte… Esa lámpara de araña podría financiar a un país emergente durante un año.

Heat miró la araña de porcelana italiana, los apliques franceses, la exposición de pinturas enmarcadas que cubrían las paredes desde el suelo hasta el techo abovedado, el espejo dorado de estilo Luis XV y los ornamentados muebles, y pensó de nuevo que a veces el Mono Escritor soltaba verdaderas perlas.

—No me siento cómodo hablando de esto —dijo, mirando por encima del hombro de Nikki, como si Kimberly Starr pudiera entrar en cualquier momento.

—Es una pregunta sencilla —dijo la detective. Sabía que lamentaría darle la razón a Rook, pero añadió—: Y muy buena. Y usted es el hombre del dinero, ¿no?

—Ojalá fuera tan fácil de explicar.

—Inténtelo. Porque usted me ha hablado de lo arruinado que estaba el hombre, de que había llevado a pique la empresa, de las fugas de su fortuna personal como si fuera un tanque de petróleo de Alaska, y luego veo todo esto. ¿Cuál es su valor, por cierto?

—Eso sí se lo puedo decir —afirmó—. E.E.A., entre cuarenta y ocho y sesenta millones.

—¿E.E.A.?

Rook respondió a la pregunta:

—En la economía actual.

—Aunque se lo compraran a precio de ganga, cuarenta y ocho millones resuelven muchos problemas.

—Les he enseñado los libros, les he explicado el mapa financiero, he mirado sus fotos, ¿no es suficiente?

—No. ¿Y sabe por qué? —Con los antebrazos en las rodillas, ella se inclinó hacia adelante y continuó—: Porque hay algo que no quiere contarnos, pero va a hacerlo, aquí o en comisaría.

Le dio un tiempo para que pudiera mantener fuese cual fuese el diálogo interno que estaba teniendo.

—No me parece correcto hablar mal de él en su propia casa cuando acaba de morir —dijo el contable tras unos segundos. Ella esperó de nuevo, y él prosiguió—: Matthew tenía un ego monstruoso. Hay que tenerlo para llegar a lo que él consiguió, pero el suyo se salía de los gráficos. Su narcisismo hacía que esta colección fuera intocable.

—Pero tenía problemas financieros —señaló ella.

—Que es precisamente la razón por la que ignoró mi consejo, o más bien debería decir mi insistencia, para que la vendiera. Quería que vendiera antes de que los acreedores fueran a por ella cuando se declarase en bancarrota, pero esta habitación era su palacio. La prueba para él y para el mundo de que seguía siendo el rey.

—Ahora que lo había soltado, Paxton estaba más animado y se puso a caminar recorriendo las paredes—. Ya vio las oficinas ayer. De ninguna manera, Matthew podía citar a un cliente allí. Así que los traía aquí para poder negociar desde su trono, rodeado por este pequeño Versalles. La Colección Starr. Adoraba cómo los peces gordos observaban estas sillas Reina Ana y preguntaban si eran para sentarse. O cómo se quedaban mirando un cuadro y preguntaban cuánto había pagado por él. Y si no le preguntaban, él se aseguraba de contárselo. A veces yo tenía que girar la cara de la vergüenza.

—¿Y ahora qué va a pasar con todo esto?

—Ahora, por supuesto, puedo empezar la liquidación. Hay deudas que pagar, eso sin contar con mantener los caprichos de Kimberly. Creo que preferirá perder unas cuantas fruslerías para mantener su estilo de vida.

—Y cuando haya saldado las deudas, ¿le quedará lo suficiente como para que no importe que su marido no tuviera seguro de vida?

—No creo que Kimberly vaya a necesitar que hagan un telemaratón en beneficio suyo —comentó Paxton.

Nikki lo procesó mientras deambulaba por la habitación. La última vez que había estado allí era el escenario de un crimen. Ahora, simplemente, admiraba su opulencia. El cristal, las tapicerías, la librería de Kentia con tallas de frutas y flores... Vio un cuadro que le gustaba, una marina con barcos de Raoul Dufy, y se acercó para verlo más de cerca. El Museo de Bellas Artes de Boston estaba a diez minutos andando desde su residencia de estudiantes cuando Nikki iba al Northeastern. Aunque las horas que había pasado allí como amante del arte no la calificaban como experta, reconoció algunas de las obras que Matthew Starr había coleccionado. Eran caras, pero, desde su punto de vista, la habitación era un cajón de sastre de dos pisos. Impresionistas colgados al lado de los Viejos Maestros; un cartel alemán de los años treinta codo con codo con un tríptico religioso del 1400. Se detuvo ante un estudio de John Singer Sargent de una de sus pinturas preferidas: *Clavel, lirio, lirio, rosa.* Aunque se trataba de un boceto preliminar en óleo, uno de los muchos que Sargent hacía antes de terminar un cuadro, se sintió hechizada por aquellas niñitas tan familiares, tan maravillosamente inocentes con sus vestidos de juego blancos que encendían farolillos chinos en un jardín bajo el delicado resplandor del crepúsculo. Luego se preguntó qué estaba haciendo ese cuadro al lado del hortera Gino Severini; un caro, sin duda, aunque chillón lienzo pintado al óleo y con trozos de lentejuelas.

—Todas las colecciones que había visto hasta ahora tenían un… No sé, un tema común, o un sentimiento común, no sé cómo llamarle…

—¿Gusto? —dijo Paxton. Ahora que había cruzado la línea, se había abierto la veda. Aun así, bajó la voz hasta que se convirtió en un susurro y miró a su alrededor como si lo fuera a partir un rayo por hablar mal del fallecido. Y tan mal—. No intente buscarle ni pies ni cabeza a su colección, no tiene. Eso se debe a un hecho innegable: Matthew era un hortera. No entendía de arte. Entendía de precio.

Rook se acercó a Heat.

—Creo que, si seguimos buscando —dijo—, nos encontraremos con uno de *Perros jugando al póquer.* —Eso la hizo reír. Hasta Paxton se permitió una sonrisa. Todos pararon cuando la puerta principal se abrió y Kimberly Starr entró con aire despreocupado.

—Siento llegar tarde. —Heat y Rook se quedaron mirándola, sin apenas disimular su incredulidad y su opinión. Tenía la cara hinchada por el botox o por otro tipo de inyecciones cosméticas similares. El enrojecimiento y los hematomas resaltaban la hinchazón antinatural de sus labios y de sus arrugas de expresión. Tenía las cejas y la frente llenas de badenes rosa fucsia que rellenaban las arrugas y que parecían estar creciendo ante sus ojos. Era como si se hubiera caído de cabeza en un nido de avispas—. Los semáforos de Lexington estaban apagados. Maldita ola de calor.

—He dejado los papeles sobre la mesa del estudio —dijo Noah Paxton. Ya tenía su maletín en una mano y en la otra el picaporte de la puerta—. Tengo un montón de asuntos que rematar en la oficina. Agente Heat, si me necesita para algo ya sabe dónde encontrarme. —Miró a Nikki poniendo los ojos en blanco, lo que echó por tierra la teoría de la hipotética relación entre la mujer florero y el contable, pero, de todas formas, lo confirmaría.

Kimberly y la detective se sentaron exactamente en los mismos sitios del salón que el día del asesinato. Rook evitó la orejera y se sentó en el sofá con la señora Starr. Probablemente para no tener que verle la cara, pensó Nikki.

El de la cara no era el único cambio. Se había despojado de su ropa de Talbots e iba vestida de Ed Hardy, con un vestido negro de tirantes, con el dibujo de un enorme tatuaje de una rosa roja y la inscripción «Dedicado a aquel que amo» en un pergamino motero. Al menos la viuda iba vestida de negro. Kimberly se dirigió a ella con brusquedad, como si aquello fuera una especie de intromisión en su actividad cotidiana.

—¿Y bien? Dijo que tenía algo que quería que viera.

Heat no personalizaba. Su estilo era evaluar, no juzgar. Su evaluación era que, modalidades personales de dolor aparte, Kimberly Starr la estaba tratando como a una sirvienta y era preciso revertir esa dinámica de poder inmediatamente.

—¿Por qué me mintió sobre su paradero a la hora del asesinato de su marido, señora Starr?

La cara hinchada de la mujer todavía era capaz de reflejar algunas emociones, y el miedo era una de ellas. A Nikki Heat le gustó aquella mirada.

—¿A qué se refiere? ¿Mentir? ¿Por qué iba yo a mentir?

—Se lo diré cuando llegue el momento. Antes quiero saber dónde estaba entre la una y las dos de la tarde, ya que no estaba usted en Dino-Bites. Mintió.

—No mentí. Estaba allí.

—Dejó a su hijo y a la niñera allí y se fue. Ya tengo testigos. ¿Quiere que le pregunte también a la niñera?

—No. Es verdad, me marché.

—¿Dónde estaba, señora Starr? Y esta vez le recomendaría que dijera la verdad.

—Está bien. Estaba con un hombre. Me daba vergüenza contárselo.

—Cuéntemelo ahora. ¿A qué se refiere cuando dice «un hombre»?

—Es usted una zorra. Estaba en la cama con ese tío, ¿vale? ¿Contenta?

—¿Cómo se llama?

—No lo dirá en serio.

La cara que Nikki le puso todavía tenía toda su expresividad. Y dejaba ver que iba bastante en serio.

—Y no me diga que con Barry Gable, él dice que usted lo dejó plantado. —Heat vio cómo Kimberly abría la boca—. Barry Gable. Ya sabe, el hombre que la agredió en la calle. El hombre que, según le dijo usted al agente Ochoa, debía de ser un carterista y al que no conocía de nada.

—Tenía una aventura. Mi marido acababa de morir. Me dio vergüenza contarlo.

—Pues si ya ha superado su timidez, Kimberly, hábleme de esa otra aventura para que pueda verificar dónde estaba. Y, como puede imaginarse, pienso comprobarlo.

Kimberly le dio el nombre de un médico, Cory Van Peldt. Sí, era la verdad, dijo, y sí, era el mismo médico al que había ido por la mañana. Heat le pidió que deletreara el nombre y lo escribió en su bloc junto con su número de teléfono. Kimberly dijo que lo había conocido cuando había ido a que le hiciera una valoración facial hacía dos semanas y había saltado la chispa. Heat apostaba a que la chispa estaba en sus pantalones y en su cartera, pero no iba a rebajarse a decir eso. Esperaba que Rook tampoco.

Como las cosas seguían teniendo un cariz hostil, Nikki decidió presionarla. En unos minutos necesitaría la cooperación de Kimberly con las fotos y quería que se lo pensara dos veces antes de mentir, o que estuviera tan nerviosa que se le notara si lo hacía.

—No es usted muy de fiar.

—¿Qué se supone que quiere decir con eso?

—Dígamelo usted, Laldomina.

—¿Perdón?

—Y Samantha.

—Oiga, no empiece con eso, nanai.

—Vaya, estupendo. Long Island cien por cien. —Miró a Rook—. ¿Ves lo que es capaz de hacer la tensión? Toda esa bonita pose por los suelos.

—En primer lugar, mi nombre legal es Kimberly Starr. No es ningún delito cambiarse el nombre.

—Écheme una mano, ¿por qué Samantha? Me la estoy imaginando con su color natural y la veo más como Tiffany o Crystal.

—A ustedes, los polis, siempre les ha encantado jodernos la marrana a las chicas que salimos adelante como podemos. La gente hace lo que tiene que hacer, ¿se entera?

—Por eso estamos teniendo esta conversación. Para descubrir quién hizo qué.

—Si eso significa si yo he matado a mi marido... Dios, no me puedo creer ni que haya dicho eso... La respuesta es no. —Esperó alguna reacción por parte de Heat, pero no se la dio. Que se imaginara lo que quisiera, pensó.

—Mi marido también se cambió el nombre, ¿lo sabía? En los años ochenta. Hizo un seminario sobre marcas y llegó a la conclusión de que lo que lo estaba frenando era su nombre. Bruce DeLay. Decía que las palabras «construcción» y «DeLay» no eran la mejor herramienta de venta, así que buscó nombres que fueran positivos para la marca. Ya sabe, que fueran optimistas y que inspiraran confianza. Hizo una lista, nombres como Champion y Best. Eligió Star y añadió una «r» para que no sonara falso.

Al igual que le había sucedido el día anterior, cuando había pasado de su opulento vestíbulo a sus oficinas de ciudad fantasma, Heat vio cómo otro trozo de la imagen pública de Matthew Starr se rompía y se caía al suelo.

—¿Cómo se decidió por Matthew?

—Investigando. Hizo una encuesta entre el público objetivo para ver qué nombre creía la gente que le pegaba más. Así que, ¿y qué si yo me he cambiado también el mío? Me importa un bledo, ¿se entera?

La agente Heat decidió que ya había obtenido todo lo posible de ese tipo de preguntas, y estaba contenta por tener finalmente una coartada fresca que comprobar. Sacó las fotos de reconocimiento. Cuando las estaba colocando y diciéndole que se tomara su tiempo, Kimberly la interrumpió en la tercera instantánea.

—Ese hombre de ahí. Lo conozco. Es Miric.

Nikki percibió el hormigueo que solía sentir cuando una ficha de dominó se inclinaba, a punto de caerse.

—¿Y de qué lo conoce?

—Era el corredor de apuestas de Matt.

—¿Miric es un nombre o un apellido?

—Parece que hoy no le interesan más que los nombres.

—Kimberly, puede que haya matado a su marido.

—No lo sé. Era sólo Miric. Un tío polaco, creo. No estoy segura.

Nikki hizo que examinara el resto de las fotos de reconocimiento, sin más éxito.

—¿Está segura de que su marido hacía apuestas por medio de este hombre?

—Claro, ¿por qué no iba a estar segura de eso?

—Cuando Noah Paxton miró estas fotos, no lo reconoció. Él paga las facturas, ¿cómo no lo va a conocer?

—¿Noah? Se negaba a tratar con los corredores de apuestas. Tenía que darle a Matthew el dinero, pero miraba para otro lado. —Kimberly dijo que no sabía ni la dirección ni el teléfono de Miric—. No, sólo lo veía cuando venía a casa o cuando nos lo encontrábamos en algún restaurante.

La detective tendría que volver a revisar la mesa de Starr y el diario personal de su BlackBerry en busca de alguna entrada codificada o lista de teléfonos. A pesar de todo, un nombre, una cara y una profesión eran un buen comienzo.

Mientras ordenaba su montón de fotos para retirarlas, le dijo a Kimberly que creía que ella no sabía nada sobre la afición al juego de su marido.

—Venga ya, una esposa se da cuenta. Igual que también sabía lo de sus mujeres. ¿Quiere saber cuánto Flagyl he tomado en los últimos seis años?

No, a Nikki no le importaba en absoluto. Pero sí le preguntó si recordaba el nombre de alguna de sus amantes. Kimberly dijo que la mayoría de ellas, al parecer, eran ocasionales, algunos líos de una noche y de fines de semana en casinos, y que no sabía sus nombres. Sólo había tenido una aventura seria, con una joven del departamento de *marketing* de su plantilla, una aventura que duró seis meses y que acabó hacía unos tres años, tras lo cual la ejecutiva dejó la empresa. Kimberly le dio a Nikki el nombre de la mujer y consiguió su dirección de una carta de amor que había interceptado.

—Puede quedársela, si quiere. Sólo la guardaba por si nos divorciábamos y necesitaba retorcerle las pelotas. —Con eso, Nikki la dejó llorar su pena tranquila.

Encontraron a los Roach esperándolos en el vestíbulo. Ambos se habían quitado la chaqueta y la camisa de Raley estaba de nuevo empapada.

—Tienes que empezar a llevar camiseta interior, Raley —dijo Heat mientras echaban a andar.

—¿Y qué te parecería cambiarte a las Oxford? —añadió Ochoa—. Esas cosas de poliéster que llevas se quedan transparentes cuando sudas.

—¿Te pone, Ochoa? —preguntó Raley.

—Soy como tu camisa, no te puedo ocultar nada —contraatacó su compañero.

Los Roach le informaron de que, en la rueda de reconocimiento de fotos por parte del portero, el éxito había sido el mismo.

—Casi tenemos que sacárselo a la fuerza —dijo Ochoa—. El portero estaba un poco avergonzado de que Miric se hubiera colado en el edificio. Estos tipos siempre llaman al piso antes de dejar entrar a nadie. Dijo que había ido a mear al callejón, y que debía de haberse colado entonces. Pero lo vio salir.

Textualmente, según sus notas, el portero había descrito a Miric como un «huroncillo escuálido» que venía a ver de vez en cuando al señor Starr, pero cuyas visitas se habían hecho más frecuentes en las dos últimas semanas.

—Además, hemos marcado otro tanto —señaló Raley—. Este caballero salió acompañando al amigo hurón ese día. —Separó otra de las fotos de la selección y la levantó—. Parece que Miric se trajo a un musculitos.

Por supuesto, Nikki ya había tenido una corazonada con ese otro hombre, el matón, al ver el vídeo del vestíbulo por la mañana.

Llevaba una camisa holgada, pero era obvio que era culturista o que posiblemente se pasaba gran parte del día dándole a las pesas. En otras circunstancias, no le habría dado mayor importancia y habría asumido que repartía aparatos de aire acondicionado, probablemente uno con cada brazo, a juzgar por su aspecto. Pero el sereno vestíbulo del Guilford no era la entrada de servicio, y un hombre hecho y derecho había sido arrojado por el balcón ese mismo día.

—¿Os dijo el portero el nombre de ese tipo?

Ochoa consultó de nuevo sus notas.

—Sólo el apodo que le daba: Hombre de Hierro.

Mientras en comisaría buscaban a Miric y a Hombre de Hierro Anónimo en el ordenador, enviaron las fotos digitalizadas de ambos a agentes y patrullas. Para la pequeña unidad de Heat era imposible tener constancia de todos los corredores de apuestas conocidos en Manhattan, y eso suponiendo que Miric fuera de los conocidos y no fuera de otro distrito, o incluso de Jersey. Además, un hombre como Matthew Starr podía incluso utilizar un servicio exclusivo de apuestas o Internet —y probablemente utilizaba ambas cosas—, aunque, si era la voluble mezcla de desesperación e invencibilidad que Noah Paxton aseguraba, cabía la posibilidad de que también se moviera en la calle.

Así que se separaron para concentrarse en los corredores de apuestas conocidos de dos zonas. El equipo Roach ganó la visita al Upper West Side en un radio alrededor del Guilford, mientras que Heat y Rook cubrían Midtown cerca de los cuarteles generales de Starr Pointe, más o menos de Central Park South hasta Times Square.

—Esto es exasperante —dijo Rook tras su cuarta parada, un vendedor callejero que de repente decidió que no hablaba inglés cuando Heat le mostró su placa. Era uno de los diversos agentes de los principales corredores de apuestas, cuyos carritos móviles de comida eran un práctico punto para matar dos pájaros de un tiro: apostar y comer kebabs. Estuvieron aguantando el humo de su plancha que les hacía cerrar los ojos y que los seguía se pusieran donde se pusieran, mientras el vendedor miraba las fotos con el entrecejo fruncido y, finalmente, se encogió de hombros.

—Bienvenido al mundo de la investigación policial, Rook. Esto es lo que yo llamo el Google callejero. Nosotros somos el motor de búsqueda, así es como se hace.

Mientras conducían hasta la siguiente dirección, una tienda de saldos de electrónica en la 51, una tapadera más especializada en apuestas que en «loros», Rook dijo:

—Tengo que admitir que, si hace una semana me dices que voy a estar de carrito en carrito de kebabs buscando al corredor de apuestas de Matthew Starr, no lo habría creído ni en broma.

—¿Quieres decir que no va contigo? En eso es en lo que nos diferenciamos. Tú escribes esos artículos para revistas, lo tuyo es una cuestión de imagen. Lo mío es una cuestión de ver lo que hay detrás de ella. A menudo me decepciono, pero casi nunca me equivoco. Detrás de cada imagen se encuentra la verdadera historia. Sólo tienes que estar dispuesto a mirar.

—Sí, pero este tío era importante. Quizá no pertenecía a la élite-élite, pero por lo menos era el Donald Trump de los autobuses y los camiones.

—Siempre había creído que Donald Trump era el Donald Trump de los autobuses y los camiones —lo corrigió ella.

—¿Y quién es Kimberly Starr? ¿La Tara Reid de los bares de carretera? Si es la pobre niña rica, ¿qué está haciendo malgastando diez de los grandes en esa cara?

—Si tengo que ponerme a adivinar, diría que se la compró con el dinero de Barry Gable.

—O puede que fuera un intercambio comercial con su nuevo novio médico.

—Confía en mí, lo averiguaré. Aunque una mujer como Kimberly no es de las que empiezan a coleccionar cupones de supermercado y a comer fideos una noche a la semana. Es de las que se arreglan la cara para la próxima temporada de *El soltero*.

—Si la hacen en *La isla del doctor Moreau*. —No se enorgulleció de ello, pero se rió. Eso no hizo más que darle alas a él—. O tal vez está haciendo una nueva ver-

sión de *El hombre elefante*. —Rook tomó aire gutural-
mente y dijo arrastrando las palabras—: No soy una
sospechosa, soy un ser humano.

La llamada por radio tuvo lugar cuando estaban entrando con el coche detrás del callejón sin salida de la
tienda de saldos de electrónica. Los Roach habían localizado a Miric frente a las instalaciones de Off Track
Bettin en la 72 Oeste, y estaban poniéndose en marcha,
pidiendo refuerzos.

Heat pegó la sirena al techo y le dijo a Rook que se
abrochara el cinturón y que se agarrara. Él sonrió y preguntó:

—¿Puedo encender la sirena?

Capítulo
5

Hay muy pocas posibilidades de llevar a cabo una persecución a gran velocidad en cualquier calle del Midtown en Manhattan. La detective Heat aceleró, luego frenó, retrocedió, dio un volantazo a la derecha y volvió a acelerar hasta que se vio obligada a frenar de nuevo en unos cuantos metros. Siguió así, recorriendo la avenida hacia la zona residencial con cara de concentración, con los ojos pendientes de todos los espejos, luego en la acera, en el paso de peatones, en el repartidor aparcado en doble fila que tenía la puerta abierta y casi muere atropellado de no haber sido por la experiencia de ella y su habilidad al volante. La sirena y las luces no servían para nada con todo aquel tráfico. Tal vez para los peatones, pero los carriles estaban tan saturados que hasta los conductores a los que les preocupaba lo suficiente como para apartarse a un lado y hacer hueco tenían escaso espacio para maniobrar.

—Por Dios, vamos, muévete —gritó Rook desde el asiento del copiloto al maletero de otro taxi plantado allí, delante de su parabrisas. Tenía la garganta seca de la adrenalina, sus palabras se entrecortaban por el aire que salía de forma intermitente tropezando contra su cinturón de seguridad con cada frenazo repentino y que rompía sus sílabas en dos.

Heat mantenía su tensa serenidad. Éste era el videojuego de policías real que se jugaba cada día en aquel distrito, una carrera contrarreloj por una pista de obstáculos de obras, puestos callejeros, atascos, temerarios, idiotas, hijos de puta e imprevistos varios. Sabía que la 8 estaría colapsada al sur de Columbus Circle. Entonces, por una vez, el atasco jugó a su favor. Un enorme Hummer, que también se dirigía a la zona residencial, estaba bloqueando el tráfico perpendicular de la 55. Nikki aceleró a través del vacío que se había creado y giró bruscamente a la izquierda. Sacando provecho del tráfico más descongestionado que el Hummer provocaba, aceleró cruzando la ciudad hasta la 10 con los improperios de Rook y la charla radiofónica de Ochoa llenándole los oídos.

La cosa mejoró, como se esperaba, cuando giró derrapando en la esquina con la 10. Tras una carrera de obstáculos por la intersección de doble sentido en la 57 Oeste, la 10 se convirtió en Amsterdam Avenue, el arcén se hizo más amplio y apareció una vía de emergencia por el medio que algunos conductores hasta respetaban. Se dirigían hacia el norte ya un poco más rápido, pasada la parte de atrás del Lincoln Center, cuando recibió una llamada de Raley. Había detenido a Miric. Ochoa había localizado al sospechoso número dos yendo hacia el oeste por la 72.

—Debe de ser Hombre de Hierro —dijo. Sus primeras palabras desde que le había dado instrucciones a Rook en Times Square para que se abrochara el cinturón y se agarrara.

Ochoa jadeaba por el *walkie* mientras ella iba disparada por la 70, donde Amsterdam y Broadway se cruzaban en una «X».

—Sos... pe... choso... corriendo... hacia... el... este... cerca... ahora de Broadway...

—Se dirige hacia la estación de metro —le dijo a Rook, más a gritos que hablando.

—Atravesando... —Se oyó el claxon de un coche—. Sospechoso atravesando Broadway... hacia la estación... de metro.

—Ella pulsó la tecla de «descripción del sospechoso» en su radio.

—Recibido... caucásico, varón, uno ochenta y cinco... camiseta roja y pantalones... de camuflaje... zapatos negros.

Para complicar más las cosas, había dos estaciones en la 72 y en el metro de Broadway: el antiguo edificio histórico de la parte sur y una estación con atrio más moderna, justo cruzando la calle hacia el norte. Nikki se dirigió al antiguo edificio de piedra. Sabía que las apuestas se hacían media manzana hacia el norte de la 72, por lo que el Hombre de Hierro en fuga probablemente se metería en la estación más cercana —la nueva— y Ochoa lo seguiría. Su idea era cortarle el paso para impedirle escapar por el túnel de la misma.

—Quédate en el coche, lo digo en serio —le gritó a Rook por encima del hombro mientras saltaba del asiento del conductor, colgándose la placa del cuello. En los túneles de la Autoridad Metropolitana de Transporte había diez grados más que en la calle, y el aire que subía del metro para saludarla mientras corría a lo largo de las máquinas de MetroCard hacia el torniquete de entrada era una mezcla de peste a basura y chorro de horno. Heat saltó un torno de entrada con una mano sudorosa que resbaló en el acero inoxidable. Recuperó el equilibrio, pero aterrizó en cuclillas y se encontró a sí misma mirando desde abajo al armario empotrado con la camiseta de tirantes roja y los pantalones de camuflaje que coronaba la escalera.

—Alto, policía —dijo.

Ochoa estaba subiendo las escaleras detrás de él. Lejos de detenerse, el enorme hombre esquivó a Heat para ir hacia los tornos. Ella lo bloqueó y él la aferró del hombro. Ella levantó una mano para asirlo por la muñeca y, con la otra, lo agarró del tríceps y empujó su espalda a través de la parte delantera de su cuerpo para que no pudiera encajarle un puñetazo. Luego lo aferró por el cinturón, sujetó su tobillo entre los suyos y lo tiró de espaldas. Se llevó un buen golpe. Mientras Heat lo oía quedarse sin respiración, le puso una pierna en forma de tijera sobre el cuello y tiró de su muñeca hacia la de ella en lo que cierto ex marine llamaba un bloqueo de brazo. Él intentó levantarse, pero se encontró directamente con la pistola de ella.

—Adelante —dijo ella.

Hombre de Hierro dejó caer la cabeza sobre las mugrientas baldosas, y ahí se acabó todo.

**

—No es muy digno de recordar —dijo Rook mientras volvían a comisaría.

—Te dije que esperaras en el coche. Nunca esperas en el coche.

—Pensé que podrías necesitar ayuda.

—¿Tuya? —se burló ella— No me gustaría que se volvieran a lesionar esas tiernas costillas.

—Necesitas ayuda. La ayuda de un escritor. ¿Tumbas a un personaje como aquél, y lo único que se te ocurre decir es «adelante»?

—¿Y qué pasa?

—Lo siento, detective, pero es que me has dejado un poco a medias. Como el «lavar y afeitar» sin el siempre importante «veinticinco centavos». —Echó un vistazo por encima del hombro al Hombre de Hierro esposado en el asiento de atrás, que miraba por la ventanilla lateral un anuncio de Flash Dancers encima de un taxi—. Aunque te concedo diez puntos más por no haber dicho «alégrame el día».

—Si tú estás contento, Rook, doy mi trabajo por bien hecho.

* * *

Una columna de luz fluorescente irrumpió en la oscuridad de la cabina de observación de la comisaría cuando Jameson Rook entró para unirse a Heat y a sus dos detectives.

—Tengo un candidato para lo de *It's Raining Men.* ¿Preparado? —dijo Ochoa. Los ánimos estaban considerablemente menos tensos tras las detenciones de la tarde. En parte por el bajón de la adrenalina y en parte porque el caso se resolvería si habían sido los dos prisioneros los que se habían cargado a Matthew Starr.

Rook se cruzó de brazos y sonrió con suficiencia.

—Déjame oírlo.

—Dolly Parton.

—Vaya —gimió Rook—, sabía que tenía que haber apostado dinero.

—Una pista —dijo Raley.

—Está vivo.

—Una pista mejor —pidió Ochoa.

Rook estaba encantado y anunció como si se tratara del presentador de un acontecimiento deportivo:

—Este famoso coescritor es del género masculino y sale todos los días en televisión.

—Al Roker —gritó Raley.

—Excelente intento. No.

—Paul Shaffer —probó Heat.

Rook no pudo ocultar su sorpresa.

—Correcto. ¿Ha sido cuestión de suerte, o lo sabías?

—Ahora te toca a ti adivinar. —Esbozó una sonrisa que desapareció tan rápidamente como había aparecido—. ¿Y cuál es mi premio por haber ganado? Tú esperarás aquí en la sala de observación mientras yo hago mi trabajo.

La agente Heat interrogó a los dos sospechosos por separado, como indicaba el procedimiento. Ambos estuvieron aislados desde su arresto para evitar que se pusieran de acuerdo en historias y coartadas. La primera sesión fue con Miric, el corredor de apuestas, que ciertamente tenía rasgos de hurón. Era bajito, uno cincuenta, con unos brazos delgados y blanquecinos que podrían haber sido robados a un Mister Potato. Lo eligió a él porque era al que conocían y, si había tal cosa, el cerebro del par.

—Miric —dijo—. Es polaco, ¿no?

—Polaco-americano —dijo con el menor acento posible—. Llegué a este país en 1980, tras lo que nosotros llamamos la huelga del astillero de Gdansk.

—¿Cuando dice «nosotros» se refiere a usted y a Lech Walesa?

—Eso es. *Solidarnosc!* ¿Sí?

—Miric, usted tenía nueve años.

—No importa, está en la sangre, ¿sí?

En menos de un minuto Nikki había calado a aquel tío. Era un charlatán. Un hombre afable que habla y habla pero no dice nada. Si le seguía la corriente la tendría allí durante horas y acabaría saliendo con dolor de cabeza y sin información. Así que decidió que tendría que acorralarlo lo mejor que pudiera.

—¿Sabe por qué lo hemos detenido?

—Esto es como cuando te multan por exceso de velocidad y el agente te pide que le digas a qué velocidad ibas. De eso nada.

—Ya lo han detenido antes.

—Sí, varias veces. Creo que tienen una lista ahí dentro, ¿no? —Señaló con su larga nariz al archivo situado encima de la mesa metálica enfrente de él, y luego la miró. Tenía los ojos tan hundidos y tan cerca uno del otro, que casi se cruzaban. Llamarle hurón era casi un elogio.

—¿Por qué fue al Guilford anteayer?

—¿Al Guilford, en la 77 Oeste? Muy bonito edificio. Un palacio ¿sí?

—¿Por qué estuvo allí?

—¿Estuve?

Ella dio un golpe con la palma de la mano en la mesa, y él se sobresaltó. Bien, pensó ella, habría que cambiar el ritmo.

—Déjese de chorradas, Miric. Tengo testigos y fotografías. Usted y su matón fueron a ver a Matthew Starr, y ahora él está muerto.

—¿Y usted cree que yo tuve algo que ver con esa tragedia?

Miric era realmente escurridizo, una verdadera babosa y, según su experiencia, el blanco perfecto para el juego del divide y vencerás.

—Creo que puede sernos de ayuda, Miric. Tal vez lo que le ocurrió al señor Starr no tiene nada que ver con usted. Tal vez su colega… Pochenko… se emocionó más de la cuenta cuando fueron a cobrar su deuda. Suele pasar. ¿Se emocionó demasiado?

—No sé de qué está hablando. Tenía una cita para ver al señor Matthew Starr, por supuesto. ¿Cómo si no me iban a dejar entrar en un edificio tan maravilloso? Pero llamé a la puerta y no contestó.

—Así que su declaración es que no vio a Matthew Starr ese día.

—No creo que necesite repetirlo, lo he dicho bien claro.

Aquel tipo había estado en esa tesitura demasiadas veces, pensó. Se las sabía todas. Y ninguno de sus antecedentes, aunque numerosos, implicaba violencia. Sólo estafas, timos y apuestas. Volvió a Hombre de Hierro.

—Ese otro tipo, Pochenko, ¿lo acompañó?

—¿El día que no vi a Matthew Starr? Sí. Seguro que ya lo saben, así que así fue. Usted obtiene buena respuesta de mí.

—¿Por qué se llevó a Pochenko a ver a Matthew Starr? ¿Para enseñarle el maravilloso edificio?

Miric se rió, mostrando una pequeña fila de dientes color ocre.

—Ésa sí que es buena, me la apuntaré.

—¿Entonces por qué? ¿Por qué llevarse a un armario como ése?

—Ya sabe, con esta situación económica mucha gente quiere robarte en la calle. A veces llevo dinero en efectivo y uno no está nunca demasiado seguro, ¿sí?

—No me convence. Creo que está mintiendo.

Miric se encogió de hombros.

—Piense lo que guste, es un país libre. Pero yo digo esto. Usted se pregunta si yo he matado a Mattew Starr y yo digo, ¿por qué iba a hacerlo? Malo para negocio. ¿Sabe mi apodo para Matthew Starr? El Cajero Automático. ¿Por qué iba a desenchufar Cajero Automático?

Él le dio algo en que pensar. Sin embargo, cuando se levantó, dijo:

—Una cosa más. Levante las manos. —Lo hizo. Las tenía limpias y pálidas, como si se hubiera pasado la vida pelando patatas en un fregadero.

Nikki Heat comparó las notas con su equipo mientras trasladaban a Pochenko de la celda de detención a la sala de interrogatorios.

—Ese Miric es una buena pieza —dijo Ochoa—. En las redadas a camellos de metanfetas, ves a bichos como él cubiertos de serrín encerrados en jaulas diminutas.

—Bien, en lo de la pinta de hurón estamos de acuerdo —dijo Heat—. ¿Hemos sacado algo en limpio?

—Yo creo que ha sido él.

—Rook, has dicho eso casi de cada persona que hemos conocido durante este caso. ¿Puedo recordarte a Kimberly Starr?

—Pero yo no había visto antes a este tío. O tal vez haya sido su musculitos. ¿Es así como los llamáis, musculitos?

—A veces —dijo Raley—. También los llamamos matones.

—O gorilas —apuntó Ochoa.

—Gorila mola —continuó Raley—. Y también macarra.

—Armario empotrado —dijo Ochoa, y ambos detectives empezaron a recitar una rápida sucesión de eufemismos.

—Gánster.

—«G».

—Sicario.

—Zorra.

—Matasiete.

—Tragahombres.

—Rompehuevos.

—Matachín.

—Pero musculitos funciona bien —remató Ochoa.

—Habla por sí mismo —asintió Raley.

Rook sacó su cuaderno Moleskine y un bolígrafo.

—Tengo que apuntar unos cuantos antes de que se me olviden.

—Tú dedícate a eso —dijo Heat—. Yo voy adentro con el... villano.

***

—Vitya Pochenko, ha estado usted muy ocupado desde que llegó a este país.

Nikki pasó las páginas de su expediente, leyendo en silencio como si no supiera ya lo que ponía en ellas, y luego lo cerró. Estaba lleno de arrestos por amenazas y actos violentos, pero nada de condenas. La gente o evitaba testificar en contra de Hombre de Hierro o se iba de la ciudad.

—Hasta ahora ha salido limpio siempre. O le cae muy bien a la gente, o le tienen mucho miedo.

Pochenko permanecía sentado mirando hacia delante con los ojos fijos en el espejo unidireccional. No parecía nervioso, como Barry Gable. No, tenía la mirada fija y centrada en un punto que había elegido. No la miraba a ella; era como si no estuviera allí. Como si estuviera encerrado en su propia mente en lugar de en cualquier otro sitio. La agente Heat tendría que cambiar eso.

—Su colega Miric no debe de tenerle miedo. —El ruso ni pestañeó—. O eso parece, por lo que me ha dicho. —Nada—. Tenía algunas cosas muy interesantes que decir sobre lo que usted le hizo a Matthew Starr en el Guilford anteayer.

Lentamente, despegó su mirada del ozono y volvió la cabeza hacia ella. Al hacerlo, su cuello rotó mostrando las venas y los tendones insertados profundamente en unos voluminosos hombros. La miró fijamente desde debajo de unas espesas cejas rojizas. Desde aquel ángulo, bajo aquella luz tenue, tenía cara de boxeador profesional con una reveladora nariz curvada y aplastada de forma poco natural en el punto donde estaba rota. Ella pensó que debía de haber sido guapo en su día, antes de ser un tío duro. Con el pelo cortado a cepillo, se lo imaginó de niño en un campo de fútbol o empuñando un palo de hockey en una pista. Pero ahora Pochenko era todo dureza, y la hubiese adquirido por haber estado en la cárcel en Rusia o por aprender cómo no ir a la cárcel, el niño había desaparecido y lo único que ella veía en aquella sala era el resultado de haberse convertido en alguien muy, muy bueno en sobrevivir con cosas muy, muy malas.

Algo similar a una sonrisa se formó en las profundas comisuras de sus labios, pero nunca salió a la luz. Luego, finalmente, habló.

—En la estación del metro, cuando estabas encima de mí, pude olerte. ¿Sabes a qué me refiero? ¿A olerte?

Nikki Heat había estado en todo tipo de interrogatorios y entrevistas tanto con todas las variedades de personas de los bajos fondos que existían sobre la faz de la tierra, como con aquellos demasiado perjudicados para poder colarse en la lista. Los listillos y los sobrados creían que, como era una mujer, podían ponerla nerviosa con un poco de charleta en plan peli porno y una mirada lasciva. Una vez, un asesino en serie le pidió que fuera con él en el furgón para masturbarse de camino a la penitenciaría. Su armadura era fuerte. Nikki tenía el mejor don que podía tener un investigador, la capacidad de distanciarse. O tal vez era capacidad de desconexión. Pero las palabras que Pochenko había pronunciado con indiferencia, la grosera mirada que le estaba dirigiendo, la intrusión de su naturalidad y la amenaza que revelaban aquellos ojos ambarinos, la hicieron estremecerse. Sostuvo su mirada e intentó no entrar en el juego.

—Veo que sí lo sabes. —Y luego, lo más escalofriante de todo fue que le guiñó un ojo—. Va a ser mío —dijo, hizo un gesto obsceno con la lengua y se rió.

Luego Nikki escuchó algo que nunca antes había oído en una sala de interrogatorio. Unos gritos amortiguados procedentes de la cabina de observación. Era Rook, su voz sonaba ahogada por la insonorización como si estuviera gritando a través de una almohada, pero pudo oír las palabras «… animal… cabronazo… asqueroso…», seguidas de un puñetazo en el cristal. Se dio la vuelta por encima del hombro para echar un vistazo. Era difícil permanecer indiferente con el espejo curvándose y vibrando. Luego se oyeron los gritos apagados de los Roach, y se acabó.

Pochenko miraba alternativamente al espejo y a ella con un brillo de inquietud en sus ojos. Fuese lo que fuese que había hecho clic en el cerebro de guisante de Rook para que la situación se le fuera de las manos allá dentro había logrado reducir el efecto del momento intimidatorio del ruso. La detective Heat aprovechó la oportunidad y evitó el tema sin hacer ningún comentario.

—Déjeme ver sus manos —ordenó.

—¿Qué? Si quieres mis manos, acércate más.

Ella permaneció de pie tratando de ganar altura y distancia y, sobre todo, dominarse.

—Ponga las manos encima de la mesa, Pochenko. Ahora mismo.

Decidió que él elegiría cuándo lo iba hacer, aunque no esperó mucho. Las esposas tintinearon contra la esquina de la mesa, primero las de una muñeca, y luego las de la otra, mientras extendía las palmas de las manos sobre el frío metal. Tenía las manos llenas de arañazos e hinchadas. Tenía algunos nudillos morados, otros estaban sin piel y supuraban donde aún no se había formado costra. En el dedo corazón de la mano derecha tenía una gruesa franja de piel blanquecina y un corte. Como la que dejaría un anillo.

—¿Qué le ha pasado ahí? —preguntó ella, aliviada por haber tomado de nuevo las riendas.

—¿Dónde, aquí? Nada.

—Parece un corte.

—Sí, olvidé quitarme el anillo antes.

—¿Antes de qué?

—Del entrenamiento.

—¿Qué tipo de entrenamiento y en qué gimnasio? Cuénteme.

—¿Quién ha dicho nada de un gimnasio? —Su labio superior se crispó y ella, instintivamente, dio un paso atrás, hasta que se dio cuenta de que él estaba sonriendo.

***

El despacho del capitán Montrose estaba vacío, así que Nikki Heat hizo que Rook entrara en él y cerró de un portazo la puerta acristalada.

—¿Qué demonios te pasa?

—Lo sé, lo sé, se me fue de las manos.

—En medio de mi interrogatorio, Rook.

—¿No oíste lo que te estaba diciendo?

—No. No pude escucharlo con la vibración del espejo de observación.

Él apartó la mirada.

—Qué excusa más mala, ¿no?

—Algo es algo. Si esto fuera Chechenia, ahora mismo estarías rodando montaña abajo con los pies por delante sobre una cabra.

—¿Quieres dejar lo de Chechenia? Tengo la oportunidad de hacer una película y tú no haces más que meterte conmigo.

—No me digas que no lo estabas pidiendo a gritos.

—Esta vez puede ser. ¿Puedo decir algo? —No esperó a que le respondiera—. No sé cómo puedes soportar hacer esto.

—¿Bromeas? Es mi trabajo.

—Pero es tan... horrible.

—Los lugares en guerra tampoco son mucho más divertidos. O eso he leído.

—Las guerras no. Pero eso es sólo una parte. En mi trabajo tengo que andar de un lado para otro. Un día estoy en una zona en guerra y otro en un Jeep con una capucha negra en la cabeza para visitar un cartel de drogas, pero luego me paso un mes en Portofino y Niza con las estrellas del rock y sus juguetes, o acompaño a un famoso chef durante una semana en Sedona o Palm Beach. Pero tú... esto es una cloaca.

—¿Es eso el equivalente a «qué hace una chica como tú en un sitio como éste»? Porque si lo es, te daré una patada en las pelotas para que veas lo poco agradable que puedo llegar a ser. Me gusta mi trabajo. Hago lo que hago y trato con la gente que trato, y aquí tienes un titular para tu artículo, escritor: los delincuentes son escoria.

—Sobre todo ese G.

Ella se rió.

—Excelentes notas de investigación, Rook. Suena muy callejero.

—Por cierto, nada de cabras. Error popular. Allá arriba en el Cáucaso, donde el general Yamadayev, sólo había caballos. Así era como rodábamos.

Cuando lo vio abandonar la sala, se sorprendió de que se le hubiera pasado ya el cabreo. ¿Cómo vas a enfadarte con alguien que te demuestra que le importas un poco?

Media hora más tarde, estaba sentada con Raley visionando el vídeo de la cámara de vigilancia del Guilford. La agente Heat no parecía muy satisfecha.

—Ponlo otra vez —le pidió— para verlo con más detenimiento. Tal vez hayamos pasado por alto alguna imagen de ellos regresando más tarde.

—¿Qué pasa? —Rook se colocó detrás de ellos. Le olía el aliento a café expreso de contrabando.

—Es el maldito código de tiempo. —Puso su bolígrafo sobre el reloj digital gris claro incrustado en la parte inferior del vídeo de vigilancia—. Según él, Miric y Pochenko llegaron a las diez treinta y uno de la mañana. Fueron hasta el ascensor, ¿correcto? Y volvieron al vestíbulo apenas veinte minutos más tarde.

—Eso no encaja con la declaración de Miric, que dijo que Starr no había contestado cuando llamaron a la puerta. A menos que se pasaran veinte minutos golpeándola.

—Yo creo que lo único que golpearon fue a Matthew Starr —dijo Raley—. Tuvo que ser cuando Pochenko le dio la clase de boxeo.

—Ése no es el problema, chicos —aseguró Heat—. Según esto, nuestros dos Elvis se fueron a las diez cincuenta y tres de la mañana, alrededor de dos horas y media antes de que nuestra víctima fuera arrojada por el balcón. —Lanzó el bolígrafo sobre la mesa con frustración—. Así que nuestros dos principales sospechosos dejan de serlo gracias a la grabación.

—Y han contratado un abogado —añadió Ochoa, mirando su BlackBerry—. Y en este momento los están poniendo en libertad.

Desde el otro lado de la puerta de seguridad, Heat se levantó con los Roach para ver cómo en la zona de tramitación Miric y Pochenko recogían sus pertenencias. Por supuesto, había sido Miric el que había pedido un abogado de oficio y cuando el abogado se encontró con la mirada de la detective Heat no le gustó lo que vio, así que se afanó más con el papeleo.

—Supongo que debería cancelar la orden de registro para buscar vaqueros rotos en sus casas —dijo Raley.

—No, no lo hagas —dijo Nikki—. Sé lo que dice el código de tiempo, pero ¿qué hay de malo en comprobarlo? Detalles, caballeros. Nunca están de más. —Y mientras Pochenko la miraba, agregó—: Es más, añadid otro objeto a la orden de registro de Hombre de Hierro. Un anillo grande.

Cuando Ochoa se fue para tramitar la orden de registro, ella le asignó una tarea a Raley.

—Sé que es una pesadez, pero quiero que le eches un vistazo de nuevo al vídeo del vestíbulo, desde el momento en que esos tipos se van hasta treinta minutos después de la hora de la muerte de Starr. Y hazlo a tiempo real, para asegurarnos de que no nos los saltamos al pasarlo rápido.

Raley se fue a hacer el visionado. Nikki se puso en pie para ver cómo Miric, su abogado y Pochenko se dirigían a la salida. El ruso se quedó atrás y se separó de los otros dos, volviéndose hacia Heat. Un policía lo siguió y lo hizo detenerse en zona segura, a una buena distancia de ella. Se tomó su tiempo para mirarla de arriba abajo, y luego susurró:

—Tranquila. Te va a gustar. O no. —Y se encogió de hombros.

Se fue sin mirar atrás. Nikki esperó hasta que la puerta de entrada se cerró con Pochenko al otro lado, antes de volver al trabajo.

Nikki entró en el bar del ático del SoHo House y se preguntó en qué estaría pensando su amiga cuando hizo la reserva para tomar unos cócteles al aire libre durante una ola de calor. Con veintitrés grados de temperatura y una noche entre semana había demasiada luz para sentirse chic y era demasiado pronto para que hubiera ambiente, especialmente en esta zona de la Novena Avenida. En el modernísimo barrio de la industria cárnica, veintitrés grados iban más allá de la extravagancia. Y era extremadamente temprano.

Lauren Parry, a la que claramente le traía sin cuidado todo eso, le hizo señas desde una mesa con vistas a la calle situada donde finalizaba el toldo y empezaba la zona de la piscina.

—¿Hace demasiado calor? —le preguntó a Nikki cuando llegó.

—No, está bien. —Se dieron un abrazo, y añadió—: ¿A quién no le viene bien sudar unos cuantos kilos?

—Lo siento. Me he pasado el día en la morgue —dijo la forense—, todo calor es poco.

Pidieron unos cócteles. Nikki se decidió por un campari con soda para saciar su ansia de algo seco, con burbujas y, sobre todo, frío. Su amiga pidió lo de siempre: un *bloody mary*. Cuando se los trajeron, Nikki pensó que era una elección irónica para un forense.

—¿Por qué no varías un poco, Lauren? Esto no es el *brunch* del domingo. Pide uno de esos *saketinis*, o un *sex on the beach.*

—Puestos a hablar de bebidas irónicas, ésa sería una de ellas. En mi trabajo, el *sex on the beach* normalmente suele acabar en un cadáver bajo el malecón.

—Por la vida —brindó Nikki, y ambas se rieron.

El hecho de quedar con su amiga una vez a la semana para tomar una copa después del trabajo iba más allá de unos cócteles y un poco de esparcimiento. Ambas mujeres habían conectado inmediatamente desde la primera autopsia de Lauren, cuando empezó a trabajar en la oficina del Departamento Forense hacía tres años, pero su ritual semanal de después del trabajo se alimentaba realmente de su vínculo profesional. A pesar de las diferencias culturales —Lauren procedía de los proyectos de St. Louis y Nikki se había criado en una familia de clase media en Manhattan—, conectaban a otro nivel, como mujeres profesionales que navegaban en campos tradicionalmente masculinos. Por supuesto, Nikki disfrutaba con las cervezas que se tomaba de vez en cuando en el bar de policías que estaba al lado de la comisaría, pero nunca le había interesado formar parte de los chicos, antes habría preferido pertenecer a un club de patchwork o a un club feminista religioso. Ella y Lauren apelaban a la camaradería y a la sensación de seguridad que habían forjado entre ellas para tener un momento y un lugar para compartir los problemas de su trabajo, en gran parte políticos pero también para relajarse y soltarse el pelo sin tener que acudir a un mercado de carne o a un grupo de calceta.

—¿Te importa si hablamos un momento de trabajo? —preguntó Nikki.

—Oye, hermana, además de haberme pasado el día congelada, la gente con la que alterno no es muy habladora, así que se trate de lo que se trate, será bienvenido.

Heat quería hablar sobre Matthew Starr. Le dijo a Lauren que ya sabía cómo le habían hecho esos moratones a la víctima. Le contó sus sesiones con Miric y Pochenko, y concluyó diciéndole que no cabía duda de que el corredor de apuestas se había llevado a su musculitos para animar al promotor inmobiliario a «priorizar» el pago de sus deudas de juego. Añadió que, si se guiaba por su experiencia, los abogados y las tácticas obstruccionistas se lo pondrían muy difícil con el caso. Lo que quería saber era si Lauren recordaba alguna otra marca que pudiera ser ajena a la paliza del ruso.

Lauren Parry era asombrosa. Recordaba cada autopsia igual que Tiger Woods podría contarte cada uno de los golpes que había dado en cada torneo, además de los de sus oponentes. Dijo que sólo había dos indicadores relevantes. En primer lugar, un par de contusiones con forma muy particular en la espalda del fallecido que encajaban perfectamente con las manillas de latón de las puertas de cristalera que llevaban al balcón, adonde probablemente lo habían sacado por la fuerza. Heat recordó el recorrido que le hicieron los Roach por el escenario del crimen del balcón y la piedra pulverizada bajo el punto en que las manillas de la puerta habían chocado contra la pared. Y segundo, Starr tenía marcas en la parte superior de los brazos, como si lo hubieran agarrado con fuerza. La forense hizo una demostración en el aire poniendo un pulgar en cada axila y las manos alrededor de los brazos.

—Mi opinión es que no hubo una gran pelea —dijo Lauren—. Quienquiera que lo hiciera, cogió a la víctima, la sacó violentamente por la puerta y la tiró de espaldas a la calle. Examiné sus piernas y tobillos minuciosamente, y estoy segura de que el señor Starr ni siquiera tocó la barandilla cuando pasó por encima de ella.

—¿Ningún otro arañazo o corte, heridas hechas al defenderse o marcas?

Lauren negó con la cabeza.

—Aunque había una irregularidad.

—Dispara, nena; junto con la contradicción, la irregularidad es la mejor amiga de un detective.

—Estaba describiendo aquellas marcas de puñetazos, ya sabes, las que parecían tener forma de anillo. Y había una exactamente igual a las otras, pero sin anillo.

—Tal vez se lo quitó.

—¿En plena paliza?

Nikki dio un largo trago a su copa, sintiendo cómo el gas le mordía la lengua mientras miraba fijamente la avenida, siete pisos más abajo, a través de la barrera protectora que tenía al lado. No sabía qué significaba la información de Lauren, pero sacó su cuaderno y tomó nota: «un puñetazo sin anillo».

Pidieron unos *arancini* y un plato de aceitunas, y para cuando llegaron los aperitivos ya habían pasado a otros temas: Lauren iba a impartir un seminario en Columbia en otoño; habían fichado a su perro salchicha, *Lola*, para un anuncio de comida para perros el fin de semana anterior en el parque para perros; Nikki tenía un fin de semana libre a finales de agosto, se estaba planteando ir a Islandia y le preguntó a Lauren si la quería acompañar.

—Suena genial —admitió. Pero dijo que se lo pensaría.

El móvil de Nikki vibró y ella se fijó en la identificación de llamada.

—¿Qué pasa, detective? —preguntó Lauren—, ¿vas a tener que hacer un despliegue o algo así? ¿Tal vez bajar colgada de una cuerda por la fachada del edificio y entregarte a alguna difícil misión?

—Rook —se limitó a decir, levantando el teléfono.

—Contesta, no me importa.

—Es Rook —repitió, como si eso lo dijera todo. Nikki dejó que la llamada se desviara al buzón de voz.

—Desvíalo a mi teléfono —dijo Lauren, removiendo su *bloody mary*—. Los hay peores que Jameson Rook. No está nada mal.

—Sí, claro, justo lo que necesito. Como si dejar que me acompañara no fuera ya lo suficientemente malo sin tener que añadirle eso.

Cuando en el teléfono sonó la señal del buzón de voz, presionó el botón para escucharlo y levantó el aparato hasta la oreja.

—Dice que ha descubierto algo muy importante sobre el caso de Matthew Starr y que necesita que yo lo vea... —Levantó una palma de la mano hacia Lauren mientras escuchaba el resto, y colgó.

—¿Qué ha pasado?

—No me lo ha dicho. Ha dicho que en este momento no podía hablar, pero que fuera a su casa inmediatamente y me ha dado su dirección.

—Deberías ir —dijo Lauren.

—Casi me da miedo. Conociéndolo, es capaz de haber arrestado él mismo a alguien que conocía a Matthew Starr.

***

Cuando el sólido ascensor industrial llegó a su *loft*, Rook la estaba esperando al otro lado de las puertas de reja de acordeón.

—Heat. Al final has venido.

—En tu mensaje decías que tenías algo que enseñarme.

—Así es —dijo, y desapareció a grandes zancadas doblando una esquina—. Por aquí.

Lo siguió hasta su cocina de diseño. En el otro extremo de la misma, en la estancia diáfana, como llamaban en los programas de decoración de la televisión por cable a esos espacios abiertos que combinaban salas de estar y comedor al lado de una cocina abierta, había una mesa de póquer, una mesa de póquer real con un tapete de fieltro. Y estaba rodeada de… jugadores de póquer. Ella frenó en seco.

—Rook, no hay nada sobre el caso que me quieras enseñar, ¿verdad?

—Tú sabrás, tú eres la detective, ¿no? —Se encogió de hombros y esbozó una sonrisa traviesa—. ¿Habrías venido si te hubiera invitado sólo para jugar al póquer?

A Nikki le entraron unas ganas enormes de irse por donde había venido, pero los jugadores de póquer se levantaron para saludarla y allí se quedó.

Mientras Rook la escoltaba hacia la sala, dijo:

—Si de verdad necesitas una razón de trabajo para estar aquí, puedes aprovechar para darle las gracias al hombre que consiguió la orden judicial para el Guilford. Juez, ésta es la detective Nikki Heat, del Departamento de Policía de Nueva York.

El juez Simpson parecía un poco diferente vestido con un polo amarillo y parapetado tras grandes montones de fichas de póquer, en lugar de detrás de su estrado.

—Voy ganando —afirmó, al tiempo que le estrechaba la mano. La presentadora de un programa de noticias, que tanto ella como el resto de Estados Unidos admiraba, estaba también allí con su marido, que era director de cine. La presentadora dijo que se alegraba de que hubiera allí un policía, porque le habían robado.

—Un juez, además —apostilló su marido.

Rook acomodó a Nikki en la silla vacía entre él y la mujer de las noticias, y antes de que Nikki se diera cuenta, el marido oscarizado de la presentadora le estaba repartiendo una mano.

Se alegró al comprobar que era un juego con apuestas bajas, pero luego la preocupó que hubieran bajado las apuestas en deferencia a su nivel salarial. Sin embargo, estaba claro que se trataba más de diversión que de dinero. Aunque ganar seguía siendo importante, sobre todo para el juez. Al verlo por primera vez sin su toga, con la luz encima de la cabeza haciendo brillar su calva y la obsesión frenética de su juego, Nikki no pudo evitar compararlo con otro Simpson. Habría renunciado a un bote sólo por oírle decir «¡mosquis!».

Después de repartir la tercera mano, las luces bajaron de intensidad y volvieron a subir.

—Ahí están —dijo Nikki—. El alcalde dijo que iba a haber caídas de tensión.

—¿Cuántos días llevamos con esta ola de calor? —preguntó el director de cine.

—Éste es el cuarto —dijo su mujer—. Entrevisté a un meteorólogo y dijo que para que una ola de calor fuera considerada como tal, tenían que pasar al menos tres días consecutivos con temperaturas por encima de treinta y dos grados.

Una mujer apareció en la cocina, y añadió:

—Y si el calor dura más de cuatro días, consulte inmediatamente a su médico.

La sala estalló en risas, y la mujer salió de detrás del mostrador haciendo una profunda y teatral reverencia, coronada por un elegante y amplio movimiento de brazo hacia arriba. Rook le había hablado de su madre. Por supuesto, ella ya sabía quién era Margaret. No se podían ganar premios Tony y aparecer en la sección de *Style* y en los *collages* de fiestas de *Vanity Fair* tan a menudo como ella y pasar desapercibida. Con sus más de sesenta años, Margaret había pasado de ser la chica ingenua a la gran dama (aunque Rook una vez le confesó a Nikki que él lo deletreaba como gran D-a-ñ-a). La señora rebosaba maneras de alegre diva, desde su aparición a su entrada en la gran sala para estrechar la mano de Nikki y armar un escándalo diciéndole cuánto le había oído hablar a Jamie de ella.

—Y yo de usted —respondió Nikki.

—Puedes creerlo todo, querida. Y si no es verdad, cuando vaya al infierno ya lo arreglaré allí. —Se deslizó, porque no había manera más exacta de describirlo, se deslizó hacia la cocina.

Rook le sonrió a Nikki.

—Como puedes ver, creo a pies juntillas en la publicidad.

—Yo estoy aprendiendo a hacerlo. —Oyó un tintineo de hielo en un vaso y vio a Margaret abrir una botella de Jameson. Sí, pensó, estoy aprendiendo mucho, Jameson Rook.

La presentadora de las noticias apeló al sentido de la responsabilidad cívica de Rook y él apagó el aire acondicionado. Nikki se asomó por encima de sus cartas y siguió con la mirada sus pantalones cortos y su camiseta de *3D* de U-2 mientras cruzaba descalzo la alfombra oriental hasta la pared más alejada. Se inclinó para abrir las ventanas de guillotina que proporcionaban a su ático vistas de Tribeca, y cuando los ojos de Nikki se despegaron de él lo hicieron para centrarse en la mole de un edificio distante, el RiverStarr, en el Hudson, iluminado a contraluz por Jersey City. Toda la estructura estaba a oscuras, salvo por la luz roja de aviación situada en lo alto de una grúa parada que pendía sobre la piel que sostenía las vigas. Tendrían que seguir esperando.

—Las vistas son muy buenas —dijo Margaret, ocupando la silla de su hijo al lado de Nikki. Y mientras Rook se inclinaba para abrir la siguiente ventana, la gran dama se ladeó para susurrar—: Yo soy su madre y aun así creo que las vistas son maravillosas. Y no es por atribuirme el mérito. —Y luego afirmó, por si no había quedado claro—: Jamie ha heredado mi culo. Obtuve unas críticas maravillosas en *Oh! Calcutta!*

Dos horas más tarde, después de que Rook, la presentadora de las noticias y más tarde su marido abandonaran, Nikki ganó aún otra mano más contra el juez. Simpson dijo que le daba igual, aunque, viendo su expresión, ella se alegró de que le hubiera dado la orden judicial antes de la partida de póquer.

—Supongo que por alguna razón esta noche las cartas no están a mi favor.

Ella se moría de ganas de añadir «¡mosquis!».

—No son las cartas, Horace —dijo Rook—. Por una vez hay alguien en esta mesa capaz de interpretar tus gestos. —Se levantó y cruzó hasta el mostrador para coger una tibia porción de *ray's* de la caja, y pescar otra *fat tire* del hielo del fregadero—. Para mí esta noche sigues teniendo una cara de póquer enorme. No consigo ver qué se cuece tras la taciturna máscara judicial. Tanto podría ser «yuju» como «vaya». Pero esta de aquí te ha calado. —Rook se sentó de nuevo, y Nikki se preguntó si el paseíllo de la pizza y la cerveza había sido una artimaña para acercar su silla a la de ella.

—Mi cara no revela nada —se defendió el juez.

—No se trata de lo que tú reveles con tu cara —dijo Rook—, sino de lo que ella es capaz de ver. —Se giró hacia ella, mientras hablaba con el juez—. Hace semanas que estoy con ella, y no creo que haya conocido jamás a nadie tan bueno leyendo los pensamientos de la gente.

Le dirigió aquella mirada y, aunque no estaban ni por asomo tan cerca uno del otro como para sentir su respiración, como lo habían estado aquel día en el balcón de Starr, ella notó que se ruborizaba. Así que se dio la vuelta para reunir el bote, preguntándose a qué demonios estaba ella jugando allí, y no se refería a las cartas.

—Creo que debería irme —se limitó a decir.

***

Rook insistió en acompañarla hasta la acera, pero Nikki se entretuvo hasta que el resto de los invitados también decidieron marcharse para poder irse sin problemas. Un grupo parecía el lugar perfecto para lograrlo. Porque, la verdad, pensó mientras bajaba, era que no le apetecía tanto estar sola como para no estar con alguien.

De todos modos, esa noche no, pensó.

La presentadora del programa de noticias y su marido vivían cerca y se fueron andando justo cuando Simpson paraba un taxi. El juez se dirigía a la zona residencial, cerca del Guggenheim, y le preguntó a Nikki si quería compartir con él la carrera. Ella sopesó la opción de dejar a Rook avergonzado en la acera, contra la de quedarse y tener que lidiar con el embarazoso momento de la despedida, y respondió que sí.

—Espero que no te haya molestado que te hubiera engañado para que vinieras —dijo Rook.

—¿Cómo me iba a importar? Me voy con dinero, graciosillo. —Se deslizó en el asiento del taxi para dejar sitio a Simpson. Diez minutos después, estaba abriendo la puerta del vestíbulo de su apartamento en Gramercy Park, pensando en darse un baño.

***

Nadie podía acusar a Nikki Heat de llevar una vida de caprichos. «Recompensa aplazada» era una expresión que le venía a menudo a la mente, normalmente invocada como medio para hacer acallar algún extraño brote de ira por lo que estaba haciendo, en lugar de lo que debería hacer. O lo que veía hacer a otros.

Así que, mientras abría el grifo para que aumentara la espuma de la bañera, permitiéndose uno de sus pocos caprichos —un baño de espuma—, volvió a su mente la idea de la carretera que no había cogido. Hacia Connecticut y hacia un jardín y hacia el AMPA y hacia un marido que cogiera el tren a Manhattan y hacia tener el tiempo y los recursos para darse un masaje de vez en cuando, o tal vez para ir a clases de yoga.

Clases de yoga en lugar de clases de lucha cuerpo a cuerpo.

Nikki intentó imaginarse en cama con un escuálido defensor del tofu con barba a lo Johnny Depp y con una pegatina gigante de «Actos Aleatorios de Amabilidad» en un Saab hecho polvo, en lugar de pelearse entre las sábanas con un ex marine. Ella era capaz de encontrar a alguien peor que Johnny Depp. Y lo había hecho.

Un par de veces durante la noche había pensado en llamar a Don, pero no lo había hecho. ¿Por qué no? Quería presumir de su llave perfecta con bloqueo de brazo a Pochenko en la estación de metro. Rápido y fácil, tome asiento, caballero. Pero no era por eso por lo que quería llamarlo, y lo sabía.

¿Entonces por qué no lo hacía?

Lo de Don era un acuerdo fácil. Su entrenador con derecho a roce nunca le preguntaba dónde estaba o cuándo volvería o por qué no llamaba. En su casa o en la de ella, eso no importaba; era una mera cuestión logística, la que estuviera más cerca. Él no pretendía ni anidar ni huir de nada.

Y el sexo estaba bien. De vez en cuando, él se ponía demasiado agresivo, o se empeñaba demasiado en finalizar la tarea, pero ella sabía cómo lidiar con ello y obtener lo que necesitaba. ¿Y hasta qué punto era eso diferente que con los chicos que viajaban diariamente hasta su lugar de trabajo, los Noah Paxton del mundo? Lo de Don tal vez no fuera la panacea, pero funcionaba bien.

Entonces, ¿por qué no lo llamaba?

Cerró el grifo cuando la espuma le llegaba a la barbilla, e inhaló el aroma de su infancia. Nikki pensó en los aplazamientos, intentó imaginarse propósitos cumplidos en lugar de necesidades, y se preguntó si sería así en unos once años, cuando tuviera cuarenta. Eso solía sonarle muy lejano y, sin embargo, los últimos diez años, toda una década reorganizando su vida alrededor del final de su madre, habían pasado volando, como a cámara rápida. ¿O era porque no los había saboreado?

Pasó de intentar convencer a su madre de que debía especializarse en artes escénicas a cambiarse a la Facultad de Criminología. Se preguntaba si, sin darse cuenta, se estaba volviendo demasiado dura para ser feliz. Lo que tenía claro era que cada vez se reía menos y juzgaba más.

¿Qué había dicho Rook en la partida de póquer? Le llamó adicta a interpretar a la gente. No era precisamente lo que le gustaría que rezara su epitafio.

Rook.

Vale, le estaba mirando el culo, pensó. Después se ruborizó, probablemente por la vergüenza de haber sido lo suficientemente transparente como para haber sido pillada in fraganti por la Gran Daña. Nikki se sumergió bajo la espuma y contuvo la respiración hasta que el agobio por haberse ruborizado se perdió en el agobio por la falta de oxígeno.

Salió a la superficie, retiró la espuma de la cara y el pelo y flotó ingrávida en el agua fresca, permitiéndose preguntarse cómo sería con Jameson Rook. ¿Cómo sería él? ¿Cuál sería su tacto, cómo sabría y se movería?

El rubor le sobrevino de nuevo. ¿Cómo sería ella con él? Eso la puso nerviosa. No lo sabía.

Era un misterio.

Quitó el tapón y salió.

***

Nikki tenía el aire acondicionado apagado y caminaba por el apartamento desnuda y mojada, sin preocuparse por secarse la humedad. Era agradable notar la resistente espuma sobre la piel y, además, una vez que se secara, volvería a estar mojada rápidamente por la humedad del aire, así que, ¿por qué no estar mojada y oler a lavanda?

Sólo se veía a los vecinos de enfrente desde dos de sus ventanas y, como de todos modos no corría brisa, bajó las persianas de ambas y se dirigió al armario de servicio de la cocina. El milagro de la detective Nikki Heat para ahorrar tiempo y dinero se basaba en plancharse su propia ropa la noche anterior. Nada impresionaba más a los criminales que los pliegues bien definidos y las rayas bien marcadas. Desdobló la tabla de planchar por la bisagra y enchufó la plancha.

Aquella noche no se había pasado con el alcohol, pero lo que había bebido le había dado sed. En la nevera encontró su última lata de agua con gas con sabor a lima-limón. Era algo poco ecológico bastante impropio de ella, pero mantuvo abierta la nevera y se acercó a ella para sentir la cascada de aire frío contra su cuerpo desnudo que le ponía la carne de gallina.

Un leve clic hizo que se alejara de la puerta abierta. La luz roja se había encendido, lo cual indicaba que la plancha estaba lista. Dejó la lata de agua con gas en la encimera y fue rápidamente a su armario para encontrar algo relativamente limpio y, sobre todo, transpirable.

Su americana de lino azul marino sólo necesitaba un retoque. Cuando estaba subiendo del vestíbulo, sin embargo, se dio cuenta de que el botón de la manga derecha estaba roto y se detuvo a mirarlo, para recordar si tenía uno de repuesto.

Y entonces Nikki oyó cómo abrían la lata de agua con gas en la cocina.

Aunque se quedó paralizada en el pasillo, el primer pensamiento de Nikki fue que, en realidad, no lo había oído. Había revivido tantas veces el asesinato de su madre, que tenía clavado en la mente ese sonido de anilla de lata. ¿Cuántas veces ese chasquido seguido del siseo la había despertado repentinamente de pesadillas, o la había hecho estremecerse en la sala? No, no podía haberlo oído.

Se lo repitió a sí misma en los eternos segundos que permaneció allí de pie, con la boca seca, y desnuda, esforzándose para escuchar por encima del maldito ruido nocturno de la ciudad de Nueva York y de su propio pulso.

Le dolían los dedos de clavarse el botón roto de la manga. Relajó la mano, pero no dejó la chaqueta por miedo a hacer cualquier ruido que la delatara.

¿Ante quién?

«Date un minuto —se dijo a sí misma—. Estate quieta, sé una estatua mientras cuentas sesenta y déjalo ya».

Se maldijo a sí misma por estar desnuda y por lo vulnerable que eso la hacía sentir. Se daba un capricho con el baño de espuma, y ahora mira. «Deja eso y céntrate —pensó—. Sólo céntrate y escucha cada centímetro cuadrado de la noche».

Tal vez fuera un vecino. ¿Cuántas veces había oído ella el sonido de gente haciendo el amor, tosiendo o colocando platos a través del espacio entre sus ventanas abiertas?

Las ventanas. Estaban todas abiertas.

En una simple fracción de su minuto, levantó uno de sus pies descalzos de la alfombrilla y lo colocó un paso más cerca de la cocina. Escuchó.

Nada.

Nikki se atrevió a dar otro paso a cámara lenta. En medio de él, le dio un vuelco el corazón al ver moverse una sombra en el trozo de suelo que veía de la cocina. No dudó ni se detuvo a escuchar de nuevo. Salió corriendo.

En su carrera por delante de la puerta de la cocina hacia la sala, Nikki dio un golpe al interruptor, apagando la única lámpara encendida, y se abalanzó sobre su escritorio. Su mano aterrizó dentro del gran bol toscano que habitaba allí, en la esquina trasera. Estaba vacío.

—¿Buscas esto? —Pochenko invadió el umbral de la puerta con su arma fuera de servicio. La brillante luz de la cocina que estaba a sus espaldas recortaba su silueta, pero ella podía ver que la Sig Sauer estaba aún en su funda, como si ese cabrón arrogante no la fuera a necesitar, al menos todavía.

Haciendo frente a la situación, la detective hizo lo que siempre hacía, dejar el miedo a un lado y ser práctica. Nikki consideró mentalmente una lista de opciones. Una: podía gritar. Las ventanas estaban abiertas, pero él podía empezar a disparar, algo que, de momento, no parecía muy inclinado a hacer. Dos: conseguir un arma. Su pistola de refuerzo estaba en su bolso, en la cocina o en su habitación, no estaba muy segura. Para ir a cualquiera de los dos sitios tendría que pasar a su lado. Tres: ganar tiempo. Lo necesitaba para improvisar un arma, para escapar o para quitárselo de encima. Si aquello fuera un secuestro, utilizaría la palabra. Buscaría el compromiso, la humanización, ralentizar el reloj.

—¿Cómo me ha encontrado? —Bien, pensó, por lo menos su voz no sonaba asustada.

—¿Crees que eres la única que sabe cómo seguir a alguien?

Nikki dio un pequeño paso hacia atrás para atraerlo al interior de la habitación y sacarlo fuera del recibidor. Repasó los pasos que había dado desde que había salido de la comisaría —SoHo House, la partida de póquer de Rook— y se estremeció al darse cuenta de que aquel hombre había presenciado cada una de sus acciones.

—No es difícil seguir a alguien que no sabe que lo están siguiendo. Deberías saberlo.

—¿Y por qué lo sabe? —Dio otro paso atrás. Esta vez él se movió con ella un paso hacia delante—. ¿Era policía en Rusia?

Pochenko se rió.

—Algo así. Pero no para la policía. Quieta ahí. —Sacó la Sig y tiró a un lado la funda, como si se tratara de basura—. No quiero verme obligado a dispararte. —Y añadió—: No hasta que haya terminado.

Cambio de planes, se dijo a sí misma, y se preparó para la peor opción. Nikki había practicado la técnica para desarmar a una persona y quitarle el revólver sólo un millón de veces. Pero siempre con un instructor como adversario, o con un compañero policía. Pero Heat se consideraba una deportista en constante entrenamiento y lo había practicado hacía solamente dos semanas. Mientras coreografiaba los movimientos en su cabeza, siguió hablando.

—Tiene pelotas para presentarse aquí sin su propia arma.

—No la voy a necesitar. Esta mañana me la jugaste, pero esta noche no, ya lo verás.

Se dio la vuelta para accionar el interruptor de la luz, y ella aprovechó para dar un paso hacia él. Cuando la lámpara se encendió, el ruso la miró y dijo:

—Como le gusta a papaíto.

Miró con descaro su cuerpo de arriba abajo. Irónicamente, Nikki se había sentido más violada por él aquella tarde, en la sala de interrogatorios, con la ropa puesta. A pesar de todo, se cubrió el cuerpo con los brazos.

—Tápate todo lo que quieras. Te dije que sería mío, y lo será.

Heat evaluó la situación. Pochenko sostenía su pistola con una sola mano, una ventaja, dado que era más fuerte que ella. También estaba el tamaño, aunque ella sabía por la llave del metro que era grande, pero no rápido. Sin embargo, él era el que tenía la pistola.

—Ven aquí —ordenó, dando un paso hacia ella. La fase de conversación había acabado. Ella dudó y avanzó hacia él. Su corazón retumbaba y era capaz de oír su propio pulso. Si lo hacía, tenía que ser rápida. Se sintió como si estuviera a punto de tirarse al agua desde una gran altura y ese pensamiento hizo que su corazón se acelerase más. Recordó al policía que había cometido un error el año anterior en el Bronx y había perdido media cara. Nikki llegó a la conclusión de que eso no era de gran ayuda, y se centró de nuevo en sí misma, visualizando sus movimientos.

—Zorra, cuando digo que vengas, es que vengas. —Levantó el arma hasta la altura de su pecho.

Se acercó más de lo que él quería y de lo que ella necesitaba y, mientras lo hacía, levantó las manos en un gesto de sumisión, haciéndolas temblar ligeramente para que sus pequeños movimientos no dejaran al grandullón darse cuenta de lo que iba a pasar. Y cuando pasara tendría que ser como un rayo.

—No me dispare, ¿está bien? Por favor no me dis…

En un solo movimiento, levantó la mano izquierda y la puso en lo alto de la pistola, con su dedo pulgar como cuña sobre el martillo, mientras la echaba a un lado y la deslizaba hacia la derecha de él. Enganchó sus pies entre los del hombre y lo golpeó con el hombro en el brazo, mientras le arrancaba el arma de un tirón hacia arriba y le daba la vuelta hacia él. Cuando se la quitó para apuntarle, oyó cómo se le rompía el dedo al girar sobre el seguro del gatillo. El hombretón soltó un grito.

Luego todo se complicó. Intentó alejar el arma, pero el dedo roto de él colgaba sobre el seguro, y cuando finalmente liberó la pistola, con el impulso se le escapó de la mano y se cayó en la alfombra.

Pochenko la agarró del pelo y la lanzó hacia el pasillo. Nikki intentó enderezarse y llegar a la puerta de entrada, pero él arremetió contra ella. La agarró por uno de los antebrazos, pero no pudo retenerla. Tenía las manos sudorosas y ella estaba resbaladiza del baño de espuma. Nikki se liberó de su mano, se dio la vuelta y le dio con el talón de su otra mano en la nariz. Se oyó un «crac» y lo oyó jurar en ruso. Girando sobre sí misma, levantó el pie para darle una patada en el pecho y empujarlo hacia la sala de estar, pero el hombre tenía las manos sobre los regueros gemelos de sangre que manaban de su nariz rota, y la patada lo alcanzó en el antebrazo. Cuando intentó cogerla, ella le soltó dos rápidos golpes de izquierda en la nariz, y mientras él se dolía de eso, Nikki se dio la vuelta para girar el cerrojo de seguridad de la puerta de entrada y gritó:

—¡Socorro, fuego! ¡Fuego! —Era, tristemente, la manera más segura de motivar a los ciudadanos para llamar al 911.

El boxeador que Pochenko llevaba dentro volvió a la vida. Le asestó un fuerte golpe de izquierda en la espalda que hizo que se estrellara contra la puerta. Su ventaja era la velocidad y el movimiento, y Nikki los usó de tal manera que su siguiente golpe, un izquierdazo dirigido a su cabeza, resultó fallido y él empotró sus nudillos en la madera. Cuando estaba agachada, rodó entre sus tobillos, barriéndole las piernas y haciendo que se cayera de bruces en el suelo.

Mientras estaba tumbado, ella se dirigió a la sala de estar para buscar la pistola. Se había colado por debajo del escritorio, y el tiempo que le llevó encontrarla fue demasiado. En cuanto Nikki se agachó para cogerla, el oso de Pochenko la abrazó desde atrás y la levantó del suelo, pataleando y dando puñetazos al aire. Él puso la boca en su oreja.

—Ya eres mía, zorra —dijo.

Pochenko la llevó hacia la entrada de camino a la habitación, pero Nikki no había acabado aún. Al pasar por la cocina, estiró los brazos y las piernas y las enganchó en las esquinas. Fue como si hubiera pisado el freno, y cuando la cabeza del ruso se inclinó hacia delante, ella lanzó la suya hacia atrás, sintiendo un agudo dolor cuando los dientes de él se rompieron contra la parte trasera de su cráneo.

Él juró de nuevo y la tiró en el suelo de la cocina, saltando sobre ella e inmovilizándola con su cuerpo. Era el fin de la pesadilla, con todo el peso de él sobre su cuerpo. Nikki se sacudió y se retorció, pero él tenía la gravedad a su favor. Le soltó la muñeca izquierda, pero sólo para dejar libre la mano en la que no tenía el dedo roto y ponérsela alrededor del cuello. Con la mano libre, ella le dio un puñetazo en la mandíbula, pero él ni se inmutó. Y le apretó el cuello con más fuerza. La sangre que le goteaba de la nariz se le caía en la cara, ahogándola. Ella sacudía la cabeza a un lado y a otro y le dio un golpe con la mano derecha, pero el estrangulamiento la estaba dejando sin fuerzas.

La niebla fue entrando sigilosamente por los extremos de su campo de visión. Sobre ella, la cara de determinación de Pochenko se llenó de una cascada de estrellas parpadeantes. Él se estaba tomando su tiempo, viendo cómo los pulmones de ella se quedaban lentamente sin oxígeno, notando cómo se iba quedando sin fuerzas, viendo cómo su cabeza se movía cada vez menos.

Nikki volvió la cara hacia un lado para no tener que verlo. Pensó en su madre, asesinada a un metro de distancia sobre ese mismo suelo, pronunciando su nombre. Y mientras la oscuridad se cernía sobre ella, la detective pensó en lo triste que era no tener un nombre que pronunciar.

Y entonces vio el cable.

Con los pulmones abrasados, al límite de sus fuerzas, Nikki buscó a tientas el cable suspendido en el aire. Tras dos intentos fallidos, lo agarró y la plancha se cayó de la tabla al suelo. Si a Pochenko le importó, no lo demostró, y probablemente lo tomó como el último intento de la zorra.

Pero entonces sintió la quemadura de la plancha en un lado de la cara.

Gritó como Nikki no había oído gritar nunca a ningún animal. Cuando retiró la mano de su cuello, el aire que ella engulló sabía a la carne quemada de él. Levantó de nuevo la plancha, esta vez balanceándola con fuerza. Su pico caliente lo alcanzó en el ojo izquierdo. Él volvió a gritar, y su grito se mezcló con las sirenas que se acercaban a su edificio.

Pochenko consiguió ponerse en pie y empezó a andar dando traspiés por la cocina, sujetándose la cara, girando la esquina del camino de entrada. Se recuperó y salió con pasos pesados. Cuando consiguió levantarse y llegar a la sala, Nikki oyó resonar sus pasos por la escalera de incendios dirigiéndose hacia el tejado.

Heat cogió su Sig y trepó por las escaleras metálicas hasta el tejado, pero ya era demasiado tarde. Las luces de emergencia iluminaban parpadeantes las fachadas de ladrillo de su calle, y otra sirena que se acercaba eructó tres veces en el cruce de la Tercera Avenida. Recordó que estaba desnuda y decidió que sería mejor bajar y ponerse algo.

***

Cuando Nikki llegó a la oficina abierta a la mañana siguiente, tras la reunión con el capitán, Rook y Roach la estaban esperando. Ochoa estaba recostado en su silla con los pies cruzados sobre la mesa, y dijo:

—A ver. La noche pasada vi cómo ganaban los Yankees y me acosté con mi mujer. ¿Puede alguien superar eso?

Ella se encogió de hombros, siguiéndole el juego:

—Sólo unas partidas de póquer y un poco de gimnasia en casa. Nada tan emocionante como lo tuyo, Ochoa. ¿De verdad tu mujer se acostó contigo? —Humor policial, negro y tradicional, con sólo un toque de afecto residual.

—Ya veo —dijo Rook—, así que así es como vosotros lo sobrelleváis. ¿Que han atentado contra mi vida? Nada importante, nenes.

—No, básicamente nos importa una mierda. Ya es mayorcita —dijo Ochoa. Y los policías se rieron—. Ponlo en tu investigación, escritor.

Rook se aproximó a Heat.

—Me sorprende que hayas venido esta mañana.

—¿Por qué? Trabajo aquí. No voy a pillar a los chicos malos desde casa.

—Está claro —apostilló Ochoa.

—Cristalino —le dijo Raley a su compañero.

—Gracias por no chocarme esos cinco —afirmó ella. Aunque la comisaría al completo y, a esas horas, la mayoría de las comisarías de cinco distritos a la redonda, sabían lo del allanamiento de su casa, Nikki les resumió de primera mano los principales detalles y ellos escucharon atentamente, con caras serias.

—Será descarado —dijo Rook—... Seguir a un policía... Y en su propia casa. Ese tío debe de ser un psicópata. Ayer me dio esa impresión.

—O... —señaló Heat, decidiendo compartir la sensación que había tenido desde que había visto a Pochenko en su sala de estar sosteniendo su pistola—. O tal vez alguien lo envió para quitarme de en medio. ¿Quién sabe?

—Meteremos en el trullo a ese cabrón —dijo Raley—. Le joderemos la vida.

—Has dado en el puto clavo —añadió Ochoa—. Para empezar, hemos avisado a los hospitales para que estén alerta por si llega alguien con la cara a medio planchar.

—El capitán dijo que ya le habías hecho a Miric una visita nocturna. —Ochoa asintió.

—A las tantas de la mañana. El colega duerme con camisón. —Sacudió la cabeza al recordarlo, y continuó—: De todos modos, Miric dijo que no había hablado con Pochenko desde que los liberaron ayer. Está bajo vigilancia y hemos pedido una orden judicial para intervenirle el teléfono.

—Y que le embarguen las cuentas —añadió Raley—. Además, en estos momentos hay en el laboratorio unos pantalones vaqueros que cogimos en los apartamentos de

Miric y de Pochenko. Tu amigo ruso tiene un par de sietes prometedores en las rodillas, aunque es difícil distinguir qué es moda y qué es accidente. Los forenses lo sabrán.

Nikki sonrió.

—Y por otro lado, puede que yo tenga las manos que hicieron esas marcas en la parte superior de los brazos de Starr. —Se desabrochó el cuello de la camisa y mostró las marcas rojas que tenía en el cuello.

—Lo sabía. Sabía que había sido Pochenko el que lo había tirado por el balcón.

—Por una vez, Rook, tendré en cuenta esa corazonada, pero no cantemos victoria todavía. Si en una investigación se empiezan a cerrar puertas tan pronto, es que te estás perdiendo algo —le advirtió la detective—. Roach, investigad los robos nocturnos a detallistas. Si Pochenko se ha dado a la fuga y no puede ir a su apartamento, estará improvisando. Prestad especial atención a las farmacias y a las tiendas de material médico. No ha ido a urgencias, así que se estará haciendo las curas él mismo.

***

Cuando los Roach se fueron a cumplir la misión y mientras Nikki se descargaba un informe de los contables forenses, el sargento de recepción trajo un paquete que habían dejado para ella, una caja plana del tamaño y el peso del espejo de un recibidor.

—No estoy esperando nada —dijo Nikki.

—Tal vez sea de un admirador —comentó el sargento—. Quizá sea caviar ruso —añadió con cara de póquer, y se fue.

—No son una pandilla muy sentimental —comentó Rook.

—Gracias a Dios. —Miró la brillante etiqueta—. Es de la tienda del Metropolitan. —Cogió unas tijeras de su mesa, abrió la caja y echó un vistazo dentro—. Es algo enmarcado.

Nikki sacó aquel objeto de la caja y vio lo que era y, cuando lo hizo, cualquier vestigio de oscuridad que la hubiera estado acompañando durante aquel día dejó paso a una luz suave y dorada que se extendió por su rostro reflejando el brillo de dos niñas con vestidos blancos para jugar que encendían farolillos chinos en el crepúsculo de *Clavel, lirio, lirio, rosa.*

Miró el grabado y se volvió hacia Rook, que estaba de pie a su lado, frunciendo el ceño.

—Debe de haber una tarjeta por algún lado. Dice: «Adivina quién ha sido». Por cierto, será mejor que digas que yo, o me cabrearé sobremanera por haber pagado la entrega en veinticuatro horas.

Ella volvió a mirar el grabado.

—Es tan…

—Lo sé, lo vi en tu cara ayer en el salón de Starr. Cuando hice el pedido no sospechaba que iba a ser un regalo de «recupérate pronto»… Bueno, más bien de «me alegro de que no te mataran anoche».

Ella se rió para que él no notara el ligero temblor de su labio superior. Luego Nikki se alejó de él.

—Esta luz me está deslumbrando —dijo, y le dio la espalda.

**

Al mediodía, se colgó el bolso en el hombro y, cuando Rook se levantó para acompañarla, ella le dijo que fuera a comer algo, que tenía que hacer una cosa a solas. El periodista le recomendó que llevara escolta.

—Soy policía, yo soy la escolta.

Él se dio cuenta de que estaba decidida a ir sola, y por una vez no rechistó. De camino a Midtown, Nikki se sintió culpable por deshacerse de él. ¿No la había recibido en su mesa de póquer y le había hecho ese regalo? Claro que a veces le molestaba cuando la acompañaba, pero esto era diferente. Podría haberse tratado de la terrible experiencia de la noche y de la dolorida fatiga que tenía encima, pero no era eso. Fuera lo que fuera el maldito sentimiento que Nikki Heat estaba experimentando, lo que necesitaba ese sentimiento era espacio.

—Disculpe el desorden —dijo Noah Paxton. Tiró los restos de su ensalada *gourmet* revuelta a la papelera y limpió su cartapacio con una servilleta—. No la esperaba.

—Estaba por aquí cerca —afirmó la agente Heat. No le importaba si sabía que mentía. Según su experiencia, visitar a los testigos inesperadamente proporcionaba resultados sorprendentes. La gente con la guardia baja era menos cuidadosa y ella sacaba en limpio más cosas. Aquella tarde quería sacarle un par de cosas a Noah, y la primera fue su descarada reacción al tener que ver de nuevo la serie de fotos del Guilford.

—¿Hay fotos nuevas?

—No —dijo, poniendo la última delante de él—. ¿Está seguro de que no reconoce a ninguna de estas personas? —Nikki hizo que sonara despreocupado, pero el hecho de que le preguntara si estaba seguro le añadió presión. La intención era hacer una comprobación cruzada de la razón que Kimberly le había dado para que él no hubiera identificado a Miric. Como había hecho el día anterior, Paxton observó lenta y metódicamente cada una de las instantáneas, y dijo que seguía sin reconocer a ninguno de ellos.

Ella retiró todas las fotos menos dos: la de Miric y la de Pochenko.

—¿Y a éstos? ¿Nada?

Él se encogió de hombros y dijo que no.

—Lo siento. ¿Quiénes son?

—Estos dos son interesantes, eso es todo. —La agente Heat se dedicaba a obtener respuestas, no a proporcionarlas, a menos que saliera ganando algo—. También quería preguntarle por la afición al juego de Matthew. ¿Cómo pagaba?

—En efectivo.

—¿Con dinero que le daba usted?

—De su dinero, sí.

—Y cuando se metió en el hoyo con corredores de apuestas, ¿cómo pagaba?

—Igual, en efectivo.

—Me refiero a si acudían a usted los corredores de apuestas.

—Demonios, no. Le dije a Matthew que si él quería relacionarse con ese tipo de personas, era cosa suya. Yo no quería que ellos vinieran aquí. —Se estremeció para darle más énfasis—. No, gracias. —Clandestinamente, pero había conseguido la respuesta. La razón que Kimberly había dado por la que el contable no conocía al corredor de apuestas estaba verificada.

Luego Heat le preguntó por Morgan Donnelly, la mujer cuyo nombre le había dado Kimberly. La de la carta de amor interceptada. Paxton confirmó que Donnelly había trabajado allí y que tenía un puesto importante en el departamento de *marketing*. También confirmó que ambos tenían una aventura de oficina de la que todos estaban al corriente, y describió minuciosametne cómo el personal se refería a Matthew y a Morgan como «Mm…». Morgan también tenía unos cuantos apodos propios. Los dos más populares en la oficina eran Artista Principal y Activo del Jefe.

—Una cosita más y lo dejaré en paz. Esta mañana, los contables forenses me han pasado su informe. —Sacó el archivo del bolso y vio cómo fruncía el entrecejo—. Me han dicho que usted no era Bernie Madoff, lo que es, supongo, algo que necesitábamos comprobar.

—Es normal. —Parecía despreocupado, pero la detective reconocía la culpa cuando la veía, y él la llevaba clavada en la cara.

—Había algo irregular en sus cuentas. —Le pasó la página con la hoja de cálculo y el resumen, y vio que se ponía tenso—. ¿Y bien?

Él dejó a un lado la hoja.

—Mi abogado me aconsejaría que no respondiera.

—¿Cree que necesita un abogado para responder a mi pregunta, señor Paxton?

Vio el efecto que causaba su presión sobre él.

—Fue mi única brecha moral —dijo—. La única en todos estos años. —Nikki se limitó a observar y a esperar. El silencio hablaba a gritos—. Escondí dinero. Creé una serie de transacciones para canalizar una gran suma de dinero a una cuenta privada. Escondí una parte de los fondos privados de Matthew Starr para pagar la universidad de su hijo. Veía lo rápido que se estaba quedando sin nada por el juego y la prostitución. Yo soy un simple asalariado, pero me dolía el corazón por lo que le iba a pasar a esa familia. Por su propio bien, escondí dinero para que Matty Junior pudiera ir a la universidad. Matthew lo encontró, igual que los borrachos son capaces de encontrar botellas, y lo desfalcó. Kimberly es casi tan mala como lo era él. Creo que se imagina perfectamente cómo le gusta gastar.

—Eso creo.

—El armario, las joyas, las vacaciones, los coches, las cirugías. Además, ella estaba ocultando dinero. Por supuesto, yo me di cuenta, como sus chicos los forenses. Las cifras hablan por sí solas, si sabes lo que estás buscando. Entre otras cosas, ella tenía un nidito de amor, un piso de dos habitaciones en Columbus. Le dije que se deshiciera de él, y cuando me preguntó por qué, le contesté que estaban arruinados.

—¿Cómo reaccionó?

—«Desolada» es un adjetivo que no llega ni para empezar. Supongo que podríamos decir que alucinó.

—¿Y cuándo se lo dijo?

Miró el calendario que estaba encima de su mesa de trabajo.

—Hace diez días.

La agente Heat asintió, reflexionando. Diez días. Una semana antes de que asesinaran a su marido.

Capítulo

8

Cuando la detective Heat dirigía el morro del Crown Victoria hacia la salida del aparcamiento subterráneo de la torre del Starr Pointe, oyó el zumbido continuo y grave, característico de los helicópteros, y bajó la ventanilla. Había tres flotando en el aire a su izquierda, a unos cuatrocientos metros hacia el oeste, sobre el lejano perfil del edificio Time Warner. Al que volaba más bajo lo reconoció, era el helicóptero de la policía, y los dos acompañantes que volaban a mayor altura debían de pertenecer a cadenas de televisión.

—¡Noticias de última horaaaa! —exclamó a su coche vacío.

Conectó la frecuencia táctica en su radio y pronto se enteró de que una tubería de vapor había estallado y su contenido había salido disparado como si de un géiser se tratara, una muestra más de que las antiguas infraestructuras de Gotham no eran apropiadas para el horno de la naturaleza. Llevaban casi una semana con la ola de calor, y Manhattan estaba empezando a bullir y burbujear como una pizza de queso.

Columbus Circle estaría imposible, así que tomó la ruta más larga pero más rápida hacia la comisaría, entrando en Central Park desde el Plaza para atravesarlo y coger el East Drive hacia el norte. El ayuntamiento mantenía el parque cerrado a vehículos de motor hasta las tres, así que, con la ausencia de tráfico, su camino tenía reminiscencias de domingo campestre, maravilloso, siempre y cuando mantuviera encendido el aire acondicionado. Había unas vallas de la policía que bloqueaban el camino en la 71, pero la policía auxiliar reconoció su coche camuflado y abrió la barrera mientras la saludaba con la mano. Nikki se detuvo a su lado.

—¿A quién habrás cabreado para que te hayan puesto aquí?

—He debido de ser muy mala en mi otra vida —respondió la policía riéndose.

Nikki miró la botella empañada de agua fría sin abrir que estaba en su posavasos y se la pasó a la mujer.

—Refrésquese, agente —dijo, y continuó su camino.

El calor lo aplanaba todo. Quitando un puñado de corredores dementes y de ciclistas locos, el parque estaba vacío de pájaros y ardillas. Nikki redujo la velocidad al pasar por la parte trasera del Metropolitan y, mirando la pared de cristal cuadriculada del entresuelo, sonrió, como siempre hacía, al recordar la imagen del clásico del cine en la que Harry estaba allí con Sally, enseñándole cómo decirle a un camarero que el *paprikash* tenía demasiada pimienta. Una joven pareja deambulaba por el césped de la mano. Involuntariamente, Nikki detuvo el coche y se quedó mirándolos, viendo cómo se limitaban a estar juntos, con todo el tiempo del mundo. Le sobrevino una oleada de melancolía que la conmovió y que apartó pisando lentamente el acelerador. Hora de volver al trabajo.

***

Rook saltó de la silla de su mesa de trabajo cuando Nikki entró en la oficina abierta. Estaba claro que estaba esperando que volviera y que quería saber dónde había estado, lo cual significaba, implícitamente, «¿por qué no me has llevado?». Cuando le dijo que había ido a ver a Noah Paxton para seguir hablando con él, Rook no se tranquilizó en absoluto, o eso le pareció.

—Bueno, ya sé que no te entusiasma que te acompañe, pero me gustaría pensar que soy un par de ojos y orejas bastante útil para ti en esas entrevistas.

—¿Puedo recordarte que estoy en plena investigación de un asesinato? Necesitaba ver al testigo a solas porque quería que se abriese a mí sin la presencia de más ojos u orejas, por útiles que puedan resultar.

—¿Quieres decir que te parecen útiles?

—Lo que quiero decir es que no es el momento apropiado para personalizar ni para necesitar sentirse útil.

—Lo miró. Sólo quería estar con ella y, tenía que admitirlo, parecía más entrañable que necesitado. Nikki se descubrió sonriendo—. Y sí, a veces son útiles.

—Bien.

—No siempre, eh.

—Habías quedado muy bien, no lo estropees —dijo él.

—Tenemos noticias de Pochenko —dijo Ochoa cuando entró por la puerta con Raley.

—Dime que está en Rikers Island y que no se le permite hablar con un abogado, eso serían buenas noticias —afirmó ella—. ¿Qué tenéis?

—Bueno, más o menos —dijo Ochoa—. Un tipo que encaja con su descripción ha robado hoy medio pasillo de material de primeros auxilios en un Duane Reade del East Village.

—También tienen vídeo de la cámara de vigilancia. —Raley introdujo un DVD en su ordenador.

—¿Seguro que era Pochenko? —preguntó ella.

—Dímelo tú.

El vídeo de la cámara del supermercado era fantasmagórico y se veía entrecortado, pero allí estaba, el enorme ruso llenando una bolsa de plástico con pomadas y aloe, y luego agachándose en la sección de primeros auxilios para coger esparadrapo y tablillas para los dedos.

—El colega está bastante perjudicado. Recuérdame que nunca me pelee contigo —bromeó Raley.

—Ni que te deje plancharme las camisas —añadió Ochoa.

Siguieron un rato en ese plan. Hasta que alguien apareciera con una pastilla mágica, el humor negro continuaría siendo el mejor mecanismo de un policía para lidiar con su día a día. De lo contrario, el trabajo los devoraría vivos. En circunstancias normales, Nikki se habría unido a ellos, pero lo tenía demasiado fresco todavía como para reírse. Quizá si consiguiera ver a Pochenko esposado en la parte trasera de un furgón de camino a Ossining para pasar allí el resto de su vida, dejaría de olerlo y de sentir sus grasientas manos alrededor de su cuello en su propia casa. Tal vez entonces podría reírse.

—Puaj, mirad el dedo, creo que voy a vomitar —dijo Ochoa.

—Ya puede ir rechazando esa beca de piano para Julliard —añadió Raley.

Rook, increíblemente, guardaba silencio. Nikki lo observó y lo pilló mirándola de forma parecida a la noche anterior, en la mesa de póquer, pero más intensamente. Desvió la mirada, sintiendo la necesidad de librarse de lo que quiera que fuera aquello, como cuando él le había regalado el grabado enmarcado.

—Vale, definitivamente es nuestro hombre —dijo, cambiándose de sitio para mirar la pizarra blanca.

—¿Es necesario que señale que aún está en la ciudad? —preguntó Rook.

Ella decidió ignorarlo. El hecho era obvio y la preocupación inútil. En lugar de ello, se volvió hacia Raley:

—¿No hay nada en tu cinta del Guilford?

—Estuve mirando hasta quedarme bizco. Es imposible que volvieran a atravesar ese vestíbulo después de marcharse. También he visionado el vídeo de la entrada de servicio. Nada.

—Está bien, lo hemos intentado.

—Visionar el vídeo del vestíbulo es lo peor —observó Raley—. Es como ver la C-SPAN, pero menos emocionante.

—Haremos una cosa, entonces. Te mandaré a dar un paseo. ¿Por qué no os pasáis Ochoa y tú por el despacho del doctor Van Peldt y comprobáis si la coartada de Kimberly Starr encaja? Y como está claro que ella habría avisado a su verdadero amor de que lo haríamos…

—Ya lo sé —la interrumpió Ochoa—, lo confirmaremos con las recepcionistas, enfermeras y/o personal del hotel, etcétera, etcétera.

—Caramba, detective —dijo Heat—, casi parece que sabe lo que está haciendo.

***

La agente Heat, de pie al lado de la pizarra blanca, escribió dos letras rojas bajo el encabezamiento «Vídeo de la cámara de vigilancia del Guilford»: N. G. Posiblemente a causa del ángulo desde el que lo escribió sintió el punzante agarrotamiento de la pelea de la noche anterior. Relajó los hombros y movió la cabeza dibujando lentamente un círculo, sintiendo el delicioso punto en el que empezaban las molestias y que le decía que aún seguía viva. Cuando hubo terminado, rodeó con un círculo las palabras «Amante de Matthew» en la pizarra, tapó el rotulador y le arrancó a Rook la revista de las manos.

—¿Quieres dar un paseo? —preguntó.

Cogieron la autopista West Side hacia el centro. Incluso el río mostraba signos de estrés térmico. A su derecha, el Hudson tenía aspecto de estar demasiado caliente para moverse, y la superficie permanecía allí tras haber capitulado, completamente plana y amodorrada. La zona oeste del Columbus Circle continuaba siendo un caos y seguramente duraría hasta las noticias de las cinco. Ya habían cortado el chorro de vapor en erupción, pero había un cráter de tamaño lunar que mantendría cerrada la 59 Oeste durante días. En el escáner de frecuencias oyeron a una de las brigadas de Calidad de Vida informar de que habían trincado por orinar en la vía pública a un hombre que admitió que intentaba que lo arrestaran para poder pasar la noche con aire acondicionado.

—Parece que este tiempo ha causado dos erupciones que han requerido intervención policial —dijo Rook. Eso hizo reír a Heat, que casi se alegró de que estuviera con ella.

Cuando fijaron la cita con la antigua amante de Matthew Starr, Morgan Donnelly quiso saber si podían verse en su trabajo, ya que pasaba la mayor parte del tiempo allí. Eso encajaba con el perfil que Noah Paxton había esbozado cuando Nikki le había preguntado por ella en el transcurso de la conversación que habían mantenido ese mismo día. Como solía ser habitual, una vez que él empezaba, el boli de Nikki no conseguía tener ni un minuto de respiro. Además de revelar los apodos que les habían puesto en la oficina, el administrador había calificado su romance como el secreto a voces en la sala de conferencias y había resumido la manera de ser de la amante no tan secreta de Starr diciendo: «Morgan era todo cerebro, tetas y energía. Era el ideal de Matthew Starr: trabajaba como una loca y follaba con desenfreno. A veces me los imaginaba en la cama con sus BlackBerris, enviándose mensajes de texto con gemidos de placer el uno al otro entre negocios».

Con esa idea en la cabeza, cuando Nikki Heat aparcó el coche en la acera de la calle Prince, en el SoHo, en la dirección de su lugar de trabajo que Donnelly le había dado, tuvo que comprobar nuevamente sus notas para asegurarse de que estaba en el lugar correcto. Era una tienda de magdalenas. Su dolorido cuello protestó cuando se volvió para leer el cartel situado sobre la puerta.

—¿Llamas y azúcar helado? —se sorprendió.

Rook recitó un poema:

—«Algunos dicen que el mundo acabará entre llamas, otros que entre hielos». —Abrió la puerta del coche y entró una oleada de calor—. Hoy me inclino por las llamas.

—Aún no doy crédito —dijo Morgan Donnelly cuando se sentó con ellos alrededor de una mesa de café en la esquina. Se desabrochó el cuello de su chaqueta de cocinera blanca y almidonada y les ofreció a Heat y a Rook el azucarero de acero inoxidable para sus cafés americanos helados. Nikki intentó hacer encajar a Morgan, la pastelera que estaba ante ella, con Morgan, la central eléctrica que Noah Paxton había descrito. Allí había una historia y la descubriría. Las comisuras de los labios de Donnelly se curvaron hacia arriba.

—Oyes cosas como ésa en las noticias, pero nunca le pasan a nadie que conozcas —dijo. La camarera salió de detrás del mostrador y puso un plato de degustación de minimagdalenas en el centro de la mesa. Cuando se hubo marchado, Morgan continuó—: Sé que haber tenido una aventura con un hombre casado no me hace parecer la mejor persona del mundo. Tal vez no lo era. Pero en aquel momento parecía lo correcto. Como si en medio de toda la presión del trabajo surgiera aquella pasión, aquella cosa increíble que simplemente sucedió. —Sus ojos se empañaron un poco y ella se secó la mejilla una sola vez.

Heat la analizó en busca de indicios. Demasiado remordimiento o no el suficiente serían señales de alarma. Había otros, por supuesto, pero aquellos indicadores formaban la base para ella. Nikki odiaba el término, pero hasta ahora la reacción de Morgan era la apropiada. Aunque la detective necesitaba hacer algo más que tomarle la temperatura. Como ex de una víctima de asesinato, tenía que ser investigada, y eso significaba obtener las respuestas a dos simples preguntas: ¿Tenía alguna razón de peso para vengarse? Y ¿salía ganando con la muerte de la víctima? La vida sería mucho más sencilla si Heat pudiera hacer un cuestionario con cuadraditos para marcar y enviarlo por correo electrónico, pero las cosas no funcionaban así, y ahora el trabajo de Nikki implicaba hacer sentir un poco incómoda a aquella mujer.

—¿Dónde estaba cuando mataron a Matthew Starr? Digamos entre las doce y media de la mañana y las dos y media de la tarde —empezó, subiendo de repente a fuego fuerte para pillar a Morgan desprevenida.

Morgan se tomó un momento y respondió sin ponerse en absoluto a la defensiva:

—Sé exactamente dónde estaba. Estaba con la gente del Tribeca Film para una degustación. Gané el contrato de un *catering* para una de sus fiestas pos proyección esta primavera, y lo recuerdo porque la degustación fue bien y, cuando venía de vuelta en coche por la tarde para celebrarlo, me enteré de lo de Matthew.

Nikki tomó nota.

—¿Mantuvieron usted y el señor Starr el contacto cuando su aventura finalizó? —continuó la detective.

—¿El contacto? ¿Se refiere a si nos seguíamos viendo?

—Por ejemplo. O cualquier otro tipo de contacto.

—No, aunque lo vi una vez hace unos cuantos meses. Pero él no me vio y no hablamos.

—¿Dónde fue eso?

—En Bloomingdale's. En la barra del piso de abajo. Fui a pedir un té, y él estaba allí.

—¿Por qué no habló con él?

—Estaba acompañado.

Nikki tomó nota.

—¿La conocía?

Morgan sonrió por la perspicacia de Nikki.

—No. Habría saludado a Matthew, pero ella tenía la mano sobre el muslo de él. Parecían preocupados.

—¿Podría describirla?

—Rubia, joven, guapa. —Se lo pensó un momento, y añadió—: Ah, y tenía acento. Escandinavo. Danés o sueco, tal vez, no lo sé.

Nikki y Rook intercambiaron miradas y ella lo notó mirando por encima de su hombro mientras escribía «¿niñera?» en sus notas.

—Entonces, aparte de eso, ¿no tuvo ningún contacto más con él?

—No. Cuando se acabó, se acabó. Pero todo fue muy cordial. —Miró hacia abajo, hacia su café expreso, levantó la vista hacia Nikki y exclamó—: Y una mierda, fue doloroso como el infierno. Pero ambos éramos mayorcitos. Seguimos nuestro camino. La vida da... bueno... —Dejó la frase inacabada.

—Volvamos al final de su relación. Debió de ser difícil en la oficina. ¿La despidió cuando se acabó?

—Yo decidí marcharme. Seguir trabajando juntos sería incómodo para los dos, y yo tenía más claro que el agua que no me apetecía en absoluto tener que aguantar los cotilleos.

—Pero aun así, usted tenía una prometedora carrera allí.

—Tenía un gran amor allí. Al menos eso me decía a mí misma. Cuando se acabó, no conseguía centrarme demasiado en mi carrera.

—Yo estaría cabreadísima —dijo la detective. A veces la mejor manera de hacer una pregunta era no hacerla.

—Dolida y con sentimiento de fragilidad, sí. ¿Enfadada? —Morgan sonrió—. Que se acabara fue lo mejor que pudo pasar. Ya sabe, era una de esas relaciones divertidas y prácticas que no llevan a ninguna parte. Me di cuenta de que estaba utilizando esa relación para mantenerme alejada de las relaciones, igual que el trabajo. ¿Me explico?

Nikki se removió incómoda en su silla, y consiguió articular un neutro «ajá».

—Como mucho servía para llenar un vacío. Y yo ya no era precisamente una niña. —Nikki se revolvió de nuevo, preguntándose cómo había acabado siendo ella la que se sentía incómoda—. Matthew se portó bien conmigo. Me ofreció una enorme suma de dinero.

La detective salió de su ensimismamiento, volvió a la entrevista e hizo una nota mental para comprobar eso con Paxton.

—¿Cuánto le dio?

—Nada. No lo acepté.

—No creo que a él le costara mucho —intervino Rook.

—¿Pero no lo entiende? —replicó ella—. Si aceptaba ese dinero, luego todo se reduciría a eso. No era como decía la gente. Yo no estaba intentando llegar a lo más alto subiéndome la falda.

—Aun así, nadie tendría por qué haberse enterado si usted aceptara el dinero —insistió Rook.

—Yo sí —admitió ella.

Y con esas dos palabras, la agente Heat cerró el cuaderno. Una magdalena de zanahoria la estaba llamando desde el plato y había que callarla. Mientras Nikki retiraba el molde de papel rizado de la parte inferior, señaló con la cabeza la moderna pastelería y preguntó:

—¿Y todo esto? No es precisamente donde esperaría encontrarme a la infame Máster en Red Bull.

Morgan se rió.

—Ah, esa Morgan Donnelly. Está por ahí. Aparece de vez en cuando y me vuelve loca. —Se inclinó sobre la mesa hacia Nikki—. El final de esa aventura hace tres años resultó ser una epifanía. Antes de que sucediera me lanzaba indirectas, pero yo las ignoraba. Por ejemplo, algunas noches me quedaba allí en mi vieja y enorme oficina de dirección del ático del Starr Pointe hablando por teléfono, con dos líneas en espera y una docena de correos electrónicos que responder. Miraba hacia la calle, allá abajo, y me decía: «Mira a toda esa gente allá abajo. Van a casa de alguien».

Nikki estaba lamiendo un poco de glaseado de crema de mantequilla que tenía en la yema del dedo y paró en seco.

—Venga ya, una mujer de carrera en lo más alto del juego, debe de haber sido muy satisfactorio, ¿no?

—Después de lo de Matthew, lo único en lo que podía pensar era adónde me conduciría. Y en todas las cosas que había dejado pasar de largo mientras me ponía los trajes de poder y hacía carrera. Ya sabe, la vida. Pues bien, ésa fue la epifanía. Un día estaba viendo *Good Morning America* y salió Emeril haciendo pasteles, y eso me recordó lo mucho que me gustaba hornear cuando era pequeña. Y allí estaba yo, con mis pijama y mis Ugg, acercándome cada vez más a los treinta, sin trabajo, sin pareja y, admitámoslo, de todos modos sin sacar mucho en limpio de ninguna, cuando las tuve, y pensando: «Hora de reiniciar».

Nikki notó que el corazón le iba a mil. Bebió un sorbo de su café americano y preguntó:

—¿Así que simplemente dio el salto? ¿Sin red, sin remordimientos, sin mirar atrás?

—¿Y qué? Decidí buscar la felicidad. Por supuesto, el precio de la felicidad pasa por endeudarse hasta las cejas, pero está funcionando. Empecé con un local muy pequeño… Qué demonios, miren a su alrededor, éste sigue siendo pequeño… pero lo adoro. Incluso estoy prometida. —Levantó la mano, en la que no había ningún anillo.

—Es precioso —ironizó Rook.

Morgan puso cara de «¡vaya!» y se ruborizó un poco.

—Nunca lo llevo puesto cuando amaso, pero el chico que me hace la página web y yo nos vamos a dar el sí quiero este otoño. Supongo que uno nunca sabe adónde le va a llevar la vida, ¿eh?

Nikki lo pensó y, desgraciadamente, tuvo que darle la razón.

***

Mientras se dirigían a la zona residencial, Rook sostenía una caja enorme con dos docenas de magdalenas en el regazo. Heat detuvo el coche con cuidado en un semáforo en rojo para que el regalo del periodista para la sala de descanso de la comisaría no se convirtiera en una caja de migas.

—¿Qué pasa, agente Rook? —preguntó ella— Aún no le he oído decir que meta a Morgan Donnelly en la cárcel. ¿Qué sucede?

—No puede estar en la lista.

—¿Por qué?

—Es demasiado feliz.

—Estoy de acuerdo —asintió Heat.

—Pero —continuó Rook— aun así vas a comprobar su coartada y si Paxton le extendió un jugoso cheque de despedida.

—Exacto.

—Y tenemos una misteriosa invitada sorpresa que investigar: la niñera nórdica.

—Vas aprendiendo.

—Sí, estoy aprendiendo mucho. Tus preguntas han sido muy reveladoras. —Ella lo miró, a sabiendas de que algo se avecinaba—. Sobre todo cuando acabaste las preguntas sobre el caso y empezaste a meterte en el terreno personal.

—¿Y? Tenía una historia interesante y me apetecía oírla.

—Ya. Pues te puedo asegurar que tu cara no decía lo mismo.

Rook esperó hasta que vio cómo se ruborizaba y luego se limitó a mirar fijamente hacia delante a través del parabrisas, de nuevo con esa estúpida sonrisa. Lo único que dijo fue: «Envidia».

***

—Oye, tío, la intención es lo que cuenta —dijo Raley.

Rook, Roach y una serie de detectives y agentes estaban apiñados en la sala de descanso de la comisaría, alrededor de la caja abierta de Llamas y Azúcar Helado que Rook había acunado amorosamente durante el viaje. El surtido de magdalenas glaseadas con crema de mantequilla, nata montada y chocolate se habían mezclado y se habían convertido en lo que, siendo generoso, podría describirse como el resultado de un atropello.

—No, no lo es —lo contradijo Ochoa—. Este tipo nos prometió magdalenas, yo no quiero intenciones, quiero una magdalena.

—Os aseguro que estaban perfectas cuando salieron de la pastelería —se disculpó Rook, pero la habitación se estaba vaciando alrededor de sus buenas intenciones—. Es el calor, que lo derrite todo.

—Déjalas fuera un poco más. Volveré con una pajita —dijo Ochoa. Él y Raley se fueron a la oficina abierta. Cuando llegaron, la agente Heat estaba actualizando la pizarra blanca.

—Repostando —dijo Raley. Había siempre unos sentimientos encontrados en ese punto de un homicidio abierto, cuando la satisfacción de empezar a ver la pizarra llena de datos se veía compensada por el hecho más notable: nada de lo que había en ella los había llevado a una solución. Pero todos sabían que era un proceso, y que cada detalle que escribían los acercaba un paso más a la resolución del caso.

—Bien —dijo Nikki a su brigada—, la coartada de Morgan Donnelly concuerda con el comité de Tribeca Film.

Mientras Rook entraba en la sala comiendo con una cuchara una magdalena derretida sobre un papel, ella añadió:

—Por el bien de sus magdalenas, espero que la ola de calor se acabe en abril. Roach, ¿habéis ido a ver al cirujano plástico de Kimberly Starr?

—Sí, y estoy pensando en quitarme una cosa horrible que lleva dos años molestándome. —Raley hizo una pausa, y añadió—: A Ochoa.

—¿Lo ves, detective Heat? —dijo su pareja—. Yo doy y doy, y esto es lo que recibo a cambio. —Ochoa comprobó sus notas—. La coartada de la viuda encaja. Había pedido una cita a última hora para una «consulta» y apareció a la una y cuarto. Eso cuadra con su salida de la heladería de Amsterdam a la una.

—¿Hasta East Side en quince minutos? Sí que fue rápida —dijo Heat.

—No hay ninguna montaña demasiado alta —sentenció Rook.

—Está bien —continuó Nikki—. La señora Starr nos contó finalmente la verdad sobre los engaños tanto a su marido como a Barry Gable con el doctor Boy-tox. Pero eso es sólo su coartada. Investigad las grabaciones telefónicas de ella o del doctor a ver si hay alguna llamada a Miric o a Pochenko, sólo por si acaso.

—Vale —dijeron los Roach al unísono, y se rieron.

—¿Ves? No soy capaz de estar enfadado contigo —dijo Ochoa.

***

Aquella noche, la oscuridad estaba intentando colarse a través del húmedo aire de fuera de la comisaría en la 82 Oeste, cuando Nikki Heat salió con la caja de la tienda del Metropolitan que contenía su grabado de John Singer. Rook estaba de pie en la acera.

—Acabo de llamar a un taxi. ¿Por qué no dejas que te lleve?

—No te preocupes, estoy bien. Y gracias de nuevo por esto, no tenías por qué. —Empezó a alejarse hacia Columbus, camino del metro que estaba cerca del Planetario—. Pero, como verás, me lo voy a quedar. Buenas noches.

Llegó a la esquina con Rook a su lado.

—Ya que insistes en demostrar lo macho que eres yendo andando, por lo menos deja que te lleve eso.

—Buenas noches, señor Rook.

—Espera. —Ella se detuvo, pero no disimuló su impaciencia—. Venga, Pochenko aún anda suelto. Deberías llevar escolta.

—¿Tú? ¿Y quién te protegerá a ti? Yo no.

—Vaya, un poli que utiliza una gramática correcta como arma. Estoy obnubilado.

—Mira, si tienes alguna duda sobre si puedo cuidar de mí misma, estaré más que encantada de hacerte una demostración. ¿Tienes tu seguro médico al día?

—Está bien, ¿y qué pasaría si esto fuera sólo una mala excusa para ver tu apartamento? ¿Qué dirías?

Nikki miró al otro lado de la calle y se volvió hacia él. Sonrió y dijo:

—Mañana te traeré algunas fotos —y cruzó por el semáforo, dejándolo allí en la esquina.

Media hora más tarde, Nikki subía los escalones del Tren R en la acera de la 23 Este y pudo ver cómo el barrio se sumía en la oscuridad. Manhattan finalmente había tirado la toalla y había sufrido un colapso en forma de apagón que afectaba a toda la ciudad. Al principio se sintió un extraño silencio, ya que cientos de aires acondicionados situados en las ventanas de un lado y otro de la calle se apagaron. Era como si la ciudad estuviera conteniendo el aliento. Había un poco de luz ambiente procedente de las farolas de Park Avenue South. Pero las luces de las calles y los semáforos estaban apagados, y pronto empezaron a oírse pitidos de enfado mientras los conductores neoyorquinos competían por el asfalto y por tener preferencia.

Cuando dobló la esquina de su manzana, le dolían los brazos y los hombros. Dejó el grabado de Sargent en la acera y lo apoyó cuidadosamente contra un portal cercano de hierro forjado mientras abría el bolso. A medida que se había ido alejando de la avenida, la oscuridad había ido en aumento. Heat pescó su mini-Maglite y ajustó el tenue haz de luz para no pisar ningún trozo roto de pavimento ni excremento de perro.

El espeluznante silencio empezó a dar paso a voces. Flotaban en la oscuridad desde arriba, a medida que las ventanas de los pisos se iban abriendo y ella podía oír una y otra vez las mismas palabras procedentes de diferentes edificios: «apagón», «linterna» y «pilas». La sobresaltó una tos cercana y enfocó con su linterna a un anciano que paseaba a su perrito faldero.

—Me está cegando con esa maldita luz —dijo al pasar, y ella apuntó hacia el suelo.

—Que le vaya bien —replicó ella, pero no obtuvo respuesta. Nikki cogió su caja con las dos manos y se dirigió hacia su edificio con la mini-Mag sujeta entre la palma de la mano y el cartón, alumbrando unos cuantos metros por delante de cada uno de sus pasos. Estaba a dos portales de su edificio cuando tropezó en un adoquín detrás de ella, y frenó en seco. Escuchó. Aguzó el oído. Pero no oyó pasos.

Algún idiota gritó «¡Auuuuuuuuuuu!» desde un tejado del otro lado de la calle y lanzó algún papel en llamas que bajó girando con un brillo anaranjado hasta que se consumió a medio de camino de la acera. Eran claros avisos de que era un buen momento para encerrarse en casa.

En las escaleras de la puerta principal, Nikki dejó de nuevo la caja y se inclinó para coger las llaves. Oyó unos pasos rápidos detrás de ella y una mano le tocó la espalda. Ella se dio la vuelta y lanzó una patada alta circular de espaldas que rozó a Rook, y cuando ella escuchó su «¡Eh!» ya era demasiado tarde para hacer nada que no fuera recuperar el equilibrio y esperar no haberle dado en la cabeza al bajar.

—Rook —musitó.

—Aquí abajo. —Nikki enfocó su linterna en la dirección de su voz y lo alumbró sentado en una maceta de la acera con la espalda apoyada en el tronco de un árbol, sujetándose la mandíbula.

Se agachó hacia él.

—¿Estás bien? ¿Qué demonios estabas haciendo?

—No te vi, tropecé contigo.

—Pero ¿qué haces aquí?

—Sólo quería asegurarme...

—... de ignorar lo que te dije y seguirme.

—Siempre tan audaz, detective. —Apoyó una de las manos contra el árbol, y la otra en la acera—. Tal vez quieras largarte. Estoy listo para pelear. Ignora el quejido. —Ella no se apartó, pero le puso una mano debajo del brazo para ayudarlo a levantarse.

—¿Te he roto algo? —preguntó, y le enfocó la cara con la linterna. Tenía la mandíbula colorada y arañada por culpa de su pie—. Haz esto —dijo, y enfocó la linterna hacia sí misma mientras abría y cerraba la mandíbula. Lo enfocó a él, que siguió sus instrucciones—. ¿Qué tal?

—Lo más humano sería pegarme un tiro. ¿Tienes alguna bala?

—Estás bien. Tienes suerte de que sólo te haya rozado.

—Tienes suerte de que firmara aquella renuncia contra denuncias cuando empecé a acompañarte.

Ella sonrió en la oscuridad.

—Supongo que ambos tenemos suerte. —Nikki se imaginó que él debía de haber notado en su voz que estaba sonriendo, porque se acercó más a ella, hasta que hubo sólo un ligero hueco separándolos. Se quedaron allí de pie así, sin tocarse, pero sintiendo la proximidad el uno del otro en la oscuridad de la calurosa noche de verano. Nikki empezó a moverse y luego a acercarse ligeramente hacia él. Sintió cómo su pecho rozaba levemente la parte superior del brazo de él.

Y entonces una brillante luz los golpeó.

—¿Agente Heat? —dijo la voz desde el coche patrulla.

Ella dio un paso atrás para alejarse de Rook, y entornó los ojos hacia el punto de luz.

—Sí, soy yo.

—¿Va todo bien?

—Sí. Él está… —miró a Rook, al que no le estaba gustando nada la pausa mientras luchaba por definirlo— conmigo.

Nikki se dio cuenta de lo que sucedía. Mientras retiraban la luz de sus ojos, se imaginó la reunión en la oficina del capitán Montrose después de que ella se hubiera ido y las órdenes que había dado. Una cosa era bromear entre ellos y jugar a su juego de Demasiado Guay para tener Escolta, pero la comisaría era la familia, y si tú eras uno de ellos y estabas en peligro, podías apostar tu placa a que te escoltarían. El gesto habría sido mucho mejor recibido si no hubiera tenido a Jameson Rook pegado a ella.

—Gracias, pero no es necesario. De verdad.

—No se preocupe, estaremos aquí toda la noche. ¿Quiere que le iluminemos las escaleras?

—No —dijo Nikki un poco más rápidamente de lo que pretendía. Luego continuó más suavemente—: Gracias. Tengo —miró a Rook, que sonrió hasta completar la frase—… una linterna.

Rook bajó la voz.

—Genial. Le diré a James Taylor que ya tengo su nueva canción. *Tienes una linterna.*

—No seas tan… ¿Conoces a James Taylor?

—Heat.

—¿Sí?

—¿Tienes hielo en tu apartamento?

Nikki esperó un rato mientras él se frotaba su dolorida mandíbula.

—Vamos arriba a ver.

Capítulo
9

El edificio donde vivía Heat no era el Guilford. No sólo su tamaño equivalía a una ínfima parte de él, sino que no había portero. Rook rodeó con los dedos el pomo de latón y sujetó la puerta mientras ella entraba en el pequeño vestíbulo. Sus llaves chocaron contra el cristal de la puerta interior, y una vez que Nikki la hubo abierto, le hizo una señal al coche azul y blanco aún aparcado enfrente.

—Ya estamos dentro —advirtió ella—, gracias.

Los policías dejaron encendida la linterna para iluminarlos, y gracias a su haz de luz el vestíbulo no estaba totalmente a oscuras.

—Ahí hay una silla, ¿la ves? —Nikki dirigió hacia ella la linterna fugazmente—. Mantente cerca. —Una hilera de brillantes buzones de correo metálicos recogieron el reflejo que tenían al lado. Ella agrandó un poco el haz de luz, y aunque así no era tan intenso, le daba una idea mejor del espacio y dejaba ver el largo y estrecho vestíbulo que era una réplica a pequeña escala de la planta del edificio. A la izquierda había un solo ascensor, y a la derecha, separado por una mesa en la que había varios paquetes de UPS y periódicos sin dueño, había un pasillo abierto que daba a la escalera.

—Sujeta esto. —Le dio la caja y cruzó hacia el ascensor.

—A no ser que esa cosa vaya a vapor, no creo que funcione —dijo Rook.

—¿Tú crees? —Iluminó desde abajo el indicador estilo *art déco* de latón para ver en cuál de los cinco pisos estaba el ascensor. La flecha señalaba el uno. Heat golpeó la parte trasera de su linterna contra la puerta del ascensor y resonaron una serie de fuertes gongs. Gritó: «¿Hay alguien ahí?», y pegó la oreja al metal.

—Nada —le dijo a Rook. Luego arrastró la silla del vestíbulo hacia la puerta del ascensor y se puso en pie sobre ella—. Para que esto funcione, hay que hacerlo desde arriba, en el cabezal. —Sujetó la diminuta linterna entre los dientes para tener las manos libres y las usó para abrir unos centímetros las puertas por el centro. Nikki inclinó la cabeza hacia delante e insertó la luz en la separación. Satisfecha, soltó las puertas y se bajó, informando—: Vía libre.

—Siempre la policía —apuntó Rook.

—Mmm… No siempre.

***

Se dio cuenta de lo oscuro que aquello podía llegar a estar cuando empezaron a subir las escaleras, que estaban encajadas entre las paredes, y a las que no llegaba la luz de la policía como en el vestíbulo. Nikki iba delante con su Maglite; Rook la sorprendió con una luz propia. En el descansillo del segundo piso, ella preguntó:

—¿Qué diablos es eso?

—Una aplicación del iPhone. ¿Mola, eh? —La pantalla de su móvil irradiaba una brillante llama de un mechero Bic virtual—. Ahora causan furor en los conciertos.

—¿Te lo ha dicho Mick?

—No, no fue Mick. —Reiniciaron el ascenso y añadió—: fue Bono.

No costaba mucho subir hasta su apartamento, situado en el tercer piso, pero el aire sofocante de la escalera hizo que los dos se secaran con la palma de la mano el sudor de la cara. Una vez dentro de su recibidor, ella intentó encender el interruptor de la luz por costumbre y se reprendió por hacer las cosas de manera tan automática.

—¿Esa cosa tiene cobertura?

—Sí, y con todas las rayas.

—Milagro de milagros —dijo ella, abriendo su propio teléfono para llamar con el sistema de marcación rápida al capitán Montrose. Tuvo que intentarlo dos veces para conseguir línea y, mientras sonaba, dejó a Rook en la cocina e iluminó la nevera—. Ponte hielo en la mandíbula, mientras yo… Hola, capitán, pensé que debería ponerme en contacto con usted.

La agente Heat sabía que la ciudad estaría en alerta táctica y quería saber si tenía que ir a la comisaría o a alguna de las zonas afectadas. Montrose confirmó que Gestión de Emergencias había declarado la alerta táctica y que los permisos y los días libres estaban temporalmente suspendidos.

—Podría necesitarte para cubrir algún turno, pero por ahora la ciudad se está comportando bien. Esperemos hacerlo mejor que en 2003 —afirmó—. Teniendo en cuenta las veinticuatro horas que acabas de tener, lo mejor que puedes hacer por mí es descansar para estar fresca mañana, por si esto continúa.

—Oiga, capitán, me ha sorprendido ver que tengo compañía delante de casa.

—Ah, sí. He avisado a los de la comisaría 13. Espero que te estén tratando bien.

—Fenomenal, muy formales. Pero la cuestión es si con esta alerta táctica ése será el mejor uso de los recursos.

—Si te refieres a escoltar a mi mejor investigadora para asegurarme de que nadie interrumpe su sueño, no se me ocurre mejor uso. Raley y Ochoa insistieron en hacerlo ellos mismos, pero yo se lo impedí. Eso sí que sería malgastar recursos.

Dios, pensó. Eso era justo lo que habría necesitado, que los Roach aparecieran y la pillaran allí fuera rozándose en la oscuridad con Rook. Tal y como estaban las cosas, no le gustaba nada la idea de que esos policías supieran a qué hora se iba Rook, aunque fuera pronto.

—Es muy amable por su parte, capitán, pero soy mayorcita, estoy en casa sana y salva, la puerta está cerrada con llave, las ventanas están cerradas, estoy armada y creo que nuestra ciudad estará mejor si deja que ese coche se vaya.

—Está bien —dijo—. Pero cierra la puerta con dos vueltas de llave. No quiero ningún hombre ajeno en tu apartamento esta noche, ¿me oyes?

Vio a Rook apoyado contra la tabla de cortar con un paño lleno de cubitos de hielo sobre la cara.

—No se preocupe, capitán. Y capitán… gracias. —Colgó y dijo—: No me necesitan esta noche.

—Así que tu evidente intento de acortar mi visita no ha funcionado.

—Cállate y déjame ver eso. —Se acercó para inclinarse sobre él y le retiró el paño para poder examinar su mandíbula herida—. No se ha hinchado, eso es bueno. Un centímetro más cerca de mi pie, y estarías bebiendo sopa por una pajita durante los próximos dos meses.

—Espera un momento, ¿me golpeaste con el pie?

Ella se encogió de hombros.

—¿Y? —Puso las yemas de los dedos sobre su mandíbula—. Muévela de nuevo. ¿Te duele algo?

—Sólo el orgullo.

Ella sonrió y puso los dedos sobre él, acariciándole la mejilla. Las comisuras de sus labios se curvaron ligeramente hacia arriba, y la miró de una manera que hizo que se sonrojara. Nikki retrocedió antes de que la fuerza magnética fuera realmente intensa, repentina y profundamente preocupada por si se había convertido en una especie de *friqui* a la que le ponían las escenas de los crímenes. Primero en el balcón de Matthew Starr, y ahora aquí, en su propia cocina. No es que fuera algo malo ser un poco *friqui*, pero ¿en los escenarios de los crímenes? Estaba claro que ése era el común denominador. Bueno, eso y Rook.

Sacudió el paño para tirar el hielo dentro del fregadero y, mientras estaba ocupado, la mente de ella fue a toda velocidad para intentar comprender en qué demonios estaba pensando cuando lo invitó a subir. Tal vez le estaba dando demasiada importancia a esta visita, haciendo planes. A veces un cigarro es sólo un cigarro, ¿no? Y a veces subir a por hielo es subir a por hielo. Sin embargo, aún tenía el corazón acelerado por haber estado cerca de él. Y aquella mirada. No, se dijo a sí misma, y la decisión quedó tomada. Lo mejor era no forzar las cosas. Él había conseguido su hielo, ella había cumplido su promesa, sí, lo más inteligente sería detener esto ahora y echarlo.

—¿Te apetece quedarte a tomar una cerveza? —preguntó.

—No estoy seguro —dijo con tono serio—. ¿Tienes la plancha desenchufada? Ah, espera, no hay luz, así que no tendré que preocuparme por si me planchas la cara.

—Qué gracioso. ¿Sabes qué? No necesito una asquerosa plancha. Tengo un cortador de *bagels* ahí arriba y ni te imaginas lo que soy capaz de hacer con él.

Él se lo pensó un momento.

—Una cerveza está bien —dijo.

Sólo había una Sam Adams en la nevera, así que se la tomaron a medias. Rook dijo que no le importaba compartirla de la botella, pero Nikki fue a por vasos y, mientras los cogía, se preguntó qué le había hecho pedirle que se quedara. Sintió un escalofrío perverso y sonrió pensando en cómo los apagones y las noches calurosas provocaban un cierto caos. Tal vez sí necesitaba que la protegieran; de ella misma.

Rook y su mechero virtual desaparecieron en la sala de estar con sus cervezas, mientras ella revolvía un cajón de la cocina en busca de velas. Cuando llegó a la sala, Rook estaba de pie al lado de la pared colocando el grabado de John Singer Sargent.

—¿Está recto?

—Oh….

—Sé que he sido un poco atrevido. Ambos conocemos mis problemas con los límites, ¿verdad? Puedes colgarlo en otro sitio, o no, se me ocurrió cambiarlo por tu póster de Wyeth para que pudieras ver el efecto.

—No, no, está bien. Me gusta ahí. Espera a que ponga un poco más de luz para que se vea mejor. Podría haber encontrado su lugar. —Nikki encendió una cerilla de madera y la llama le tiñó la cara de dorado. Introdujo la mano en el quinqué de cristal curvado de la estantería y acercó la llama a la mecha.

—¿Cuál eres? —preguntó Rook. Cuando ella levantó la vista, lo vio señalando el grabado—. De las niñas que encienden los farolillos. Te estoy viendo hacer lo mismo, y me preguntaba si parecerías una de ellas.

Nikki se acercó a la mesa de centro y puso un par de velas. Mientras las encendía, dijo:

—Ninguna, sólo me gusta el sentimiento que evoca. Lo que plasma. La luz, el ambiente festivo, su inocencia. —Se sentó en el sofá—. Todavía no me puedo creer que me lo hayas regalado. Ha sido todo un detalle.

Rook dio la vuelta por el otro lado de la mesa de centro y se unió a ella en el sofá, pero se sentó en el extremo, apoyando la espalda contra el reposabrazos y dejando así algún espacio entre ellos.

—¿Has visto el original?

—No, está en Londres.

—Sí, en la Tate —observó él.

—Entonces tú sí lo has visto, presume un poco.

—Fuimos Mick, Bono y yo. En el Bentley de Elton John.

—Ya, seguro.

—Tony Blair se enfadó muchísimo porque invitamos al príncipe Enrique en vez de a él.

—Sí, ya —dijo ella con una risa ahogada, y levantó la vista hacia el grabado—. Me encantaba ir al Museo de Bellas Artes de Boston para ver los cuadros de Sargent cuando estudiaba en la Northeastern. También había algunos murales suyos.

—¿Estudiaste arte? —Antes de que le diera tiempo a contestar, él levantó el vaso—. Oye, míranos. Nikki y Jamie socializando.

Ella chocó su vaso y bebió un sorbo. El aire estaba tan caliente que la cerveza ya estaba casi a temperatura ambiente.

—Filología inglesa, pero en realidad quería cambiarme a teatro.

—Vas a tener que ayudarme con esto. ¿Cómo pasaste de eso a ser detective de la policía?

—No es un salto tan grande —admitió Nikki—. Lo que hago consiste en parte en actuar y en parte en contar una historia, ¿o no?

—Cierto. Pero eso es el qué. Lo que me intriga es el porqué.

El asesinato.

El fin de la inocencia.

El suceso que cambió su vida.

Lo pensó un instante.

—Es algo personal —dijo—. Tal vez cuando nos conozcamos mejor.

—Personal. ¿Es la expresión clave para «por culpa de un tío»?

—Rook, ¿cuántas semanas llevamos yendo juntos en coche? Conociéndome como me conoces, ¿crees que tomaría una decisión como ésa por un tío?

—Pido al jurado que desestime mi pregunta.

—No, está bien, quiero saberlo —dijo, y se deslizó más hacia él—. ¿Tú dejarías de hacer lo que haces por una mujer?

—No puedo responder a eso.

—Tienes que hacerlo, te estoy interrogando, idiota. ¿Dejarías de hacer lo que haces por una mujer?

—En principio… No creo.

—Pues eso.

—Pero —continuó él, antes de hacer una pausa para formular su pensamiento— por la mujer adecuada… Me gustaría pensar que haría casi cualquier cosa. —Parecía satisfecho con lo que acababa de decir, hasta se reafirmó asintiendo una vez con la cabeza, y cuando lo hizo, alzó las cejas y, en ese momento, Jamie Rook no parecía en absoluto un trotamundos en la portada de una revista de moda, sino un niño de una ilustración de Norman Rockwell, sincero y sin malicia.

—Creo que necesitamos alcohol de verdad —dijo ella.

—Estamos en medio de un apagón, podría saquear una licorería. ¿Tienes una media que me puedas dejar para ponérmela en la cabeza?

El contenido exacto del mueble bar de la cocina era un cuarto de botella de jerez para cocinar, una botella de licor de melocotón para cócteles Bellini que no tenía fecha de caducidad, pero que hacía años que se había cortado y había adquirido el aspecto y el color de material nuclear fisionable… ¡Ajá! Y media botella de tequila.

Rook sujetó la linterna y Nikki se irguió desde el cajón de las verduras de la nevera blandiendo una triste y pequeña lima como si hubiera atrapado una pelota de Barry Bonds con holograma.

—Es una pena que no tenga triple seco, o Cointreau, podríamos hacer margaritas.

—Por favor —dijo él—. Ahora estás en mi terreno. —Volvieron al sofá y él montó el chiringuito sobre la mesa de centro con un cuchillo de pelar, un salero, la lima y el tequila—. En la clase de hoy aprenderemos a hacer lo que denominamos margaritas en mano. Observa. —Cortó una rodaja de lima, sirvió un chupito de tequila, luego se lamió el dorso de la mano sobre el pulgar y el índice y echó sal encima. Lamió la sal, se bebió el tequila de un trago y luego mordió la lima—. Sí, señor. A esto es a lo que me refiero —dijo—. Desmond Tutu me enseñó a hacer esto —añadió, y se rió—. Ahora tú.

Con un movimiento fluido, Nikki cogió el cuchillo, cortó una rodaja, se echó sal en la mano, y para adentro. Ella vio su expresión.

—¿Dónde diablos crees que he estado todos estos años? —preguntó.

Rook le sonrió y preparó otro y, mientras lo miraba, sintió cómo se relajaban su doloridos hombros y, poco a poco, se iba liberando del estado de alerta que había adoptado como estilo de vida sin darse cuenta. Pero cuando estuvo listo, Rook no se bebió su chupito. En lugar de ello, extendió la mano hacia ella. Nikki miró la sal sobre su piel y la lima entre sus dedos pulgar e índice. No lo miró a la cara, porque temía cambiar de opinión si lo hacía en lugar de lanzarse. Ella se inclinó hacia su mano y sacó la lengua, rápido al principio, pero luego, queriendo ralentizar el momento, se quedó allí lamiendo la sal de su piel. Él le ofreció el chupito y ella se lo bebió de un trago y, después, cogiendo su muñeca entre los dedos, se llevó la rodaja de lima que él estaba sujetando hacia los labios. El estallido del zumo de lima limpió su paladar y, mientras tragaba, el calor del tequila se extendió desde su estómago hasta sus extremidades, llenándola de un optimismo lujurioso. Cerró los ojos y recorrió sus labios de nuevo con la lengua, saboreando el gusto cítrico y la sal. Nikki no estaba en absoluto borracha, era otra cosa. Se estaba dejando llevar. Una de esas cosas normales a las que la gente no da importancia. Por primera vez en mucho tiempo, que ella recordara, estaba completamente relajada.

Entonces se dio cuenta de que todavía estaba agarrando a Rook por la muñeca. A él no parecía importarle.

No hablaron. Nikki se lamió la mano y le echó sal. Cogió una rodaja. Sirvió un chupito. Y le tendió la mano. A diferencia de ella, él no evitó su mirada. Atrajo su mano hacia él y puso sus labios sobre ella, saboreando la sal y luego el sabor salado de la piel circundante mientras se miraban fijamente el uno al otro. A continuación, se bebió el chupito y mordió la lima que ella le ofreció. Mantuvieron el contacto visual así, sin un solo movimiento, la versión extendida de su momento anuncio de colonia en el balcón de Matthew Starr. Pero esta vez Nikki no lo interrumpió.

Con indecisión, lentamente, se fueron acercando centímetro a centímetro, en silencio, sosteniéndose la mirada. Ella despreció cualquier resto de preocupación, incertidumbre o conflicto que hubiera podido sentir antes, como algo que la haría pensar demasiado. En ese momento, Nikki Heat no quería pensar. Quería estar. Extendió la mano y le acarició la mandíbula con suavidad, donde le había golpeado anteriormente. Se irguió sobre una rodilla, se inclinó sobre él y lo besó suavemente en la mejilla. Nikki se quedó allí, suspendida en el aire, estudiando el juego de la luz de las velas y las sombras sobre su cara. Las suaves puntas de su cabello colgaban hacia abajo, rozándolo. Él se inclinó, separándole con suavidad uno de sus mechones, acariciándole ligeramente la sien. Inclinada sobre él, Nikki pudo sentir el calor de su pecho que subía hasta encontrarse con el suyo, e inhaló el agradable aroma de su colonia. El parpadeo de las velas hacía que pareciera que la habitación estaba en movimiento, la misma sensación que sentía Nikki cuando el avión en el que viajaba atravesaba una nube. Se hundió hacia él y él la recibió; no se movían, sino que se dejaban atraer ingrávidos el uno hacia el otro, atraídos por alguna fuerza irresistible de la naturaleza que no tenía nombre, color, ni sabor, sólo calor.

Y entonces, lo que había empezado tan suavemente, cobró vida propia. Volaron el uno hacia el otro, uniendo sus bocas entreabiertas, cruzando alguna línea que los desafiaba, y ellos aceptaron el desafío. Se saborearon profundamente y se tocaron con el frenesí de la impaciencia encendida por el asombro y las ansias, ambos permitiéndose, finalmente, experimentar los límites de su pasión.

Una de las velas de la mesa de centro empezó a chisporrotear y se apagó. Nikki se apartó bruscamente de Rook, alejándose de él, y se sentó. Con la respiración agitada, empapada en sudor, tanto suyo como de él, observó cómo se apagaba la brillante brasa de la vela y, cuando la oscuridad la consumió, se puso en pie. Tendió la mano hacia Rook y él la agarró, levantándose para ponerse de pie a su lado.

Una de las velas había echado chispas y se había apagado, pero la otra todavía estaba encendida. Nikki la cogió, e iluminó con ella el camino hacia su dormitorio.

10

Nikki lo guió en silencio hasta su dormitorio y dejó la vela sobre el tocador, delante del espejo de tres cuerpos, que multiplicó su luz. Se dio la vuelta para encontrar a Rook allí, cerca de ella, magnético. Le rodeó el cuello con los brazos y atrajo su boca hacia la suya; él envolvió su cintura con sus largos brazos y la atrajo hacia él. Sus besos eran profundos y urgentes y a la vez familiares, y la lengua de ella buscaba la profundidad y la dulzura de su boca entreabierta mientras él exploraba la suya. Una de sus manos empezó a buscar su blusa, pero vaciló. Ella se la agarró y se la puso sobre su pecho. En la habitación hacía un calor tropical y, mientras él la tocaba, Nikki sentía cómo sus dedos se movían por encima de la mancha de sudor sobre la humedad de su sujetador. Ella bajó una mano buscándolo, y él gimió ligeramente. Nikki empezó a balancearse, luego él también, ambos interpretando una lenta danza en una especie de vértigo delicioso.

Rook la hizo retroceder hacia la cama. Cuando sus pantorrillas se encontraron con el extremo de la misma, ella se dejó caer lentamente hacia atrás, arrastrándolo con ella. Mientras caían suavemente, Heat lo atrajo más hacia sí y giró, sorprendiendo a Rook al aterrizar sobre él. Levantó la vista hacia ella desde el colchón.

—Eres buena —dijo.

—No sabes hasta qué punto —replicó ella. Se sumergieron de nuevo el uno en el otro y la lengua de ella notó el leve deje ácido de la lima y de la sal. Su boca abandonó la de él para besarlo en la cara, y luego en la oreja. Notó cómo los músculos de su abdomen se contraían contra ella mientras él inclinaba la cabeza hacia arriba para mordisquear la suave piel de la zona donde el cuello se juntaba con su clavícula. Nikki se irguió y empezó a desabrocharle la camisa. Rook se estaba eternizando con los botones de su blusa, así que ella se levantó, se puso a horcajadas sobre él y se abrió la blusa de un tirón. Oyó rebotar un botón sobre el suelo de madera cerca del rodapié. Con una mano, Rook desabrochó el cierre delantero de su sujetador. Nikki agitó los brazos para acabar de quitárselo, y se sumergió frenéticamente en él. Sus pieles húmedas hicieron ruido cuando el pecho de ella aterrizó sobre el de él. Ella bajó una mano y le desabrochó el cinturón. A continuación le bajó la cremallera. Nikki lo besó de nuevo, y susurró:

—Tengo protección en la mesilla de noche.

—No vas a necesitar pistola —dijo él—. Me comportaré como un perfecto caballero.

—Espero que no. —Y saltó sobre él con el corazón latiendo rápidamente en el pecho por la excitación y la tensión. Una ola cayó sobre Nikki y alejó todos los sentimientos conflictivos y los recelos contra los que había estado luchando y, simplemente, extremadamente, poderosamente, se dejó llevar. En ese instante, Nikki se sintió liberada. Liberada de responsabilidades. Liberada de cualquier límite. Liberada de sí misma. Se aferró a Rook retorciéndose, con la necesidad de sentir cada parte de él que pudiera tocar. Continuaron con furia, su pasión correspondía a la de ella mientras se exploraban mutuamente, moviéndose, mordisqueándose, hambrientos, intentando una y otra vez satisfacer aquello por lo que habían sufrido.

***

Nikki no podía creer que ya fuera de día. ¿Cómo podía el sol brillar tanto si la alarma de su despertador todavía no había sonado? ¿O se habría quedado dormida? Entreabrió los ojos lo suficiente para darse cuenta de que lo que estaba viendo era el foco de un helicóptero de la policía contra las cortinas de la ventana. Aguzó el oído. Nada de sirenas, megáfonos ni pesados pasos rusos en la escalera de incendios. Pronto la luz se extinguió y el zumbido del helicóptero se fue silenciando mientras se alejaba. Sonrió. Puede que el capitán Montrose hubiera cumplido su palabra y hubiera hecho que se fuera el coche patrulla, pero no había dicho nada sobre la vigilancia aérea.

Volvió la cabeza hacia el despertador, pero marcaba la una y tres minutos y no podía ser correcto. Su reloj marcaba las cinco veintiuno, así que Nikki supuso que la diferencia equivalía a la duración del apagón.

Rook inspiró larga y lentamente y Nikki sintió expandirse su pecho contra su espalda, seguido de las cosquillas de su exhalación contra la humedad de su cuello. «Caray —pensó—, me está abrazando». Con las ventanas cerradas la habitación era sofocante, y una capa de sudor fusionaba sus cuerpos desnudos. Pensó en moverse para que corriera un poco el aire entre los dos. En lugar de eso, Nikki se acurrucó contra su pecho y sus muslos y le gustó sentirse encajada.

Jameson Rook.

¿Cómo había sucedido?

Desde el primer día que se lo encasquetaron para acompañarla en sus tareas de investigación había sido un incordio diario para ella. Y ahora allí estaba, en la cama con él después de una noche de sexo. Y de sexo increíble, por cierto.

Si se tuviera que interrogar a sí misma, la detective Heat terminaría firmando una declaración jurada asegurando que la chispa había saltado en el momento en que se vieron por primera vez. Él, por supuesto, no tenía ningún reparo en decirlo cada vez que tenía la oportunidad, algo que podía haber tenido que ver con su gran capacidad para incordiar. ¿Sería así? Pero la certeza de él no era rival para una fuerza mayor: la negación de ella. Sí, siempre había habido algo, y ahora, mirando hacia atrás, se dio cuenta de que cuanto más lo notaba él, más lo negaba ella.

Nikki se preguntó qué otras cosas se negaba a reconocer.

Ninguna. Absolutamente ninguna.

Tonterías.

¿Por qué entonces se había sentido tan incómoda cuando la amante de Matthew Starr le había tocado la fibra sensible al decir que seguir con una relación que no llevaba a ninguna parte era una forma de evitar las relaciones, y preguntándole —a ella— si sabía a qué se refería?

Nikki sabía, desde la terapia a la que se había sometido tras el asesinato, que tenía una dura coraza. Como si necesitara a un psiquiatra para saberlo. O para alertarla sobre el riesgo emocional de postergar constantemente sus necesidades y sí, sus deseos, guardándolos demasiado a buen recaudo en su zona prohibida. Esas sesiones con el psiquiatra se habían acabado hacía mucho tiempo, pero cuán a menudo Nikki se había preguntado después, o más bien se había preocupado, cuando levantaba sus barreras y se ponía en Modo Centrado en la Tarea, si existía un punto de inflexión en el que perdías algo de ti misma que habías estado protegiendo y nunca lo volvías a recuperar. Por ejemplo, ¿qué sucedía cuando ese grueso abrigo que habías creado para proteger tu parte más vulnerable se hacía tan impenetrable que acababa habiendo una parte de ti misma a la que ni siquiera tú eras capaz de acceder?

El grabado de Sargent que Rook le había regalado le vino a la mente. Pensó en esas niñas despreocupadas que encendían farolillos de papel y se preguntó qué sería de ellas. ¿Habrían mantenido su inocencia incluso después de haber dejado de llevar vestidos para jugar, de haber perdido sus suaves cuellos y sus caras sin arrugas? ¿Habrían perdido la alegría de jugar, de caminar descalzas por la hierba húmeda simplemente porque era agradable? ¿Se habrían aferrado a su inocencia, o los acontecimientos habrían invadido sus vidas para convertirlas en personas cautelosas y vigilantes? ¿Habrían construido, cien años antes de que Sting lo escribiera, un fuerte alrededor de su corazón?

¿Practicaban sexo atlético con ex marines sólo para que se les acelerase el corazón?

¿O con periodistas famosos que alternaban con Mick y Bono?

No era por comparar —¿por qué no?—, pero la diferencia con Rook era que él había conseguido que se le acelerara el corazón antes, y eso era lo que le había gustado. Desde aquel rubor inicial, su pulso no había hecho más que acelerarse.

¿Qué era lo que hacía que el sexo con Jameson Rook fuera tan increíble?

Bueno, era apasionado, eso seguro. Y también excitante y sorprendente. Y dulce en los momentos apropiados, pero ni demasiado pronto, ni en exceso, gracias a Dios. Pero lo que hacía a Rook realmente diferente era su carácter juguetón.

Y que la hacía sentirse juguetona.

Rook le había dado permiso para reírse. Estar con él era divertido. Acostarse con él era todo menos solemne y serio. Su carácter juguetón había llevado la alegría a su cama. «Todavía tengo mi armadura —pensó—, pero aun así, esta noche Rook me la quitó. Y me llevó con él».

Nikki Heat había descubierto que ella también podía ser juguetona. De hecho, se volvió hacia él y se deslizó hacia los pies de la cama para demostrarlo.

**

El móvil de Nikki los sobresaltó e hizo que se despertaran. Ella se sentó, intentando orientarse en la cegadora luz del día.

Rook levantó la cabeza de la almohada.

—¿Qué es eso, una llamada para despertarte?

—Tú ya has tenido la tuya, caballero. —Se volvió a dejar caer sobre la almohada con los ojos cerrados, sonriendo al recordarlo—. Y yo respondí.

Presionó el teléfono contra la oreja.

—Heat.

—Hola, Nikki. ¿Te he despertado?

Era Lauren.

—No, estoy levantada. —Buscó a tientas su reloj en la mesilla de noche. Las siete y tres minutos. Nikki intentó aclararse la mente. Cuando tu amiga de la oficina forense llama a esas horas, no suele ser para socializar.

—He esperado a que fueran más de las siete.

—Lauren, en serio, no te preocupes. Ya estoy vestida y ya he ido a hacer ejercicio —mintió Nikki, mirando el reflejo de su cuerpo desnudo en el espejo. Rook se incorporó y su cara sonriente apareció en el espejo a su lado.

—Bueno, eso no es del todo mentira —dijo en voz muy baja.

—Parece que tienes compañía. Nikki Heat, ¿tienes compañía?

—No, es la tele. Los anuncios tienen un volumen altísimo. —Se volvió hacia Rook y puso un dedo sobre los labios.

—Estás con un hombre.

Nikki la presionó para cambiar de tema.

—¿Qué sucede, Laur?

—Estoy investigando el escenario de un crimen. Apunta la dirección.

—Espera, voy a buscar algo para escribir. —Nikki cruzó hasta el tocador y cogió un boli. No encontró ningún bloc de notas, así que usó su ejemplar de *First Press* en el que salían Rook y Bono en la portada, y escribió sobre el anuncio de vodka de la contraportada—. Ya.

—Estoy en el depósito municipal de vehículos de Javits.

—Conozco ese depósito. Está en el oeste, ¿era en la 38?

—Sí, en la 12 —dijo Lauren—. El conductor de una grúa encontró un cadáver en un coche que iba a recoger. La jurisdicción es de la comisaría 1, pero pensé que debía llamarte porque está claro que vas a querer pasarte por aquí. He encontrado algo que podría estar relacionado con tu caso de Matthew Starr.

—¿Qué es? Dímelo.

Nikki oía voces de fondo. Se oyó un frufrú en el micrófono del teléfono cuando Lauren lo tapó para hablar con alguien. Luego volvió.

—Los detectives de la 1 acaban de llegar todos cachondos, tengo que colgar. Te veo aquí.

Nikki colgó y se dio la vuelta. Vio a Rook sentado en el borde de la cama.

—¿Te avergüenzas de mí, detective Heat? —preguntó con aire teatral. Nikki reconoció una pose de la Gran Daña en su acento pijo—. Me llevas a la cama, pero me ocultas ante tus amigos de clase alta. Me siento tan... barato.

—Viene en el lote.

Rook se quedó un momento pensativo.

—Podías haberle dicho que estaba aquí para cubrirte las espaldas —dijo.

—¿Tú?

—Bueno… Cubrir sí te he cubierto. —La cogió de la mano y la acercó a él, de modo que se quedara de pie entre sus rodillas.

—Tengo una cita con un cadáver.

Él enroscó sus piernas alrededor de las de ella y le puso las manos en las caderas.

—Lo de anoche fue maravilloso, ¿no crees?

—Lo fue. ¿Y sabes qué más fue lo de anoche? Anoche. —Y se dirigió hacia el armario a grandes zancadas para coger ropa para ir a trabajar.

***

Rook intentó pescar un taxi en Park Avenue South y enganchó un buen ejemplar, un taxi furgoneta. Le abrió la puerta a Nikki, que entró echando un último vistazo por encima del hombro, preocupada por si el capitán Montrose había dejado un coche de policía para protegerla y la habían visto aquella mañana con Jameson Rook.

—¿Buscas a Pochenko? —preguntó Rook.

—No, no es eso. Una vieja costumbre.

Le dio al taxista la dirección de Rook, en Tribeca.

—¿Qué pasa? —dijo él—. ¿No íbamos al depósito municipal de vehículos?

—Uno de nosotros va a ir al depósito municipal de vehículos. El otro se va a ir a su casa a cambiarse de ropa.

—Gracias, pero si a ti no te molesta, hoy también llevaré esto puesto. Prefiero ir contigo. Aunque inspeccionar un cadáver no es exactamente la mejor guinda para el pastel. Tras una noche como ésta, lo que haría un neoyorquino sería llevarte a tomar un *brunch*. Y fingir que apunta tu número de teléfono.

—No, vas a ir a cambiarte. No se me ocurre una idea peor que aparecer en el mismo taxi a primera hora de la mañana en el escenario del crimen de mi amiga con el pelo revuelto y uno de nosotros con la ropa de ayer.

—Podríamos aparecer cada uno con la ropa del otro puesta, eso sería mucho peor. —Se rió y la cogió de la mano. Ella se soltó.

—¿Te has dado cuenta de que no suelo hacer manitas en el trabajo? Ralentiza mi gran habilidad para desenfundar.

Continuaron en silencio durante un rato. Cuando el taxi iba por la calle Houston, él dijo:

—No tengo muy claro si me mordí la lengua cuando me diste una patada en la cara o si me la mordiste tú. —El comentario hizo que el conductor echara un rápido vistazo al espejo retrovisor.

—Tengo que meterles prisa a los forenses para que me den de una vez el informe sobre los vaqueros de Pochenko —dijo Heat.

—No recuerdo que sucediera ninguna de las dos cosas —dijo Rook.

—Probablemente el apagón ha provocado retrasos en el laboratorio, pero ya ha pasado suficiente tiempo.

—Las cosas sucedieron muy rápido, y me atrevería a decir que con furia.

—Apuesto a que los tejidos coinciden —replicó ella.

—Pese a todo, lo normal sería recordar un mordisco.

—Que le den al vídeo de la cámara de vigilancia. No sé cómo entró allí, pero lo hizo. Sé que le gustan las escaleras de incendios.

—¿Estoy hablando demasiado?

—Sí.

Pasados dos benditos minutos en silencio, Rook estaba fuera del taxi delante de su edificio.

—Cuando hayas acabado, ve a la comisaría y espérame. Te veré allí cuando termine en el depósito.

Él se enfurruñó como un cachorro abandonado y empezó a cerrar la puerta. Ella la mantuvo abierta.

—Por cierto, sí. Te mordí la lengua —dijo, y dejó que se cerrara la puerta. Nikki lo vio sonriendo con cara de tonto en la acera por la ventanilla trasera mientras el taxi continuaba su camino.

**

La detective Heat se puso la placa mientras cruzaba la puerta del depósito municipal de coches. Le hizo un gesto al vigilante y éste salió de su diminuta oficina al sol abrasador para señalar la furgoneta de la forense al final del depósito. Nikki se volvió para darle las gracias, pero él ya estaba dentro llenando las mangas de su camisa de aire procedente del aparato de aire acondicionado instalado en la ventana.

El sol estaba aún bajo en el cielo, justo iluminando la cima del Centro de Convenciones Javits, y Heat sintió aquella punzada en la espalda cuando se detuvo para hacer su respiración larga y profunda, su respiración ritual para recordar. Cuando estuvo lista para ver a la víctima, caminó al lado de la larga fila de polvorientos coches aparcados con los parabrisas manchados de grasa hasta el lugar de la investigación. La furgoneta de la forense y otra del Departamento Forense estaban aparcadas cerca de una grúa aún enganchada a un Volvo familiar bastante nuevo, de color verde metalizado. Los técnicos, con monos de color blanco, empolvaban el exterior del Volvo. A medida que Nikki se iba acercando, pudo ver el cadáver de una mujer desplomado sobre el asiento del conductor con la parte superior de la cabeza apuntando hacia la puerta abierta del vehículo.

—Siento haber interrumpido su entrenamiento matinal, detective. —Lauren Parry apareció por la parte de atrás de la furgoneta del Departamento Forense.

—No se te escapa una, ¿verdad?

—Te dije que Jameson Rook no estaba mal. —Nikki sonrió y negó con la cabeza. La habían pillado—. Y bien, ¿lo estuvo?

—Desde luego.

—Bien. Me alegra ver que disfrutas de la vida. Los detectives me acaban de contar que la otra noche estuviste cerca.

—Sí, después de lo del SoHo House fue todo de mal en peor.

Lauren dio un paso hacia ella.

—¿Estás bien?

—Mejor que el malo.

—Mi niña. —Lauren frunció el ceño y separó el cuello de la camisa de su amiga para ver el cardenal que tenía en el cuello—. Yo diría que anduviste muy cerca. Vamos a tomárnoslo con calma, ¿vale? Ya tengo suficientes clientes, no necesito tenerte a ti también.

—Veré qué puedo hacer —dijo Nikki—. Me has sacado de la cama para esto, será mejor que valga la pena. ¿En qué estás trabajando?

—Doña Desconocida. Como te dije, la encontró en su coche el conductor de la grúa cuando vino a recogerlo esta mañana. Creyó que se había asfixiado con el calor.

—¿Una desconocida? ¿En un coche?

—Ya, pero es que no lleva carné de conducir. Ni cartera, ni matrícula, ni papeles.

—Dijiste que habías encontrado algo relacionado con mi caso de Matthew Starr.

—Dale a una chica un poco de sexo, y se convertirá en una impaciente.

Nikki enarcó una ceja.

—¿Un poco?

—Y en una fanfarrona. —La forense le pasó a Nikki un par de guantes. Mientras se los ponía, Lauren fue a la parte de atrás de su furgoneta y sacó una bolsa de plástico transparente. La cogió por una esquina y la levantó para ponérsela a Nikki delante de los ojos.

Dentro había un anillo.

Un anillo en forma de hexágono.

Un anillo que seguramente coincidiría con los cardenales del torso de Matthew Starr.

El anillo que podía haber hecho aquel corte en el dedo de Vitya Pochenko.

—¿Ha merecido la pena venir hasta aquí? —preguntó Lauren.

—¿Dónde lo has encontrado?

—Te lo enseñaré. —Lauren devolvió el anillo a su armario de pruebas y llevó a Heat hasta la puerta abierta del Volvo.

—Estaba aquí. En el suelo bajo el asiento delantero.

Nikki observó el cuerpo de la mujer.

—Es un anillo de hombre, ¿no?

La forense le dirigió una mirada larga y seria.

—Quiero que veas una cosa. —Ambas se inclinaron a través de la puerta abierta del coche. Dentro estaba lleno de moscas azules—. Bien, tenemos a una mujer de entre cincuenta y cincuenta y cinco. Es difícil establecer un intervalo de tiempo exacto post mórtem sin hacer las pruebas del laboratorio porque lleva mucho tiempo en el coche con este calor. Yo creo que…

—Y serás condenadamente exacta, como siempre.

—Gracias; basado en el estado de putrefacción, son cuatro o cuatro días y medio.

—¿Y la causa?

—Incluso con la decoloración que ha tenido lugar en los últimos días, está bastante claro lo que pasó aquí. —La mujer tenía una gruesa cortina de pelo sobre la cara. Lauren utilizó su pequeña regla metálica para separarlo y dejar su cuello a la vista.

Cuando ella vio el cardenal, a Nikki se le secó la garganta y revivió su propio estrangulamiento.

—Estrangulamiento —fue todo lo que dijo.

—Parece que fue alguien desde el asiento de atrás. ¿Ves donde los dedos se entrelazaron?

—Parece como si se hubiera resistido mucho —observó la detective. A la víctima se le había caído uno de los zapatos y tenía los tobillos y las espinillas llenos de arañazos y moratones que se había hecho al golpearse con la parte inferior del salpicadero.

—Y mira —dijo Lauren—, marcas de tacones allí, por la parte de dentro del parabrisas. —El zapato que faltaba estaba roto y descansaba sobre el salpicadero en la parte superior de la guantera.

—Creo que ese anillo pertenece al que la ha estrangulado. Probablemente se le cayó en pleno forcejeo.

Nikki pensó en los últimos momentos de desesperación de la mujer y en su valiente oposición. Ya fuera una víctima inocente, una delincuente a la que le habían ajustado las cuentas, o alguna otra cosa parecida, ante todo era una persona. Y había luchado hasta el final por sobrevivir. Nikki se obligó a mirar la cara a la mujer, simplemente para hacer honor a dicha resistencia.

Y cuando Nikki la miró, vio algo. Algo que la muerte y el paso del tiempo no habían podido ocultar. Las imágenes se arremolinaron en la mente de la detective. Cajeras de supermercado, ejecutivos de crédito bancario, fotos de mujeres de las páginas de sociedad, un antiguo profesor de la universidad, un camarero de Boston. No se le ocurrió nada.

—¿Podrías...? —Nikki señaló el cabello de la mujer y movió el dedo índice. Lauren utilizó su regla para separarle suavemente todo el pelo de la cara—. Creo que la he visto antes —dijo la detective.

Heat cambió el peso para los talones, se alejó de la mujer unos treinta centímetros e inclinó la cabeza para ponerla en el mismo ángulo que la suya. Y deliberó. Y entonces se dio cuenta. La foto con grano, un ángulo tres cuartos con los muebles caros de fondo y la litografía enmarcada de una piña en la pared. Tendría que comprobarlo para asegurarse, pero maldita sea, la conocía. Miró a Lauren.

—Creo que he visto a esta mujer en el vídeo de la cámara de seguridad del Guilford. En el de la mañana que asesinaron a Matthew Starr.

Su móvil sonó y la sobresaltó.

—Heat —dijo.

—Adivina dónde estoy.

—Rook, no estoy para jueguecitos.

—Te daré una pista. Los Roach recibieron una llamada sobre un robo anoche. Adivina dónde.

Una nube de terror se formó alrededor de ella.

—En el piso de Starr.

—Estoy en el salón. Adivina qué más. Han desaparecido todos los cuadros.

Treinta minutos después, la detective Heat salió del ascensor del Guilford en el sexto piso y se dirigió hacia el vestíbulo donde estaba Raley con un poli delante de la puerta abierta del piso de Starr. En el marco de la puerta había una pegatina de las de escenario del crimen y la pertinente cinta amarilla. Amontonados sobre la alfombra del lujoso vestíbulo, al lado de la puerta, había unos envases de plástico con la tapa de cierre a presión y con unas etiquetas en las que se leía «Forense».

Raley la saludó con un gesto de la cabeza y levantó la cinta de la policía. Ella se agachó para pasar por debajo y entró en el piso.

—Santo Dios —exclamó Nikki, girando en redondo sobre sí misma en medio del salón. Levantó la cabeza para observar y miró de arriba abajo las paredes, hasta el techo abovedado, intentando asimilar lo que estaba viendo, aunque perpleja por la imagen. Las paredes estaban completamente desnudas y lo único que quedaba en ellas eran los clavos y los marcos.

Aquella sala había sido el autoproclamado Versalles de Matthew Starr. Y aunque en realidad no era un verdadero palacio, como sala única que era, ciertamente podía considerarse la cámara de un museo con sus paredes de dos pisos de altura adornados por algunas valiosas, si bien no coherentemente seleccionadas, obras de arte.

—Es increíble lo que le sucede al tamaño de una habitación cuando se vacían las paredes.

Rook se le acercó.

—Es verdad. Parece mayor.

—¿Tú crees? Yo iba a decir que me parecía más pequeña.

Él hizo un rápido movimiento de cejas.

—Supongo que la concepción del tamaño depende de la experiencia personal.

Ella le dirigió a Rook una mirada furtiva en plan «tranquilízate» y le dio la espalda. Cuando lo hizo, Nikki tuvo la certeza de que había visto un rápido intercambio de miradas entre Raley y Ochoa. Bueno, o al menos creía estar segura.

Hizo un forzado paripé para volver al trabajo.

—Ochoa, ¿estamos totalmente seguros de que Kimberly Starr y su hijo no estaban cuando se llevaron todo eso? —La detective necesitaba saber si había un secuestro de por medio.

—El portero de día dijo que se había ido ayer por la mañana con el niño. —Rebuscó entre sus notas—. Aquí está. El portero recibió una llamada para que la ayudara con una maleta de ruedas. Eso fue sobre las diez de la mañana. Su hijo estaba con ella.

—¿Dijo adónde iban?

—Él les pidió un taxi para Grand Central. Desde allí, no lo sabía.

—Raley, sé que tenemos su número de móvil. Llámala a ver si contesta. Y ten un poco de tacto cuando le des la noticia, ha tenido una semana infernal.

—Ahora mismo —contestó Raley, que luego señaló con la cabeza al par de detectives del balcón—. Sólo para asegurarme, ¿somos nosotros los que estamos investigando esto, o los de Robos?

—Dios no lo quiera, pero creo que vamos a tener que colaborar. Está claro que es un veintiuno, pero nosotros no podemos excluirlo como parte de nuestra investigación por homicidio. Aún no, de momento. —Sobre todo con el descubrimiento de la Desconocida que aparecía en el vídeo de vigilancia y de un anillo donde ella había muerto que probablemente perteneciera a Pochenko. Hasta un policía novato lo relacionaría. Lo que faltaba era descubrir cómo—. Espero que seáis amables con ellos. Pero no les enseñéis nuestro saludo secreto, ¿vale?

***

La pareja de Robos, los detectives Gunther y Francis, se mostraron proclives a colaborar, pero no tenían mucha información que compartir. Había claros indicios de que habían forzado la puerta de entrada; habían usado herramientas eléctricas, que obviamente funcionaban con batería, para forzar la puerta principal del piso.

—Aparte de eso —dijo el detective Gunther—, todo parece estar en orden. Tal vez las ratas del laboratorio descubran algo.

—Hay algo que no me encaja —comentó Nikki—. Para llevarse este botín han sido necesarios tiempo y mano de obra. Con apagón o sin él, alguien habrá tenido que ver u oír algo.

—Estoy de acuerdo —corroboró Gunther—. Había pensado que podríamos separarnos y llamar a algunas puertas para saber si alguien había oído algún golpe por la noche.

Heat asintió.

—Buena idea.

—¿Falta algo más? —preguntó Rook. A Nikki le gustó su pregunta. No sólo porque era inteligente, sino porque la alivió ver que había dejado a un lado las insinuaciones de niño de doce años.

—Todavía lo estamos comprobando —informó Francis—. Obviamente, sabremos algo más cuando la inquilina, la señora Starr, eche un vistazo, pero, hasta ahora, parece que sólo las obras de arte.

Entonces Ochoa hizo lo que todos ellos seguían haciendo: mirar las paredes desnudas.

—Colega, ¿cuánto han dicho que valía esta colección?

—Entre cincuenta y sesenta mil dólares, lo tomas o lo dejas —respondió Nikki.

—Decididamente, parece que se han inclinado por tomarlo —dijo Rook.

***

Mientras los del Departamento Forense examinaban el piso y los detectives entrevistaban a los residentes, Nikki bajó a hablar con el único testigo presencial, el portero del turno de noche.

Henry estaba esperando tranquilamente con un policía de una patrulla en uno de los sofás del vestíbulo. Se sentó a su lado y le preguntó si estaba bien. Él dijo que sí, como si fuera a decir que no, por muy mal que se sintiera. El pobre viejo había respondido a las mismas preguntas a los primeros que le habían interrogado y luego otra vez a los policías de Robos, pero era paciente y se mostraba cooperante con la detective Heat, contento de poder contarle a alguien su historia.

El apagón se produjo durante su turno, alrededor de las nueve y cuarto. Se suponía que Henry acababa a medianoche, pero su relevo lo llamó sobre las once para decirle que no podía llegar por culpa del apagón. Nikki le preguntó el nombre del hombre, tomó nota y Henry continuó. Se pasó la mayor parte del tiempo de pie en la puerta, porque con el ascensor no operativo y el calor que hacía, la gente que estaba dentro se quedaba dentro, y muchos de los que estaban fuera se habían quedado tirados en algún sitio. Las escaleras y los vestíbulos estaban equipados con luces de emergencia de baja intensidad, pero el edificio no tenía generador auxiliar.

Alrededor de las tres y media de la mañana, una gran furgoneta se detuvo delante de la puerta y él pensó que eran los de ConEd, porque era grande como las que ellos usaban. Cuatro hombres con monos salieron a la vez y lo asaltaron. No vio ninguna pistola, pero llevaban grandes linternas de cinco pilas y uno de los hombres le dio un puñetazo en el plexo solar con ella cuando Henry se les encaró. Lo metieron en el vestíbulo y le ataron las manos a la espalda con cable plástico y también los pies. Nikki aún podía ver algunos restos de cinta adhesiva gris claro en su piel marrón oscura, sobre la boca. Luego le quitaron el teléfono móvil, lo encerraron en la diminuta sala del correo y cerraron la puerta. No podía dar una descripción muy buena porque estaba oscuro y todos llevaban gorras de béisbol. Nikki le preguntó si habían dicho algún nombre o si captó algo inusual en sus voces, como si eran agudas o graves, o si tal vez tenían acento. Respondió que no, porque no los había oído hablar, ninguno de ellos había dicho una palabra. Profesionales, pensó ella.

Henry dijo que los había oído a todos salir más tarde e irse en la furgoneta. Entonces intentó liberarse y golpear la puerta. Lo habían atado demasiado fuerte, así que tuvo que quedarse como estaba hasta que el jefe de mantenimiento llegó y lo encontró allí.

—¿Y sabe sobre qué hora se marcharon?

—No podría decirle la hora, pero me dio la sensación de que había sido unos quince o veinte minutos antes de que volviera la luz.

Ella escribió: «Se fueron antes del fin del apagón. Cuatro de la mañana, aprox.».

—Piense un momento. ¿Es posible que no tenga muy claras las horas que me ha dado, Henry?

—No, detective. Sé que eran las tres y media cuando llegaron porque, cuando vi detenerse el coche delante de mí, miré el reloj.

—Claro, claro. Eso está bien, nos resulta muy útil. Pero lo que me extraña es su hora de partida. El apagón acabó a las cuatro y cuarto. Si dice que se fueron unos quince minutos antes, eso significa que sólo estuvieron aquí media hora. —Él procesó lo que estaba diciendo y asintió mostrando su conformidad—. ¿Es posible que se hubiera quedado dormido o inconsciente durante ese tiempo y que, tal vez, se marcharan después de las cuatro de la mañana?

—Créame, estuve despierto todo el rato intentando pensar en una forma de salir. —El viejo portero hizo una pausa y se le llenaron los ojos de lágrimas.

—Señor, ¿se encuentra bien? —Sus ojos se clavaron en el policía que estaba de pie a su lado—. ¿Seguro que no necesita atención médica?

—No, no, por favor, no estoy herido, no es eso.
—Él apartó la cara de la de ella y dijo en voz baja —: Llevo trabajando de portero en este edificio más de treinta años. Nunca he visto una semana como ésta. El señor Starr y su pobre familia. Usted, detective, habló con William, ya sabe, el portero del turno de día, sobre aquel día. Aún teme que lo despidan por haber dejado colarse a aquellos tipos aquella mañana. Y ahora, aquí estoy yo. Sé que no es el mejor trabajo del mundo, pero significa mucho para mí. Hay algunos personajes viviendo aquí, pero la mayoría de la gente es muy buena conmigo. Y aunque no lo sean, siempre estoy orgulloso de mi servicio. —No dijo nada por un momento, y luego levantó la vista hacia Nikki con el labio tembloroso—. Yo soy el guardián. Mi responsabilidad es, antes que cualquier otra, asegurarme de que la gente mala no entre aquí.

Nikki le puso una mano en el hombro y le habló con amabilidad.

—Henry, esto no es culpa suya.

—¿Cómo que no es culpa mía? Era mi turno.

—Lo forzaron, usted no es el responsable, ¿lo entiende? Usted fue la víctima. Hizo todo lo que pudo.

—Sabía que sólo lo estaba convenciendo a medias, sabía que seguiría reviviendo aquella noche, preguntándose qué más podría haber hecho—. ¿Henry? —Y cuando volvió a captar su atención de nuevo, Nikki dijo—: Todos lo intentamos. Y por mucho que tratemos de controlar hasta lo más mínimo, a veces suceden cosas malas y no es culpa nuestra. —Él asintió y logró esbozar una sonrisa. Al menos las palabras que el terapeuta de Nikki había usado en su momento con ella hacían a alguien sentirse mejor.

Ordenó que un coche patrulla lo llevara a casa.

***

De vuelta en la comisaría, la detective Heat dibujó una línea roja vertical en la pizarra blanca para hacer un seguimiento por separado pero paralelo del robo. Luego hizo un boceto de la línea cronológica de los acontecimientos empezando por la partida de Kimberly Starr y su hijo, la hora del apagón, la llamada telefónica del portero de relevo, la llegada de la furgoneta y sus ocupantes y su partida justo antes de que volviera la luz.

Entonces trazó otra línea roja vertical para delimitar un nuevo espacio para el asesinato de la Desconocida.

—Estás empezando a salirte de la pizarra —dijo Rook.

—Cierto. Los delitos están aumentando más rápido que los esclarecimientos. —Y añadió—: Por ahora. —Nikki pegó la foto de la cámara de vigilancia del vestíbulo en la que salía la Desconocida. Al lado de ella, pegó la foto del cadáver que Lauren había hecho en el depósito municipal de vehículos hacía una hora—. Pero esto nos va a llevar a algún lado.

—Es demasiado raro que estuviera en el vestíbulo la misma mañana del asesinato de Starr —dijo Ochoa.

Rook giró una silla y se sentó.

—Una coincidencia bastante grande —admitió.

—Extraño, sí. Coincidencia, no —lo corrigió la detective Heat—. ¿Sigues tomando notas para tu artículo sobre los homicidios? Apunta esto. Las coincidencias arruinan los casos. ¿Sabes por qué? Porque no existen. Si encuentras la razón por la cual no es una coincidencia, ya puedes ir sacando las esposas porque tendrás que enganchar con ellas a alguien antes de lo que te imaginas.

—¿Algún nombre para la Desconocida? —preguntó Ochoa.

—No. Todos sus efectos personales han desaparecido: los papeles del coche, las placas de la matrícula. Una brigada de la 32 está buceando en los contenedores para encontrar su cartera en un radio entre la 142 Oeste y Lenox, de donde remolcaron su coche. Cuando nos vayamos, pregunta cómo les va con lo del número de chasis.

—De acuerdo —dijo Ochoa—. ¿Por qué se está retrasando el análisis de los tejidos?

—Por el apagón. Pero le he pedido al capitán que deslice un M-80 bajo la silla de laboratorio de alguien del Departamento Forense. —Nikki pegó en la pizarra una foto del anillo hexagonal que Lauren había encontrado. La puso al lado de las fotos de los moratones con la misma forma del cadáver de Matthew Starr y se preguntó si sería de Pochenko—. Necesito esos resultados para ayer.

Raley se unió al corro.

—He llamado al móvil de Kimberly Starr. Está en Connecticut. Dijo que hacía demasiado calor en la ciudad, así que ella y su hijo habían pasado la noche en una casa de veraneo en Westport. En un lugar llamado Compo Beach.

—Comprueba la coartada, ¿vale? —ordenó Heat—. Es más, vamos a hacer una lista de todos a los que hemos entrevistado por lo del homicidio y comprobar todas sus coartadas. Y aseguraos de incluir al portero de relevo que perdió su turno la pasada noche. —Nikki tachó esa tarea en su bloc y se dirigió de nuevo a Raley—. ¿Cómo reaccionó ella con lo del robo?

—Se quedó alucinada. Todavía estoy esperando su respuesta. Pero, tal y como me ordenaste, no le dije lo que se habían llevado, sólo que alguien había entrado durante el apagón.

Dijo que la señora Starr iba a pedir un coche para que la llevara al Guilford y que llamaría cuando estuviera cerca para encontrarnos allí.

—Bien hecho, Raley —dijo Heat—. Quiero que uno de nosotros esté con ella cuando lo vea.

—El que vaya que lleve tapones para los oídos —bromeó él.

—Tal vez no se enfade tanto —aventuró Rook—. Supongo que la colección estaba asegurada.

—Llamaré a Noah Paxton ahora mismo —dijo Nikki.

—Bueno, si lo estaba, ella se alegrará. Aunque con todo lo que se ha hecho en la cara, no sé cómo vais a ser capaces de apreciarlo.

Ochoa confirmó lo que sospechaban, que no había vídeo de la cámara de seguridad del robo por culpa del apagón. Pero dijo que Gunther, Francis y su equipo de Robos seguían llamando a las puertas del Guilford.

—Espero que nadie considere una violación de su intimidad responder a unas cuantas preguntas después de que salieran cuerpos volando por las ventanas y de que se hayan llevado de su edificio un botín de sesenta millones de pavos en obras de arte.

***

La detective Heat no quería que Kimberly Starr tuviera la oportunidad de ir a su apartamento antes que ella llegara, así que ella y Rook se fueron a esperarla al eterno escenario del crimen.

—¿Sabes qué creo? —observó Rook mientras entraban de nuevo en el vestíbulo—. Que deberían tener cinta amarilla siempre a mano en el armario de la entrada.

Nikki tenía otra razón para llegar temprano. La detective quería hablar cara a cara con los *friquis* del Departamento Forense, que siempre se alegraban de intercambiar opiniones con gente de verdad. Aunque siempre le miraban el pecho. Encontró al tipo con el que quería hablar de rodillas, recogiendo algo aprovechable con unas pinzas de la alfombra de la sala.

—¿Has encontrado tu lentilla? —preguntó ella.

Él se volvió y levantó la vista hacia ella.

—Uso gafas.

—Era una broma.

—Ah. —Se levantó y le miró el pecho.

—Te vi trabajar aquí en el homicidio hace unos días.

—¿Sí?

—Sí... Tim. —La cara del *friqui* enrojeció alrededor de sus pecas—. Y tengo una duda que tal vez me puedas solucionar.

—Claro.

—Es sobre el acceso al apartamento. Más concretamente, sobre si alguien podría haber entrado por la escalera de incendios.

—Eso es algo a lo que puedo responder categóricamente: no.

—Pareces muy seguro.

—Porque lo estoy. —Tim llevó a Nikki y a Rook hasta la entrada del dormitorio, donde la escalera de incendios daba a un par de ventanas—. El procedimiento exige examinar todos los posibles puntos de acceso. ¿Ves esto? Es una violación del código, pero esas ventanas han sido pintadas cerradas y llevan así años. Puedo decirte cuántos si quieres que lo analice en el laboratorio, pero en el lapso de tiempo en que nosotros estamos interesados, es decir, la semana pasada, es imposible que hayan sido abiertas.

Nikki se inclinó sobre el marco de la ventana para comprobarlo por sí misma.

—Tienes razón.

—Me gusta creer que en la ciencia no se trata de tener razón, sino de ser riguroso.

—Bien dicho —admitió Nikki, asintiendo—. ¿Y habéis buscado huellas?

—No, no parecía tener mucho sentido, dado que no se pueden abrir.

—Me refiero a la parte de fuera. Por si alguien que no lo supiera hubiera intentado entrar.

El técnico se quedó con la boca abierta y miró el cristal de la ventana. El rubor de sus mejillas desapareció, y la cara llena de pecas de Tim adquirió un aspecto lunar.

El móvil de Nikki vibró y ella se alejó unos pasos para responder a la llamada. Era Noah Paxton.

—Gracias por devolverme la llamada.

—Me estaba empezando a preguntar si estaba enfadada conmigo. ¿Cuándo fue la última vez que hablamos? Ella rió.

—Ayer, cuando interrumpí su almuerzo de comida para llevar.

Rook debió de oír su risa y apareció por el pasillo de la entrada para cotillear. Ella le dio la espalda y se alejó unos cuantos pasos de él para evitar su cara escrutadora, pero podía verlo por el rabillo del ojo, rondándola.

—¿Lo ve? Casi veinticuatro horas. Como para no volverse paranoico. ¿Qué sucede esta vez?

Heat le contó lo del robo de la colección de arte. A su noticia le siguió un silencio largo, largo.

—¿Sigue ahí? —preguntó ella.

—Sí. ¿No estará bromeando? Quiero decir, no con algo como esto.

—Noah, ahora mismo estoy en el salón. Las paredes están completamente vacías.

Otro largo silencio, y luego lo oyó aclararse la garganta.

—Detective Heat, ¿puedo hacerle una pregunta personal?

—Adelante.

—¿Ha sufrido alguna vez un golpe emocional enorme?, y luego, cuando pensaba que podría superarlo, sigue adelante y luego... Perdón. —Lo oyó sorber algo—. Luego se las arregla para seguir adelante y justo cuando lo ha conseguido, aparece de la nada un nuevo golpe y después otro, y uno llega a un punto en el que sólo es capaz de decir, ¿qué demonios estoy haciendo? Y luego fantasea con tirarlo todo por la borda. No sólo el trabajo, sino la vida. En convertirse en uno de esos tíos de *Jersey Shore* que hacen sándwiches submarino en un chiringuito o que alquilan *hula hops* y bicis. Así de fácil. Tirarlo por la borda. Todo.

—¿Usted?

—Constantemente. Sobre todo en este preciso instante. —Suspiró y soltó un juramento en voz baja—. ¿Cómo van con el asunto? ¿Tienen algún sospechoso?

—Ya veremos —dijo ella, siguiendo su política de ser la única interrogadora de una entrevista—. Supongo que tiene una coartada para ayer por la noche.

—Vaya, es usted muy directa, ¿no le parece?

—Y me gustaría que usted también lo fuera. —Nikki esperó, a sabiendas de los pasos de baile que tenía que seguir en esos momentos: resistir y luego presionar.

—No debería molestarme. Sé que es su trabajo, detective, pero, vamos. —Ella dejó que su frío silencio lo presionara y él se rindió—. Anoche estuve impartiendo mi clase semanal nocturna en la Universidad de la Comunidad de Westchester, en Valhalla.

—¿Tiene testigos?

—Estuve dando clase a veinticinco estudiantes de formación continua. Si hacen honor a la media, tal vez uno o dos de ellos se dieran cuenta de que estaba allí.

—¿Y después?

—A mi casa, en Tarrytown, para disfrutar de una gran noche de cerveza y Yankees-Angels en el bar de siempre.

Ella le preguntó el nombre del bar y lo apuntó.

—Una pregunta más, antes de desaparecer de su vida para siempre.

—Eso lo dudo.

—¿Los cuadros estaban asegurados?

—No. Lo estuvieron, por supuesto, pero cuando los buitres empezaron a volar en círculos, Matthew canceló la póliza. Dijo que no estaba dispuesto a seguir desembolsando una pequeña fortuna para proteger algo que acabaría cayendo en manos de los acreedores. —Ahora fue Nikki la que se quedó sin palabras—. ¿Sigue ahí, detective?

—Sí. Estaba pensando en que Kimberly Starr llegará en cualquier momento. ¿Sabía ella que habían cancelado el seguro de la colección de arte?

—Sí. Kimberly lo descubrió la misma noche que Matthew le contó que había cancelado su seguro de vida.

—Y añadió—: No envidio los minutos que le esperan. Buena suerte.

* * *

Raley no exageraba con lo de los tapones para los oídos. Cuando Kimberly Starr llegó al apartamento, se puso a gritar con todas sus fuerzas. Ya parecía afectada cuando salió del ascensor y comenzó a emitir un débil gemido al ver los herrajes de la puerta sobre la alfombra del vestíbulo. Nikki intentó cogerla del brazo cuando entró en su casa, pero ella se desembarazó de la detective y su gemido fue aumentando de intensidad hasta convertirse en un auténtico chillido de película de terror de los años cincuenta.

A Nikki se le retorcieron las tripas por la mujer mientras Kimberly dejaba caer su bolso y gritaba de nuevo. Rechazó la ayuda de todo el mundo y levantó un brazo extendido cuando Nikki intentó acercarse a ella. Cuando los gritos cesaron, se dejó caer en el sofá gimiendo: «No, no, no». Levantó y giró la cabeza para observar toda la habitación, los dos pisos.

—¿Cuánto se supone que debo soportar? ¿Alguien podría decirme cuánto más se supone que tengo que so-

portar? ¿Por qué me está pasando esto a mí? ¿Por qué?
—Con la voz ronca de gritar, continuó así, gimiendo preguntas retóricas que cualquier persona en su sano juicio o compasiva que estuviera en la habitación no osaría responder. Así que esperó a que parara.

Rook salió de la habitación y volvió con un vaso de agua, que Kimberly cogió y se bebió de un trago. Había bebido la mitad del agua, cuando se atragantó y la escupió sobre la alfombra, tosiendo y jadeando para poder coger aire hasta que su tos se convirtió en un gimoteo. Nikki se sentó con ella pero no la tocó. Al cabo de un rato, Kimberly se giró para darle la espalda y hundió la cara en sus manos, convulsionándose con profundos sollozos.

Después de diez largos minutos ignorándolos, la viuda recogió su bolso del suelo, sacó un bote de pastillas y se tomó una con el agua que le quedaba. Se sonó sin motivo y se sentó retorciendo el pañuelo de papel como había hecho días antes, cuando intentaba digerir la noticia del asesinato de su marido.

—¿Señora Starr? —Heat habló en un tono ligeramente superior a un susurro, pero Kimberly se sobresaltó—. En algún momento me gustaría hacerle unas preguntas, aunque no tiene que ser ahora.

Ella asintió y susurró:

—Gracias.

—Cuando se sienta con fuerzas, esperemos que durante el día de hoy, ¿le importaría echar un vistazo para ver si se han llevado algo más?

Volvió a asentir.

—Lo haré —volvió a susurrar.

***

En el coche, durante el corto viaje de vuelta a la comisaría, Rook dijo:

—Esta mañana decía medio en serio lo de llevarte a tomar un *brunch*. ¿Qué dirías si te invitara a cenar?

—Que estás forzando la situación.

—Vamos, ¿no te lo pasaste bien anoche?

—No. Me lo pasé más que bien.

—Entonces, ¿cuál es el problema?

—No hay ningún problema. Así que no vayamos a crear uno dejando que interfiera en el trabajo, ¿vale? ¿O es que no te has dado cuenta de que tengo no uno, sino dos casos de homicidio abiertos, y ahora un robo multimillonario de arte?

Nikki aparcó en doble fila el Crown Victoria entre dos coches de policía también aparcados en doble fila delante de la comisaría de la calle 82. Se bajaron y Rook le habló sobre el caliente techo metálico:

—¿Cómo puedes tener una relación con este trabajo?

—No las tengo. Cuidado.

Entonces oyeron a Ochoa gritar:

—No lo cierres, detective. —Raley y Ochoa venían jadeando del aparcamiento de la comisaría hacia la calle. Cuatro policías se estaban acercando.

—¿Tenéis algo? —preguntó Heat.

Los Roach se acercaron a su puerta abierta.

—La brigada de Robos ha tenido éxito llamando a las puertas del Guilford —informó Ochoa.

—Un testigo presencial que venía de un viaje de negocios vio a un grupo de tíos saliendo del edificio sobre las cuatro de la mañana —continuó Raley—. Le pareció raro, así que apuntó el número de la matrícula de la furgoneta.

—¿Y no llamó a la policía? —dijo Rook.

—Tío, tú eres nuevo en esto, ¿verdad? —se mofó Ochoa—. De todos modos, la hemos investigado y la furgoneta está registrada en una dirección de Long Island City. —Levantó la nota en el aire y Heat se la arrebató de las manos.

—Subid —ordenó. Pero Raley y Ochoa sabían que aquello era importante y cada uno de ellos tenía ya una pierna dentro del vehículo. Nikki arrancó el coche, cogió la sirena y la puso en el techo. Rook estaba aún cerrando una de las puertas traseras cuando ella llegó a Columbus y la encendió.

12

Los tres detectives y Rook mantuvieron un tenso silencio mientras Nikki volaba por entre el tráfico de la ciudad hacia el puente de la calle 59. Había avisado con antelación por la radio de Ochoa, y cuando llegaron al acceso del funicular bajo la Isla Roosevelt, Tráfico había bloqueado las vías de servicio para ella y pasó como un rayo. El puente era todo suyo y de los dos coches patrulla que la acompañaban.

Apagaron las sirenas para evitar que los oyeran mientras salían disparados de Queensboro Plaza y giraban por Nothern Boulevard. La dirección pertenecía a un taller de coches de una zona industrial no demasiado alejada del cambio de agujas del ferrocarril de Long Island. Bajo la línea de metro elevada de la Avenida 38 localizaron al pequeño grupo de coches patrulla de la comisaría de Long Island City que ya estaba esperando a una manzana al sur del edificio.

Nikki bajó del coche y saludó al teniente Marr, de la 108. Marr tenía porte militar, meticuloso y tranquilo.

Le dijo a la detective Heat que éste era su espectáculo, pero parecía deseoso de describir la logística que había desplegado para ella. Se reunieron alrededor de la capota de su coche y él abrió un plano del barrio. El taller de coches ya estaba marcado con un círculo rojo, y el teniente dibujó una «X» azul en las intersecciones de las manzanas de alrededor para indicar dónde había situado más coches patrulla, cortando eficazmente cualquier salida que los sospechosos pudieran tomar desde el lugar una vez que cayeran sobre ellos.

—Nadie saldrá de ahí a no ser que le crezcan alas —dijo—. Y aunque así fuera, tengo un par de ávidos cazadores de patos en mi equipo.

—¿Y qué hay del edificio en sí?

—Lo normal por estos lares —anunció, desplegando un plano arquitectónico de la base de datos del Departamento de Bomberos—. Básicamente, una caja de ladrillo de un solo piso. La fachada principal del taller está aquí. El taller mecánico y los lavabos aquí, en la parte de atrás. El almacén aquí. No hace falta que le diga que el almacén puede ser complicado, con recovecos y huecos, mala iluminación, así que tendremos que estar muy atentos, ¿de acuerdo? La puerta está aquí delante. Hay otra al lado del taller. Tres puertas enrollables de acero, dos grandes al lado del aparcamiento y otra que lleva al patio en la parte trasera.

—¿Y la reja? —preguntó ella.

—Alambrada recubierta de vinilo. Alambre de espino todo alrededor, tejado incluido.

Nikki recorrió con el dedo una línea divisoria en el plano del vecindario.

—¿Qué hay sobre esta reja trasera?

El teniente sonrió.

—Cazadores de patos.

Fijaron en cinco minutos la hora del asalto, se pusieron el chaleco antibalas y volvieron a sus coches. Dos minutos antes de salir, Marr apareció en la ventana de Heat.

—Mi observador dice que la puerta enrollable contigua está abierta. Supongo que querrá entrar en ella primero.

—Gracias. Sí, claro.

—Le cubriré las espaldas, entonces. —Miró su reloj de una forma tan casual como si estuviera esperando un autobús y añadió—: El observador también me ha dicho que la furgoneta con su matrícula está en el patio.

Nikki notó cómo el corazón se le aceleraba unos cuantos latidos por segundo.

—Es un buen comienzo.

—¿Esos cuadros tienen mucho valor?

—Probablemente el suficiente para pagar los intereses de un día del rescate de Wall Street.

—Entonces esperemos que nadie agujeree ninguno hoy —dijo el teniente, y se subió al coche.

Ochoa clavó los nudillos en el asiento de al lado del de ella.

—No te preocupes. Si el ruso está ahí, lo cogeremos.

—No estoy preocupada. —En el espejo retrovisor pudo ver los párpados de Raley entreabiertos y ella se preguntó, como siempre hacía cuando lo observaba, si estaba realmente tan relajado o estaba rezando. Se volvió hacia Rook, que se encontraba sentado al lado de él, detrás.

—Rook.

—Lo sé, lo sé, que me quede en el coche.

—Pues no. Fuera del coche.

—Venga ya, ¿quieres que me quede ahí de pie?

—No me haga contar hasta tres, caballero, o lo castigaré.

Ochoa comprobó el reloj.

—Quince segundos para salir.

Heat lanzó a Rook una mirada apremiante. Él salió del coche y cerró la puerta. Nikki echó un vistazo al vehículo que estaba al lado del suyo, mientras el teniente Marr se colocaba el micrófono. En la frecuencia de su radio oyó su tranquilo: «Luz verde a todas las unidades».

—Vamos a una exposición —dijo, y pisó el acelerador a fondo.

Nikki sintió cómo se le encogía el diafragma cuando giró la esquina y aceleró hacia el edificio. Hacía tiempo que había aprendido que podías tranquilizar tu mente todo lo que quisieras, pero que tus glándulas de adrenalina eran las que manejaban en gran medida el panel de control. Una respiración consciente y profunda compensó las superficiales que había estado haciendo y, después de eso, encontró ese punto de equilibrio entre los nervios y la serenidad.

Delante, una flotilla de coches de policía bajaba la calle hacia ella: el movimiento de pinza de Marr en acción. Acercándose cada vez más rápido a su derecha, el taller de coches. La puerta enrollable del garaje más cercano estaba aún abierta. Heat tiró del freno de mano. El Crown Victoria dio un fuerte bote sobre la empinada pendiente y todavía se estaba balanceando sobre su suspensión cuando ella entró estruendosamente en pleno garaje y les gritó que se estuvieran quietos. La luz intermitente de su sirena se reflejó en las caras sorprendidas del puñado de hombres que había en el taller.

Nikki ya había hecho las cuentas mientras tiraba de la manilla de la puerta.

—Cinco —anunció ella.

—Captado, cinco —respondieron los Roach a la vez.

—Policía, que nadie se mueva, las manos donde pueda verlas —gritó, al tiempo que rodeaba la puerta del coche. Oyó llegar a los refuerzos tras ella, pero no se giró.

A su derecha, dos empleados con monos polvorientos y máscarillas blancas de pintor dejaron caer las lijadoras que estaban usando en un viejo LeBaron y levantaron las manos. Al otro lado del garaje, a su izquierda, en una mesa de jardín, justo fuera del almacén, tres hombres se levantaron y dejaron su partida de cartas. Parecían de todo menos sumisos.

—Vigilad a los jugadores de cartas —susurró a los Roach. Luego, en voz alta, dijo al grupo—: He dicho manos arriba. Ahora mismo.

Fue como si su «ahora mismo» fuera un detonador. Los tres hombres se dispersaron en diferentes direcciones. Por el rabillo del ojo, Heat pudo ver que unos policías ya estaban cacheando a los dos de las lijas. Solucionado lo de ese par, se lanzó a por el motero que había salido corriendo a lo largo del muro hacia la oficina de la parte delantera. Mientras lo perseguía, Nikki gritó «Ochoa» y señaló al que se dirigía a la salida hacia el patio trasero.

—El de la camisa verde —dijo Raley, saliendo tras al hombre que se dirigía hacia la puerta lateral. Cuando Raley terminó la frase, el tipo ya la había abierto. Heat ya no lo tenía dentro de su campo de visión, pero oyó un coro desigual de «¡Alto, policía!» procedente de los policías del flanco de Marr que estaban esperando en el callejón.

El motero al que ella estaba persiguiendo era todo músculo y barriga cervecera. Aunque Nikki era muy rápida, él tenía el camino libre; ella tuvo que esquivar algunas cajas de herramientas con ruedas y un parachoques abollado. A tres metros del taller, su bamboleante cola de caballo fue lo último que vio antes de que cerrara la puerta de un portazo. Lo intentó con la manilla, pero no giraba. Oyó una vuelta de cerradura.

—Hágase a un lado, detective. —Marr, frío como un témpano, estaba detrás de ella con dos policías con cascos y gafas que sujetaban un ariete.

La detective se apartó de su camino y los dos polis golpearon la cerradura con la cabeza del Stinger. El ariete chocó provocando el estruendo de una pequeña explosión, y la puerta se abrió.

—Cubridme —ordenó Heat, introduciéndose en la oficina pistola en mano. Dos disparos cortaron el aire en la pequeña habitación y una bala se incrustó en la parte inferior del marco de la puerta que estaba frente a ella. Ella se volvió de nuevo y apoyó la espalda en la pared de ladrillo.

—¿Le han dado? —preguntó Marr. Ella dijo que no con la cabeza y cerró los ojos para analizar la imagen esencial que había percibido en ese breve instante. La boca del cañón brillaba desde arriba. Una ventana en la pared. El motero de pie sobre la mesa, levantando el otro brazo. Un cuadrado oscuro en el techo sobre él.

—Va hacia el tejado —dijo, y atravesó corriendo el taller hasta el patio trasero, donde Ochoa había derribado y esposado a su hombre.

—Mira hacia arriba, detective, tenemos un mono —dijo.

Heat rodeó el edificio con el corazón a cien. En el hueco entre el taller y el negocio de cristales de coches de la puerta de al lado frenó en seco. Un pequeño trozo de tela pendía del alambre de espino situado sobre el tejado. Nikki se detuvo sobre el hormigón directamente bajo la bandera de tela y miró hacia abajo. Bajo sus zapatos había dos brillantes salpicaduras de sangre.

Se volvió y vio que Raley la miraba desde el patio. Le hizo un gesto con la mano dibujando el arco que había descrito el motero al saltar al tejado de al lado antes de que ella llegara a la puerta de la esquina del edificio. Heat miró a su alrededor y se echó hacia atrás. La acera estaba vacía. Se imaginó que su hombre no saldría por la puerta delantera sino que seguiría allá arriba tanto tiempo como pudiera antes de bajar.

Mientras pasaba corriendo por delante de la fachada de la tienda de cristales para coches, se dijo a sí misma que tenía que dar gracias porque eso fuera una zona industrial y estuvieran en plena ola de calor, ya que ambas cosas hacían que no tuviera que preocuparse por los peatones. El final del edificio hacía esquina con la calle lateral. Pegó la espalda contra el hormigón y notó cómo le calentaba la parte trasera del cuello sobre el chaleco. Nikki se asomó al otro lado de la esquina del edificio. A mitad de la manzana, el motero estaba bajando por un canalón. Los refuerzos estaban llegando, pero estaban a un bloque de distancia. El motero estaba usando ambas manos para deslizarse. Si esperaba más, a él le daría tiempo a llegar a la acera y a tener una mano libre para la pistola.

Heat dobló la esquina con su arma en alto.

—Alto, policía. —No podía creerlo. Rook estaba paseando por la acera entre ella y el motero.

—Eh, que soy yo —dijo.

—Aparta —gritó, y lo empujó hacia un lado. Rook giró sobre sí mismo. Por primera vez vio al hombre bajando por la tubería y se quitó de en medio poniéndose detrás de un camión de reparto de gasolina. Pero para entonces el motero estaba colgado de la tubería con sólo una mano y desenfundó. Heat se escondió detrás de la pared y el disparo pasó de largo, perforando un montón de palés de madera que estaban en la acera.

Entonces oyó las fuertes pisadas de unas botas sobre el pavimento, un juramento en voz alta y el ruido de algo metálico sobre el hormigón. La pistola.

Heat echó un rápido vistazo de nuevo. El motero se encontraba de pie en la acera, de espaldas a ella, agachándose para recoger la pistola que se le había caído. Ella salió de su escondite sujetando su Sig.

—¡Alto!

Y entonces fue cuando Rook apareció por un lateral y lo atacó por la espalda. Nikki perdió su blanco clarísimo mientras ambos se peleaban en el suelo. Corrió junto a ellos con Raley y el resto de los refuerzos pisándole los talones. Nada más llegar, Rook saltó sobre el tipo y lo apuntó a la cara con su arma.

—Adelante —le dijo—. Necesito practicar.

***

Después de meter al motero en la parte de atrás de un coche patrulla para llevarlo a la comisaría de Manhattan, Heat, Raley, Rook y los policías de refuerzo doblaron la esquina en tropel para dirigirse al taller de coches. De camino, Rook intentó hablar con Nikki, pero ella estaba aún que echaba humo por su intromisión y se puso en cabeza del grupo, dándole la espalda.

El teniente Marr estaba tomando notas para su informe cuando entraron en el garaje.

—Espero que no le importe que use su vehículo como mesa de oficina —dijo.

—Lo han usado para cosas peores. ¿Están todos detenidos? —preguntó.

—Por supuesto. Nuestros dos conejos están esposados y cargados. Estos otros dos —dijo con un gesto lateral señalando al par que estaba trabajando en el Le-Baron— parecen limpios. Creo que su mayor problema es que no van a poder trabajar mañana. Enhorabuena por echarle el guante a tu motero.

—Gracias. Y gracias por el despliegue. Le debo una.

Él se encogió de hombros, restándole importancia.

—Lo que me alegra es que los buenos van a llegar a casa sanos y salvos esta noche para cenar. —Dejó su carpeta sobre el techo del coche—. Y ahora, detective, no sé usted, pero yo quiero echar un vistazo dentro de ese furgón.

Marr y Heat guiaron al resto hacia el patio lateral, donde el sol que rebotaba en la furgoneta les llegó como si se tratara de un horno para pizzas. El teniente dio la orden, y uno de los oficiales de su patrulla se subió al parachoques trasero y abrió la puerta de doble hoja. Cuando las puertas se separaron, a Nikki se le cayó el alma a los pies.

Aparte de un montón de mantas acolchadas de mudanza, no había nada en el furgón.

Capítulo
13

En la sala de interrogatorios de la comisaría, el motero, Brian Daniels, parecía tener más interés en la gasa de la parte trasera superior de su brazo, que en la detective Heat.

—Estoy esperando —dijo ella. Pero él la ignoró mientras se contorsionaba enganchando la barbilla en el hombro para volverse y ver el vendaje bajo la manga rasgada por la parte de atrás de su camiseta.

—¿Esta mierda sigue sangrando? —preguntó. Se volvió para poder verlo en el espejo, pero estaba demasiado lejos para que funcionara y lo dejó, dejándose caer en la silla de plástico.

—¿Qué ha pasado con los cuadros, Brian?

—Doc. —Sacudió su cabello gris plomo. Cuando lo ficharon se quitó la goma de la cola de caballo y el pelo le colgaba por la espalda como una cascada contaminada—. Brian es para Hacienda y para Tráfico. Llámeme Doc.

Ella se preguntó cuándo habría sido la última vez que aquel pedazo de mierda había pagado algún impuesto o la cuota del carné de conducir. Pero Nikki se guardó el pensamiento para sí y se ciñó al guión.

—Cuando se fueron del Guilford anoche, ¿adónde llevaron la colección de arte?

—No tengo ni idea de qué demonios está hablando, señorita.

—Estoy hablando sobre lo que había en ese furgón.

—¿Sobre las mantas? Todas suyas —resopló, se rió y se hizo un nudo para mirar de nuevo la herida que se había hecho con el alambre de espino en el brazo.

—¿Dónde estuvo anoche entre las doce y las cuatro?

—Maldita sea, ésta era mi camiseta preferida.

—¿Sabe una cosa, Doc? No sólo es usted un pésimo tirador, sino que también es estúpido. Después de su numerito de circo de esta mañana, tiene los cargos suficientes en su contra como para hacer que su estancia en Sing Sing parezca un fin de semana en el Four Seasons.

—¿Y?

—Y… ¿Quiere ver cómo aumenta su condena? Siga actuando como un gilipollas. —La detective se levantó—. Le daré un poco de tiempo para que reflexione sobre ello. —Alzó su expediente—. A juzgar por esto, ya sabe lo que es el tiempo —dijo, y salió de la habitación para que él se pudiera quedar allí sentado imaginando su futuro.

***

Rook estaba solo en la oficina abierta cuando ella entró, y no parecía muy contento.

—Oye, gracias por dejarme tirado en la pintoresca Long Island City.

—Ahora no, Rook. —Ella pasó apresuradamente de largo y se dirigió hacia su mesa.

—Tuve que hacer todo el camino hasta aquí sentado en el asiento de atrás de un coche patrulla. ¿Sabes qué significa eso? La gente de los otros coches me miraban como si estuviera detenido. Tuve que saludarlos con la mano un par de veces para que vieran que no llevaba esposas.

—Lo hice para protegerte.

—¿De qué?

—De mí.

—¿Por qué?

—Pues por no escuchar, para empezar.

—Me cansé de estar allí de pie, solo. Imaginé que ya habríais terminado, así que fui a ver cómo había ido.

—E interferiste con mi sospechoso.

—Pues claro que interferí. Ese tipo quería dispararte.

—Soy policía. La gente nos dispara. —Encontró el archivo que buscaba y cerró de un golpe el cajón—. Tienes suerte de que no te pegaran un tiro.

—Llevaba chaleco. Y, por cierto, ¿cómo podéis aguantar esas cosas? Son demasiado cerrados, sobre todo para esta humedad.

Ochoa entró dándose golpecitos con su cuaderno en el labio superior.

—No hay ninguna fisura en ningún lado. He comprobado las coartadas de nuestros principales sospechosos. Están todas confirmadas.

—¿La de Kimberly Starr también? —preguntó Heat.

—La suya vale para dos. Estaba en Connecticut con su doctor amor en la casita que él tiene en la playa, así que dos menos. —Cerró su cuaderno y se volvió hacia Rook—. Oye, tío, Raley me contó lo que dijiste cuando apuntabas a ese motero.

Rook miró a Nikki.

—Mejor no hablemos de eso —dijo.

Pero Ochoa continuó con un ronco susurro:

—«Adelante. Necesito practicar». ¿Mola, eh?

—Sí, mucho —dijo Heat—. Rook es como nuestro propio Harry el Sucio. —El teléfono de su mesa sonó y ella contestó—. ¿Heat?

—Soy yo, Raley. Ya está aquí.

—Voy para allá —dijo.

***

El viejo portero se quedó con Nikki, Rook y Roach en la cabina de observación, mirando a través del cristal a los hombres de la fila.

—Tómese su tiempo, Henry —dijo Nikki.

Él se acercó un paso más a la ventana y se quitó las gafas para limpiarlas.

—Es difícil. Como ya dije, estaba oscuro y llevaban gorras.

En la sala de al lado había seis hombres de pie mirando hacia un espejo. Entre ellos, Brian «Doc» Daniels y los otros dos hombres de la redada del taller de coches de aquella mañana.

—No se preocupe. Sólo queremos saber si le suena alguno. O no.

Henry se volvió a poner las gafas. Pasó un rato.

—Creo que reconozco a uno de ellos.

—¿Lo cree o está seguro? —Nikki había visto cómo muchas veces las ansias de ayudar o de vengarse llevaban a la gente a hacer malas elecciones. Advirtió de nuevo a Henry—: Asegúrese.

—Ajá, sí.

—¿Cuál de ellos?

—¿Ve a ese tío zarrapastroso con una venda en el brazo y el pelo largo gris?

—Sí.

—Pues el que está a su derecha.

Detrás de él, los detectives agitaron la cabeza. Había identificado a uno de los tres policías infiltrados en la ronda de reconocimiento.

—Gracias, Henry —dijo Heat—. Gracias por haber venido.

***

Ya de vuelta en la oficina abierta, los detectives y Rook estaban sentados de espaldas a sus mesas, lanzándose con pereza una pelota Koosh. Era lo que hacían cuando estaban bloqueados.

—No vamos a permitir que el motero se nos escape, ¿verdad? —dijo Rook—. ¿No podéis detenerle por atacar a la detective Heat?

Raley levantó la mano y Ochoa le lanzó la pelota a la palma.

—El problema no es retener al motero.

—Es conseguir que nos diga dónde están los cuadros. —Ochoa levantó la mano y Raley le devolvió la pelota. Tenían la técnica tan perfeccionada que Ochoa no tuvo ni que moverse.

—Y quién lo contrató —añadió Heat.

Rook levantó la mano y Ochoa le lanzó la bola.

—¿Y cómo conseguís que un tío como ése hable si no quiere?

Heat levantó la mano y Rook le envió un lanzamiento fácil de coger.

—He ahí la cuestión. Se trata de encontrar el punto sobre el que puedes ejercer presión. —Agitó la pelota en la mano—. Puede que se me haya ocurrido una idea.

—Nunca falla. Es el poder de Koosh —dijo Raley.

—El poder de Koosh —repitió Ochoa, levantando la mano.

Nikki lanzó la pelota y le dio a Rook en la cara.

—Ajá —dijo ella—. Nunca lo he probado antes.

***

Nikki Heat tenía un nuevo cliente en la sala de interrogatorios, Gerald Buckley.

—Señor Buckley, ¿sabe por qué le hemos pedido que venga a hablar con nosotros?

Buckley tenía las manos cruzadas, fuertemente enlazadas sobre la mesa que estaba delante de él.

—No tengo ni idea —dijo con una mirada escrutadora. Heat se dio cuenta de que se había teñido las cejas de negro.

—¿Sabe que hubo un robo en el Guilford la pasada noche?

—Éramos pocos y parió la abuela. —Se humedeció los labios y se rascó la nariz de bebedor con el reverso de un nudillo—. Seguro que durante el apagón, ¿no?

—¿Qué quiere decir?

—Bueno, no sé. Ya saben. No es políticamente correcto decirlo, así que sólo digo que a «ciertos tipos» les gusta desbocarse en cuanto bajan la guardia. —Él sintió los ojos de ella sobre él y no logró encontrar un lugar seguro al que mirar, así que se concentró en toquetear una antigua costra en el dorso de la mano.

—¿Por qué llamó para anular su turno en el Guilford ayer por la noche?

Levantó lentamente los ojos hasta toparse con los de ella.

—No entiendo la pregunta.

—Es una pregunta muy sencilla. Usted es portero del Guilford, ¿no?

—¿Y?

—Anoche llamó al portero que estaba trabajando, Henry, y le dijo que no iba a ir al turno de noche. ¿Por qué lo hizo?

—¿A qué se refiere cuando dice «por qué»?

—Pues exactamente a eso. ¿Por qué?

—Ya se lo he dicho, hubo un apagón. Ya sabe que esta ciudad se convierte en un maldito manicomio cuando la luz se va. ¿Cree que iba a salir así? Ni de broma. Por eso llamé para anular mi turno. ¿Por qué le da tanta importancia?

—Porque hubo un importante robo y cualquier cosa fuera de lo común, como rutinas alteradas o empleados que trabajan allí y que no aparecen, me interesa mucho. Eso, Gerald, es lo que tiene tanta importancia. —Miró hacia él y esperó—. Demuéstreme dónde estaba anoche y yo le estrecharé la mano y abriré esa puerta para usted.

Gerald Buckley se pellizcó dos veces las ventanas de la nariz e inhaló aire ruidosamente de la misma manera que ella había visto hacer a muchos cocainómanos. Él cerró los ojos durante cinco segundos y cuando los abrió dijo:

—Quiero un abogado.

—Por supuesto. —Ella tenía la obligación de satis-facer su petición, pero quería que hablara un poco más—. ¿Cree que lo necesita? —Aquel tío era un idiota y un yonqui. Si seguía hablando, ella sabía que caería por su propio peso—. ¿Por qué no hizo su turno? ¿Estaba usted en el furgón con los ladrones, o tenía demasiado miedo de que sucediera en su turno y de no ser capaz de hacer-se el inocente a la mañana siguiente?

—No pienso decir nada más. —Maldita sea, estaba tan cerca—. Quiero un abogado. —Y, cruzándose de bra-zos, se reclinó en el asiento.

Pero Nikki Heat tenía un plan B. Ay, el poder de Koosh.

***

Cinco minutos más tarde estaba en la cabina de observa-ción con Ochoa.

—¿Dónde lo habéis puesto Raley y tú? —preguntó.

—¿Sabes el banco que está al lado de la mesa de Asuntos Comunitarios, cerca de las escaleras?

—Perfecto —dijo ella—. Lo haré en dos minutos.

Ochoa salió de la cabina para ocupar su puesto, mientras Nikki retomaba el interrogatorio de Gerald Buckley.

—¿Me ha conseguido un abogado?

—Puede irse. —Él la miró incrédulo—. ¿En serio? —preguntó.

Gerald se levantó y ella le abrió la puerta.

Cuando Nikki salió con Buckley a la oficina exterior de la comisaría, ella no miró hacia la mesa de Asuntos Comunitarios, pero pudo imaginarse a Ochoa y a Raley impidiendo que Gerald Buckley viera a Doc el motero, que estaba sentado allí, en el banco. La idea era que Doc viera a Buckley, no al revés. En lo alto de las escaleras, Nikki situó al portero de manera que le diera la espalda a Doc, y se detuvo.

—Gracias por venir, señor Buckley —dijo lo suficientemente alto. Sobre el hombro de Buckley apareció el hombre de los Roach. Ella fingió no ver la coronilla del motero intentando averiguar si ella estaba hablando con su Gerald Buckley.

Tan pronto como Heat descubrió un gesto de alarma en la cara del motero, cogió a Buckley por el codo y se lo llevó escaleras abajo, fuera de su vista. Mientras él continuaba bajando las escaleras, Nikki dio un paso atrás en el rellano y le gritó:

—Y gracias por su cooperación. Sé que es difícil, pero ha hecho lo correcto.

Buckley la miró como si estuviera loca y se marchó apresuradamente.

***

Las cosas fueron un poco diferentes cuando Brian «Doc» Daniels volvió a la sala de interrogatorios. Nikki se aseguró de estar ya sentada cuando los Roach lo trajeron, y el Cola de Caballo de Hierro escrutó su rostro en busca de algún gesto delator antes de sentarse.

—¿Qué pasa, qué le ha dicho ese tío?

Heat no respondió. Asintió con la cabeza hacia Raley y Ochoa, y salieron de la habitación. Cuando se fueron, el lugar se quedó en silencio.

—Vamos, ¿qué le ha dicho?

Nikki fingió abrir un expediente y echar un vistazo a la primera página.

Miró a Doc por encima del expediente.

—Sólo para aclararme, ¿considera amigo suyo a Gerald Buckley? —preguntó, sacudiendo la cabeza y cerrando el expediente.

—¿Amigo? Ja. Un mentiroso, eso es lo que es.

—¿Lo es?

—Buckley es capaz de decir cualquier cosa para salvar su culo.

—Eso es lo que sucede cuando las cosas empiezan a ir mal, Doc. La gente empieza a empujar a sus amigos y a su familia fuera del bote salvavidas. —Cuando le pareció bien, Nikki cruzó los brazos y se recostó en la silla—. Supongo que la pregunta es cuál de ustedes va a compartir el agua con los tiburones.

El motero estaba echando cuentas mentalmente.

—Dígame qué le ha dicho y yo le diré si es una patraña.

—Como si fuera a hacerlo.

—¿Y qué se supone que debo hacer? ¿Confesar?

Ella se encogió de hombros.

—Llamémosle cooperar.

—Sí, ya.

—Usted decide, Doc. Pero el más listo saldrá ganando en esto. Los fiscales van a querer una cabeza sobre la mesa. ¿De quién será, suya o de Buckley? —Ella cogió el expediente—. Tal vez Buckley sea hoy el más listo. —Nikki se puso de pie—. Nos veremos en la vista.

El motero se lo pensó un momento, pero no demasiado. Sacudió su mata de pelo y dijo:

—Bien, ahí va la pura verdad. Nosotros no robamos ningún cuadro. Cuando entramos en el piso, ya no había ninguno.

***

—Yo creo a ese tío —dijo Raley. Estaba recostado en la silla con los pies sobre un armario de archivos de dos cajones en medio de la oficina abierta.

Heat estaba de pie, delante de la pizarra, pasándose un rotulador de una mano a otra.

—Yo también. —Le quitó la tapa y rodeó la hora de llegada del furgón y la de partida en la línea de tiempo del robo—. Es imposible que pudieran mover todos esos cuadros en media hora. Supongamos que Henry se ha equivocado de hora y tardaron una hora entera. Aun así, es imposible. —Puso el rotulador en el alféizar de aluminio de la parte inferior de la pizarra—. ¿Sin que nadie los viera ni los oyera? Ya.

Desde su silla, Rook levantó la mano.

—¿Puedo hacer una pregunta?

Heat se encogió de hombros.

—Adelante.

—Necesito practicar —añadió Raley, riéndose entre dientes. Nikki reprimió una sonrisa y asintió para que Rook continuara.

—¿Dirigen Penn y Teller una banda de ladrones? Porque lo que está claro es que alguien se llevó todos esos cuadros.

Al otro lado de la oficina abierta, el detective Ochoa colgó el teléfono.

—¡Oh, Dios mío! —exclamó y luego barrió su mesa con los pies, lanzándose a través de la habitación sobre su silla con ruedas y deteniéndose al llegar al grupo—. Esto es la bomba. Ya tenemos los datos del registro del Volvo del depósito. —Miró hacia abajo y leyó sus notas, que era lo que Ochoa siempre hacía cuando tenía noticias y quería hacerlo bien—. El vehículo estaba registrado a nombre de Barbara Deerfield. He hecho algunas llamadas, incluyendo al Departamento de Desaparecidos. La empresa de Barbara Deerfiel denunció su desaparición hace cuatro días.

—¿Dónde trabajaba? —preguntó Heat.

—En Sotheby's.

Nikki soltó un juramento.

—La casa de subastas de arte…

—Exacto —dijo Ochoa—. Nuestra difunta era tasadora.

Raley volvió a la oficina abierta con su chaqueta deportiva colgando de un dedo. Su camisa azul claro estaba de dos colores por culpa del sudor.

—Os he traído un regalo de Sotheby's.

Nikki se levantó de la mesa.

—Adoro los regalos. ¿Qué es, un Winslow Homer? ¿La Carta Magna?

—Mucho mejor. —Le entregó un papel doblado—. Me han dejado imprimir una página del calendario de Outlook de Barbara Deerfield. Siento que esté toda arrugada. La humedad ahí fuera es brutal.

Nikki cogió la hoja como si pudiera sacar algo en limpio de ella.

—Está húmeda.

—Sólo es sudor.

Mientras desdoblaba la hoja y la leía, Ochoa giró en su silla de oficina y tapó su teléfono.

—Nunca he visto a un tío que sudara tanto como tú, colega. Darte la mano es como apretar el culo de Bob Esponja.

—Ochoa, eso se piensa pero no se dice. —Rook se levantó para mirar la hoja por encima del hombro de Nikki.

—Bien, tenemos nuestra… —Nikki pareció sentir que Rook se estaba acercando demasiado, así que le pasó la hoja y estableció cierta distancia—. Tenemos nuestra confirmación de que Barbara Deerfield tenía una cita para tasar las obras de arte en el apartamento de Matthew Starr la mañana que fue asesinado.

—Y la mañana que ella fue asesinada —añadió Rook.

—Probablemente. Aún estamos esperando la confirmación de la hora de su muerte por parte del Departamento Forense, pero podemos decir que es una suposición segura. —Nikki utilizó la punta fina del rotulador para meter la cita de tasación de Barbara Deerfield con Starr en la línea de tiempo de la pizarra, y luego le puso la tapa.

—¿No vas a añadir también su muerte en la pizarra? —preguntó Rook.

—No, segura o no, aún es una suposición.

—Vale. —Y añadió—: Tal vez para ti.

Raley la informó de todo lo que se había enterado sobre la víctima gracias a sus compañeros de trabajo. Todo Sotheby's estaba consternado y horrorizado por las noticias. Cuando alguien desaparece te esperas lo mejor, pero ésta fue la confirmación de sus peores miedos. Barbara Deerfield tenía una buena relación con sus compañeros, todo indica que era una persona estable, adoraba sus trabajo, parecía disfrutar de una vida familiar feliz, con sus hijos en la universidad, y estaba muy emocionada planeando unas vacaciones a Nueva Zelanda con su marido.

—Tiene buena pinta —dijo Raley—. Allí ahora es invierno. Nada de sudores antiestéticos.

—Bueno, contrástalo con el punto de vista de su familia, de sus amigos y de sus amantes para curarnos en salud, pero mi instinto me dice que no va por ahí, ¿y a ti?

Raley estaba de acuerdo con ella y se lo hizo saber.

Ochoa colgó el teléfono.

—Era el Departamento Forense. ¿Qué queréis primero, las novedades o las novedades? —Vio la mirada de la detective Heat e inteligentemente decidió que ése no era momento para jueguecitos—. Hay dos resultados para ti. Primero, el tejido del balcón encaja con el de unos vaqueros de Pochenko.

—Lo sabía —dijo Rook—. Cabronazo.

Nikki ignoró su arrebato. El corazón se le estaba acelerando, pero actuó como si estuviera allí sentada, escuchando la información de la Bolsa de Tokio mientras esperaba el informe del tráfico en la radio. A lo largo de los años, había aprendido que cada caso tenía una vida. Éste no estaba aún cerca de ser resuelto, pero estaba entrando en la fase en la que por fin tenía datos consistentes para hacer una criba. Era necesario escuchar cada prueba, y la emoción, especialmente la suya, lo único que hacía era ruido.

—Y segundo, tenías razón. Había unas huellas por fuera de aquellas ventanas que daban a la salida de incencios. Y sabemos de quién.

—Claro —dijo Rook.

La detective se sentó un momento a reflexionar.

—Bien. Así que tenemos una pista que apunta a que Pochenko tiró a Matthew Starr por el balcón, y tenemos otra que nos dice que, en cierto momento, intentó sin éxito entrar por una ventana. —Volvió a la pizarra y escribió el nombre de Pochenko al lado de «tejido». En un espacio en blanco escribió «¿acceso?» y lo rodeó con un círculo.

Mientras estaba allí de pie, pasándose el rotulador de una mano a otra, una nueva costumbre de la que se había dado cuenta, su mirada iba de la foto del anillo hexagonal a las marcas del torso de Matthew Starr.

—Detective Raley, ¿hasta dónde estás de visionar el vídeo de la cámara de vigilancia del Guilford?

—¿Hasta las narices?

Ella le puso una mano en el hombro.

—Entonces vas a odiar tu siguiente tarea. —Retiró la mano y la secó discretamente en el muslo.

Ochoa se rió entre dientes y tarareó la canción de Bob Esponja.

***

Mientras Raley desenterraba y ponía el vídeo de vigilancia, Heat hizo su llamada de rigor y su ronda en el ordenador para comprobar los hurtos, asaltos y robos en cajeros automáticos para ver si los últimos informes le daban alguna idea de dónde podía estar Pochenko. No había ni rastro de él desde el robo en el supermercado. Un amigo de Nikki, un policía de Narcóticos que estaba infiltrado en los barrios rusos de Brighton Beach, tampoco había descubierto nada. Heat se dijo a sí misma que estas comprobaciones compulsivas eran un buen trabajo de detective, ya que el éxito dependía en gran medida de diligencias para tontos. Pero en el fondo de su corazón no le gustaba en absoluto la idea de que hubiera un hombre peligroso suelto por ahí, que se lo había tomado de forma personal con ella y se le había escabullido. Eso menoscababa la apreciada habilidad de la detective Heat para mantenerse al margen de los aspectos emocionales de su trabajo en un caso. Después de todo, se suponía que ella debía ser la policía, no la víctima. Nikki se permitió momentáneamente pisar el césped de lo puramente humano, y luego volvió al camino.

¿Adónde habría ido? Un hombre como ése, grande y llamativo, herido, a la fuga, sin poder volver a su casa, se tendría que convertir en carroñero en algún momento. A menos que tuviera algún sistema de apoyo y algún dinero escondido, su presencia se notaría en algún lugar. Tal vez los tenía. Tal vez. No le daba esa impresión. Colgó el teléfono tras la última llamada, y se quedó mirando fijamente a la nada.

—Quizá haya entrado en uno de esos *reality shows* en los que se llevan a los participantes a alguna isla desierta a comer bichos y gritarse unos a otros —observó Rook—. Ya sabes, algo así como «Soy un asesino idiota, sacadme de aquí».

***

—Solo y con sacarina, ¿no? —Nikki puso un café sobre la mesa de Raley.

—Vaya, gracias, te lo agradezco. —Raley estaba escudriñando el vídeo de vigilancia del vestíbulo del Guilford—. A menos que signifique que me voy a tener que pasar otra noche en vela así.

—No, esto no nos llevará mucho tiempo. Pásalo hasta Miric y Pochenko, y pónmelo a cámara lenta. —Raley tenía mucha experiencia en esa parte y encontró el punto exacto en el que entraban de la calle—. Bien, cuando veas a Pochenko, páralo.

Raley congeló la imagen e hizo un zoom sobre la cara del ruso.

—¿Qué estamos buscando?

—Eso no —dijo ella.

—Pero querías que congelara este fotograma.

—Exacto. ¿Y qué hemos estado haciendo? Centrarnos sólo en su cara para identificarlo, ¿cierto?

Raley la miró y sonrió.

—Ah, ya lo pillo —retiró el zoom sobre la cara de Pochenko y reconfiguró la imagen.

A Nikki le gustó lo que estaba viendo.

—Exacto, ahí le has dado. Raley, lo pillas rápido. Sigue así, a partir de ahora te dejaré visionar todos los vídeos de las cámaras de vigilancia.

—Has calado mi intención de convertirme en el zar del vídeo de la comisaría. —Se movió con el ratón hasta la otra parte del fotograma congelado y lo arrastró para hacer un zoom. Cuando consiguió lo que quería, se recostó en la silla.

—¿Qué tal así? —preguntó.

—No más llamadas, por favor. Tenemos un ganador.

La mano de Pochenko llenaba toda la pantalla. Y en ella se veía bastante bien su anillo hexagonal, el mismo que Lauren le había enseñado en el depósito.

—Guárdalo e imprímemelo, zar Raley.

Minutos después, Heat añadía la foto del anillo de Pochenko a la galería cada vez mayor de la pizarra. Rook estaba de pie, apoyado en la pared, asimilándolo, y levantó la mano.

—¿Se me permite hacer una pregunta?

—Rook, un día de éstos llamaré para hacer una pregunta a uno de tus amagos de comedia nocturna con micrófono abierto.

—Lo interpretaré como un sí.

Se dirigió hasta la pizarra y señaló las fotos de la autopsia de Matthew Starr donde se veía su torso.

—¿Qué dijo exactamente tu amiga del Departamento Forense sobre los cardenales de los puñetazos y el anillo?

—Tiene nombre, se llama Lauren, y dijo que todos los cardenales del torso tenían la marca del anillo excepto uno. Mira. —Señaló cada uno de ellos—. Cardenales con el anillo: aquí, aquí, aquí y aquí.

Rook señaló uno de los cardenales.

—Menos éste de aquí, un puñetazo, la misma mano, sin la marca del anillo.

—Tal vez se lo quitó —aventuró Nikki.

—Disculpe, detective, ¿quién es aquí el especulador? —Nikki sacudió la cabeza. Odiaba que fuera tan mono. Lo odiaba. Él continuó—: Pochenko tenía el anillo puesto cuando él y Miric fueron a «sugerirle» a Starr que pagara su deuda, ¿no? —Rook dio un puñetazo al aire—. Pim, pam, pum. Dile a Raley que eche de nuevo un vistazo a ese vídeo y apuesto a que Pochenko sigue llevando do el anillo al salir.

Heat gritó hacia el otro lado de la sala.

—¿Raley?

Raley contestó con un «te odio» y volvió a poner el vídeo para revisarlo.

—Cuando se marcharon, la tasadora de arte llegó para su cita y se fue. Ésta es mi especulación —dijo Rook—. Este moratón de aquí, el que no tiene la marca, se lo hicieron después, cuando Pochenko volvió por la tarde para matar a Matthew Starr. Pochenko no llevaba puesto el anillo porque lo perdió durante la refriega en el coche mientras estrangulaba a Barbara Deerfield.

Heat se mordió el labio inferior, pensativa.

—Todo eso está muy bien, de hecho es muy probable.

—Entonces, ¿no crees que he justificado la hora de la muerte de Barbara Deerfield?

—En eso ya estoy de acuerdo contigo. Pero está desestimando un punto incluso más importante, señor reportero.

—Que es…

—Que es un gran porqué —dijo la detective—. Si hay una conexión entre esos dos asesinatos, ¿por qué Pochenko mató primero a Barbara Deerfield? Es una pregunta sobre el móvil. Si vas hacia atrás desde el móvil, normalmente te encuentras con un asesino.

Rook miró la pizarra, y luego de nuevo a ella.

—¿Sabes? Mick Jagger nunca me hizo trabajar tanto.

Pero ella no pareció oírlo. Heat estaba centrada en Ochoa, que acababa de entrar en la sala.

—¿Ya ha llegado? —preguntó. Ochoa levantó algunos papeles doblados—. Estupendo.

—¿Qué pasa? —quiso saber Rook.

—Hay quien espera a que lleguen los barcos, yo espero órdenes judiciales. —Heat se encaminó hacia su mesa y cogió su bolso—. Si prometes ser un chico bueno esta vez, te dejaré venir para que veas cómo arresto a alguien.

***

Heat y Rook subieron las escaleras del lúgubre edificio de apartamentos y giraron en el rellano del segundo piso. Era un antiguo dúplex de arenisca de color café rojizo desvaído de Hell's Kitchen en el que a alguien se le ocurrió que podía invertir un poco de pintura, porque todo estaba pintado en lugar de arreglado. A aquella hora del día, el aire rezumaba una combinación de olor a desinfectante y comida. Y el calor sofocante no hacía más que convertirlo en una experiencia más táctil.

—¿Estás segura de que él está aquí? —dijo Rook en un susurro. Aun así, su voz resonó como en la cúpula de una catedral.

—Segurísima —replicó ella—. Llevamos vigilándolo todo el día.

Nikki se detuvo en el apartamento 27. Habían pintado los números de latón por encima hacía mucho tiempo. Una gota fosilizada de esmalte verde claro formaba una lágrima al lado del 7. Rook estaba de pie justo en frente de la puerta. Nikki lo cogió por la cintura y lo echó hacia un lado.

—Por si dispara. ¿Nunca has visto *Policías?* —Ella se situó en el lado opuesto—. Y ahora espera aquí fuera hasta que yo dé vía libre.

—Para eso podía haber esperado en el coche.

—Aún puedes.

Él lo sopesó, dio medio paso hacia atrás y se apoyó en la pared con los brazos cruzados. Heat llamó.

—¿Quién es? —dijo una voz sorda desde dentro.

—Policía de Nueva York. Gerald Buckley, abra la puerta, tenemos una orden judicial. —Nikki contó brevemente hasta dos, se volvió y abrió la puerta de una patada. Desenfundó y entró en el apartamento. Cuando la puerta rebotó, le dio un golpe con el hombro mientras entraba—. ¡Alto!

Pudo ver brevemente a Buckley desapareciendo en el vestíbulo. Se aseguró de que la sala estaba vacía antes de seguirlo, y en un breve lapso de tiempo, antes de entrar en el dormitorio, él ya había tenido tiempo para sacar una pierna por la ventana. A través de las cortinas pudo ver a Ochoa esperándolo en la escalera de incendios. Buckley se detuvo y empezó a entrar de nuevo. Nikki lo ayudó por sorpresa, pistola en mano y tirando de él hacia atrás por el cuello de la camisa.

—Caray —dijo Rook, impresionado.

Nikki se volvió y lo vio en el dormitorio, detrás de ella.

—Pensaba que te había dicho que te quedaras fuera.

—Ahí fuera huele fatal.

Heat volvió a centrar su atención en Buckley, que estaba tumbado boca abajo en el suelo, y le puso las manos detrás de la espalda.

***

Gerald Buckley, el deshonrado portero del Guilford, estaba al cabo de unos minutos sentado con las manos esposadas en su propia salita. Nikki y Rook se acomodaron cada uno a un lado de él, mientras los Roach buscaban su sitio.

—No sé por qué están obsesionados conmigo —dijo—. ¿A eso se dedican cada vez que hay un robo en algún sitio, a fastidiar a los tíos que trabajan allí por casualidad?

—No lo estoy fastidiando, Gerald —dijo Heat—. Lo estoy arrestando.

—Quiero un abogado.

—Y lo tendrá. Usted también va a necesitar uno. Su amigo el motero, ¿Doc? Él... No quiero decir «tiró la piedra», suena demasiado a *Starsky y Hutch*. —Las digresiones de Nikki le estaban molestando, lo que hizo que ella quisiera hacer aún más: desquiciarlo, tratar de que soltara la lengua—. Seamos más civilizados, digamos que él le ha implicado en una declaración jurada.

—Yo no conozco a ningún motero.

—Qué interesante. Porque Doc, que es motero, por cierto, dice que usted fue el que lo contrató para llevar a cabo el robo en el Guilford. Dice que lo llamó para que se diera prisa cuando hubo el apagón. Usted le pidió que reuniera un equipo para entrar en el apartamento de Starr y robar todas las obras de arte.

—Gilipolleces.

—Es difícil reunir un equipo para un trabajo grande avisando con tan poco tiempo, Gerald. Doc dice que no eran suficientes y que lo llamó para que fuera el cuarto para hacer el trabajo. Razón por la cual supongo que tuvo que llamar a Henry para decirle que no podía hacer su turno. Me encanta la ironía. Tuvo que llamarlo y decirle que no iba a poder ir a trabajar porque tenía que ir allí a hacer un trabajo. ¿Capta la ironía, Gerald?

—¿Por qué están destrozando mi casa? ¿Qué buscan?

—Algo que pueda complicarle la vida —dijo Heat. Raley apareció en el umbral de la puerta, levantó un revólver, y continuó la búsqueda—. Eso podría valer. Espero que tenga permiso, o esto podría convertirse en una visita incómoda.

—Zorra.

—Ya lo sabe —dijo ella, sonriendo. Giró la cabeza y se quedó allí sentada—. Tenemos mucho de que hablar.

Ochoa la llamó desde la sala de estar.

—¿Detective Heat? —Raley vino a sustituirla con el prisionero y Nikki se disculpó.

Buckley miró a Rook.

—¿Y usted qué mira? —preguntó.

—A un hombre haciéndose mucha caca.

Ochoa estaba de pie en el extremo del sofá y había abierto la puerta del mueble bar. Señaló hacia dentro.

—He encontrado esto escondido detrás del licor de menta y de unas botellas de ginebra —dijo, levantando una cámara con su mano enguantada. Una cámara réflex digital de las caras.

—Compruébalo. —Le dio la vuelta al cuerpo de la cámara para poder leer la pequeña etiqueta rectangular de inventario con el código de barras y un número de serie en la parte inferior. Y una frase impresa sobre el código, que decía: «Propiedad de Sotheby's».

Capítulo
15

Jameson Rook estaba de pie en la sala de observación de la comisaría mirando fijamente la sala de interrogatorios donde esperaba Gerald Buckley, dedicado en cuerpo y alma a hurgarse la nariz. La puerta se abrió y se cerró detrás de Rook. Nikki Heat se colocó a su lado y miró a través de la ventana con él.

—Encantador.

—¿Sabes qué es lo peor? No puedo apartar la vista. —De hecho, Rook continuó mirando mientras dijo—: ¿No saben que hay gente mirando al otro lado del espejo? Y al tío ya le debe de gustar, esposado y todo.

—¿Estás muy cansado?

—Sí.

—Sotheby's confirma que el número de serie de la cámara se corresponde con el de Barbara Deerfield. La tarjeta de memoria está llena de fotos que ella hizo a la colección de arte de Starr.

—¿Esa mañana? —preguntó—. Las fotos llevarán la hora impresa.

—Vaya, asombrosamente bien. Parece que alguien lo va pillando —Él hizo una pequeña reverencia, y ella continuó—: Sí, de esa mañana. Raley está copiando todas las fotos en su disco duro.

—Raley, el nuevo rey multimedia.

—Creo que era zar.

—Entonces eso significa que Buckley estaba allí cuando la mataron, o que Pochenko le dio la cámara más tarde. —Se volvió hacia ella—. ¿O estoy ofendiendo tus metódicas maneras con mis imprudentes especulaciones?

—No. La verdad es que esta vez estoy contigo, escritor. Sea como sea, esa cámara relaciona a Buckley con Pochenko. —Se dirigió hacia la puerta de la sala de interrogatorios—. Veamos si consigo que me diga cómo.

Iba ya a abrir la puerta, cuando Ochoa entró desde el vestíbulo.

—Su abogado acaba de llegar.

—¿Sabes? Me había parecido oír el camión de la basura.

—Puede que tengas un poco de tiempo. No sé cómo su maletín se perdió cuando pasó por seguridad.

—Ochoa, perro viejo.

—Guau.

Buckley se enderezó cuando la detective Heat entró, señal de que sabía que aquello no era la entrevista preliminar que él había tenido antes en la misma sala. Intentó tener aspecto desafiante, pero su concentración en ella, intentando interpretar lo grave que era aquello, le dijo a Nikki que caería en algún momento. Tal vez no en aquella reunión, pero caería. Cuando tenían esa mirada, todos acababan por venirse abajo.

—La zorra ha vuelto —dijo ella, reclinándose en la silla. Nikki tenía prisa. La abogada llegaría muy pronto, lo sabía. Pero ella tenía que jugar su mano de cartas. La reveladora cara de Buckley lo había traicionado; ella no iba a igualar el marcador demostrando su impaciencia. Así que se volvió a sentar con los brazos cruzados, como si tuviera todo el tiempo del mundo. Él se humedeció los labios nerviosamente. Tan pronto como vio que se pasaba la lengua seca por las encías, empezó—: ¿Le molestaría que le dijera que usted no me parece el típico ladrón de arte? Me lo puedo imaginar haciendo un montón de cosas, traficando con drogas, robando un coche, yéndose sin pagar. ¿Pero organizando un robo de arte multimillonario? Lo siento, pero no lo veo. —La detective se levantó y se inclinó hacia él—. Usted llamó a Doc, el motero, para que consiguiera un equipo de gente para el robo, pero alguien tuvo que llamarlo a usted antes, y quiero saber quién fue.

—¿Dónde está mi abogado?

—Gerald, ¿ha visto alguna vez esos publirreportajes en los que dicen que se trata de una oferta especial limitada que hay que aprovechar? Con la tormenta de mierda a la que se enfrenta, ahora estamos en esa zona, usted y yo.

—Movió los ojos con rapidez, pero aún no estaba convencido. Lo presionó desde otro ángulo—. Evidentemente, usted no ve mucho esos publirreportajes. La mayoría son a altas horas de la madrugada, y ése es su turno habitual en la portería.

Él se encogió de hombros.

—Ya lo sabe, todo el mundo lo sabe.

—Pero eso me hace preguntarme por qué, cuando vimos el vídeo de la cámara de vigilancia del Guilford del día del asesinato de Matthew Starr, usted estaba allí a primera hora de la tarde.

—¿Y qué? Trabajo allí.

—Eso fue lo que yo pensé cuando lo vi en el vídeo el otro día. Pero los recientes acontecimientos han hecho que vea su presencia bajo una luz totalmente nueva.

—Oiga, yo no maté al señor Starr.

—Tomaré nota de ello. —Esbozó una sonrisa y la cortó—. Tengo una duda más, y usted es la persona idónea para aclarármela. Por casualidad, no ayudaría a nadie a entrar en el edificio durante su visita a deshoras, ¿no? Sé que hay una puerta de acceso cerrada con llave en la azotea. ¿Es posible que la abriera para que alguien entrara cuando usted estaba allí alrededor de las doce treinta y nueve de la tarde?

Dieron dos golpes suaves en la puerta. Mierda, Ochoa avisándola de que venía la abogada.

—¿Gerald? Oferta por tiempo limitado.

Llegó el sonido amortiguado de una mujer despotricando en la sala de observación.

—Parece mi abogada.

«Parece un torno dental», pensó Nikki.

—¿Y bien? ¿Dejó entrar a alguien desde la azotea?

La puerta succionó el aire al abrirse. Ochoa entró con una frágil mujer vestida con un traje color arcilla. A Nikki le pareció la típica persona que retendría la cola del supermercado insistiendo en que comprobaran el precio del perejil.

—Esto no es apropiado —dijo la mujer.

Nikki la ignoró y continuó con su presión.

—¿De dónde ha sacado la cámara?

—No responda a eso.

—No voy a hacerlo.

Con la abogada como encargada de sala, Heat cambió el rumbo. Dejó de buscar respuestas y empezó a plantar semillas.

—¿Se la regaló Pochenko por el favor?

—Mi cliente no tiene nada que decir.

—¿O usted le robó la cámara? Pochenko no es el tipo de tío al que se le roba, Gerald.

—Detective, la entrevista ha finalizado.

Nikki sonrió y se levantó.

—Ya habrá otras. —Y se fue.

***

Poco después de que los Roach ficharan su salida al final del día, Nikki oyó a Rook deambular por detrás de su silla para ver la presentación de diapositivas de su ordenador con las fotos de la cámara de Barbara Deerfield. Las fotografías no eran de las mejores. Instantáneas simples y directas de cada cuadro tomadas de dos en dos, una con luz natural y la siguiente igual, pero con *flash*.

—Está claro que eran sólo para uso interno. Nadie las pondría en un folleto ni en la página web —aventuró ella.

—Así que éstas eran como sus notas de la entrevista con Matthew Starr.

—Sí. Y Lauren, mi... ¿Cómo la has llamado? Mi amiga necrófaga, llamó y confirmó la hora de su muerte alrededor del mediodía de ese mismo día. —Nikki continuó pasando las fotos.

Rook debía de haberle leído el pensamiento, porque, en lugar de regodearse en su victoria, se quedó un rato mirándola en silencio. Pero sólo un rato.

—¿Estás libre esta noche? —preguntó.

Ella continuó haciendo clic con el ratón, manteniendo una cadencia, disfrutando de la exposición privada, buscando pistas, o ambas cosas.

—Esta noche voy a trabajar.

—Esto es trabajo. ¿Te gustaría conocer al mayor ladrón de arte de Nueva York? Bueno, ladrón de arte retirado.

Nikki sintió un pequeño zumbido de emoción y se dio la vuelta para ponerse frente a él.

—¿A Casper?

—¿Lo conoces?

—He oído hablar de él. Leí el reportaje que hiciste de él para *Vanity Fair* hace unos años. —Se arrepintió nada más decirlo. Pero ahora ya estaba.

—¿Leíste mi artículo?

—Rook, yo también leo. Leo un montón de cosas. No te subas a la parra —contestó, intentando restarle importancia, pero ya había enseñado sus cartas.

—De todos modos —dijo—, estaba pensando que si alguien está tratando de mover arte en esta ciudad, Casper lo sabrá.

—¿Y puedes conseguirme una cita con él?

Rook le devolvió una mueca de desdén en toda la cara.

—Claro —dijo ella—, ¿en qué estaría pensando? Si tú eres el señor Listín de Nombres de Pila.

Él sacó el teléfono y buscó en sus contactos. Sin levantar la vista hacia Nikki, dijo:

—Escribí ese artículo de *Vanity Fair* hace cinco años. ¿Aún te acuerdas de él?

—Estaba bien, era informativo.

—¿Y te acordabas de que lo había escrito yo?

—... sí.

Él alzó la vista hacia ella.

—«Informativo».

***

En el gueto de antiguas galerías al sur de Union Square, a tiro de piedra de la librería Strand, Heat y Rook se acercaron a una puerta de un solo cristal situada entre una casa de muebles Shaker y una curiosa tienda de mapas. Un cartel en la puerta, a la altura de los ojos, estilo pan de oro de los años cuarenta, rezaba: «C. B. Phillips – Adquisiciones de arte». Nikki extendió la mano para pulsar el timbre encastrado en el marco metálico.

—Yo no haría eso —le advirtió Rook.

—¿Por qué no?

—No insultes a este hombre —dijo, levantando el dedo índice como diciendo «espera un segundo». En realidad, pasaron dos segundos antes de que el timbre sonara—. Es Casper. Sabe que estamos aquí, siempre lo sabe todo. —Y empujó la puerta abierta.

Subieron un tramo de escaleras de madera noble de color claro a través de una suave corriente de aire que traía el fantasmal perfume de una antigua biblioteca pública. En el rellano, Nikki echó un vistazo a la habitación y recordó una de las máximas de la ciudad de Nueva York: nunca digas por el aspecto de una puerta qué habrá al otro lado de ella.

La silenciosa sala de exposición y venta de C. B. Phillips – Adquisiciones de Arte estaba a un tramo de escaleras de Broadway, pero era un viaje en el tiempo entre latitudes que conducía hasta una enorme recepción vacía de gente y rebosante de oscuridad, robustos muebles tapizados en terciopelo y encajes tenuemente iluminados bajo las sombras granate con borlas de pequeñas lámparas de sobremesa y apliques de pared de color ocre apagados. Exclusivas obras de arte que representaban marinas, bulldogs vestidos de militar y molduras de querubines adornaban las paredes y los caballetes de caoba tallada. Nikki levantó la vista y observaba el estampado clásico del techo de estaño cuando oyó una suave voz justo a su lado que la sobresaltó.

—Cuánto tiempo, Jameson. —Sus palabras tenían la suavidad del whisky y parecían transportadas por el humo de una vela. Tenían un leve acento de algún país europeo que no pudo identificar, pero que le pareció agradable. El elegante anciano se volvió hacia ella—. Siento haberla asustado.

—Ha salido de la nada —dijo ella.

—Un truco que me ha servido de mucho. Desaparecer tan sigilosamente es un talento menguante, siento decir. Aunque ha dejado paso a una cómoda jubilación. —Señaló su sala de exposición y venta—. Por favor, usted primero. —Mientras cruzaban la gruesa alfombra oriental, añadió—: No me dijiste que ibas a venir con una detective de la policía.

Nikki se detuvo en seco.

—Yo no he dicho que fuera detective.

El anciano se limitó a sonreír.

—No estaba seguro de que quisieras verme si te lo decía, Casper —se disculpó Rook.

—Probablemente no. Y lo que me habría perdido.

—Si viniera de cualquier otra persona, aquello habría sido un ridículo piropo fuera de lugar. En lugar de eso, el elegante hombrecillo la hizo ruborizarse—. Siéntese.

Casper esperó hasta que ella y Rook se acomodaron en un sofá de pana azul marino antes de doblarse sobre su orejera de piel verde. Pudo ver la forma de una aguda rótula a través de sus pantalones de lino cuando cruzó las piernas. No llevaba calcetines, y sus zapatillas parecían hechas a medida.

—He de decir que es tal y como me lo imaginaba.

—Cree que mi artículo te hacía parecer elegante —dijo Rook.

—Por favor, esa vieja etiqueta. —Casper se volvió hacia ella—. No es nada, hágame caso. Cuando se llega a mi edad, la definición de elegante es haberse afeitado por la mañana. —Ella percibió el brillo de sus mejillas bajo la luz de la lámpara—. Pero uno de los personajes más excelsos de Nueva York no tiene tiempo para venir aquí simplemente de visita. Y como no llevo esposas ni me están leyendo mis derechos, puedo suponer, sin temor a equivocarme, que mi pasado no me ha alcanzado.

—No, no se trata de nada de eso —dijo ella—. Y sé que está retirado.

Él respondió encogiéndose ligeramente de hombros y abrió la palma de una de sus manos, tal vez con la esperanza de que ella creyera que él era aún un ladrón de arte y un asaltador de viviendas. Y, de hecho, al menos consiguió que se quedara con la duda.

—La detective Heat está investigando el robo de unas obras de arte —dijo Rook.

—Rook dice que usted es la persona apropiada para hablar sobre ventas de arte importantes en la ciudad. Oficiales o extraoficiales. —De nuevo volvió a responder encogiéndose de hombros y haciendo un gesto con la mano. Nikki decidió que el hombre tenía razón, ella no solía ir de visita a la casa de gente, así que se lanzó en picado—. Durante el apagón alguien asaltó el Guilford y robó toda la colección de Matthew Starr.

—Vaya, me encanta. Llamar colección a ese sobrevalorado batiburrillo. —Él cambió de postura y volvió a cruzar sus huesudas rodillas.

—Bien, veo que la conoce —dijo ella.

—Por lo que yo sé, más que una colección es una ensalada Cobb de vulgaridad.

Heat asintió.

—He oído comentarios parecidos. —Le alargó un sobre—. Éstas son copias de fotos de la colección hechas por una tasadora.

Casper ojeó rápidamente las fotos con manifiesto desdén.

—¿Quién es capaz de juntar a Dufy con Severini? Sólo le falta un torero o un payaso sobre terciopelo verde.

—Puede quedárselas. Tal vez pueda echarles un vistazo o enseñarlas por ahí y si se entera de que alguien quiere vender alguna de las piezas, quizá pueda hacérmelo saber.

—Ésa es una petición complicada —admitió Casper—. De un lado u otro de la ecuación podría involucrar a amigos míos.

—Lo entiendo. El comprador no me interesa demasiado.

—Por supuesto. Usted quiere al ladrón. —Dirigió su atención hacia Rook—. Los tiempos no han cambiado, Jameson. Todavía siguen persiguiendo al que asume todos los riesgos.

—La diferencia es que quien haya hecho eso, probablemente habrá hecho algo más que robar arte —replicó Rook—. Cabe la posibilidad de que haya cometido un asesinato, o tal vez dos.

—No estamos seguros, para ser sinceros —intervino Heat.

—Vaya, vaya. Una persona honesta. —El elegante y anciano ladrón dirigió a Nikki una larga mirada de valoración—. Muy bien. Conozco a uno o dos marchantes de arte poco ortodoxos que pueden servir de ayuda. Les haré un par de preguntas como favor a Jameson. Además, nunca viene mal pagar con un poco de buena voluntad a la gendarmería.

Nikki se inclinó para recoger su bolso y empezó a darle las gracias, pero cuando levantó la vista había desaparecido.

—Yo creo que sus salidas siguen siendo grandiosas —exclamó Rook.

***

Nikki estaba de pie en la sala de descanso de la comisaría mirando fijamente a través del cristal de la puerta del microondas el cartón de arroz frito con cerdo a la barbacoa. Reflexionó —y no era la primera vez— sobre cuánto tiempo pasaba en aquel edificio mirando a través de ventanas esperando resultados. Si no era a sospechosos a través de las de salas de interrogatorios, era a las sobras a través de la del microondas.

Sonó el pitido y sacó el cartón rojo humeante con el nombre del detective Raley escrito con rotulador en dos de las caras con triple exclamación incluida. Si realmente le importara, se lo habría llevado a casa. Y luego pensó en el *glamour* de la vida de policía. Acabar la jornada laboral con más trabajo y cenando unas sobras que ni siquiera son tuyas.

Por supuesto, Rook había intentado presionarla para quedar para cenar. Obviamente, la ventaja que le proporcionaba su generosa oferta de involucrar a Casper era que la reunión había acabado a la hora de la cena y que, incluso en una noche húmeda y desagradable, no había nada como sentarse al aire libre en el Boat Basin Café con unos cestos de hamburguesas carbonizadas, un cubo galvanizado de Coronitas plantadas en hielo y la vista de los veleros en el Hudson.

Le dijo a Rook que tenía una cita. Cuando él consiguió recomponer su expresión, apostilló que era en la oficina con la pizarra. Nikki no quería torturarlo. Bueno, sí quería, pero no de ese modo.

En la tranquilidad de la oficina vacía, sin teléfonos ni visitas que la interrumpieran, la detective Heat contempló nuevamente los hechos escritos delante de ella en el paisaje de la enorme pizarra esmaltada como de porcelana. Hacía sólo una semana, se había sentado en esa misma silla con ese mismo panorama nocturno tardío. Esta vez tenía más información para examinar. La pizarra estaba llena de nombres, líneas cronológicas y fotografías. Desde su anterior noche de deliberación silenciosa, se habían producido dos delitos más. Tres, contando el ataque de Pochenko hacia ella.

—Pochenko —musitó—, ¿dónde te has metido?

Nikki reflexionaba. Era cualquier cosa menos mística, pero creía en el poder del subconsciente. Bueno, al menos del suyo. Se imaginó su mente como si fuera una pizarra en blanco, y la borró. Al hacerlo, se abrió a lo que tenía ante ella y a cualquier diseño que pudieran formar hasta ahora las pruebas. Sus pensamientos flotaban. Apartó de un plumazo los que no venían a cuento y se ciñó al caso. Quería una corazonada. Quería descubrir algo que le hablara. Y quería saber qué se le había pasado por alto.

Se dejó llevar, planeando sobre los días y las noches del caso usando su gran pizarra como guía Fodor de viaje. Vio el cadáver de Matthew Starr en la acera y volvió a visitar a Kimberly rodeada de arte y opulencia con su pena de falsa adolescente; se vio a sí misma entrevistando a las personas que habían formado parte de la vida de Starr: rivales, asesores, su corredor de apuestas con el matón ruso, su amante, los porteros del edificio. La amante. Algo que había dicho la amante la hizo retroceder. Un detalle incómodo. Nikki prestaba atención a las incomodidades porque eran la voz que Dios les daba a las pistas. Se levantó, se acercó a la pizarra y se puso delante de la información de la amante que había escrita en ella.

«Romance de oficina, carta de amor interceptada, alta ejecutiva, dejó la empresa, tienda de magdalenas, feliz, sin móvil». Y luego miró al lado. «¿Aventura con la niñera?».

La antigua amante había visto a Matthew Starrr en Bloomingdale's con una nueva amante. Escandinava. A Nikki, Agda le había parecido personalmente intrascendente y, lo que era más importante, tenía una coartada para el crimen. Pero entonces, ¿qué era lo incómodo?

Puso la caja vacía de comida china para llevar sobre la mesa de Raley y pegó un Post-it en ella dándole las gracias a ¡¡¡Raley!!! y regocijándose perversamente en las exclamaciones triples. Abajo, escribió otra nota para quedar con Agda a las nueve de la mañana para charlar.

***

Había un coche patrulla de la 1-3 estacionado delante de su apartamento cuando llegó. La detective Heat saludó a los policías que se encontraban dentro de él y subió las escaleras. Aquella noche no llamó al capitán para que se fueran. Tenía frescas en la memoria las marcas en el cuello de Barbara Deerfield. Nikki estaba agotada y muerta de sueño.

Nada de caprichos. Se duchó en lugar de bañarse.

Se metió en cama y olió a Rook en la almohada, a su lado. La atrajo hacia sí y respiró profundamente, preguntándose si debería haberlo llamado para que se pasara por allí. Antes de que pudiera responderse, se había quedado dormida.

***

Todavía era de noche cuando sonó el teléfono. El sonido le llegó a través de las profundidades de un sueño del que tuvo que luchar para salir. Extendió el brazo para coger el móvil de la mesilla con los dedos sin fuerza por el sueño y se cayó al suelo. Cuando logró agarrarlo, había dejado de sonar.

Reconoció el número y escuchó los mensajes de voz. «Hola, soy Ochoa. Llámame inmediatamente, ¿vale? Tan pronto como escuches esto». Tenía un poso de urgencia jadeante nada propio de él. El sudor de la piel desnuda de Nikki se estremeció cuando el mensaje continuó: «Hemos encontrado a Pochenko».

Capítulo
16

Nikki se embutió en su blusa mientras desfilaba escaleras abajo por la entrada principal, corrió hasta el coche patrulla y les pidió a los policías que la llevaran. Ellos se alegraron de romper la monotonía y salieron zumbando con ella en el asiento trasero.

A las cinco de la mañana no había demasiado tráfico en la autopista del oeste y pisaron a fondo.

—Conozco la zona, no hay acceso para vehículos en esta dirección —le dijo Nikki al conductor—. En lugar de perder el tiempo volviendo hacia atrás desde la 96, métete por la siguiente salida. Yo me bajaré en la parte superior de la cuesta y haré andando el resto del camino.

El policía estaba aún frenando al final de la rampa de cambio de sentido de la 79 cuando Heat le dijo que se bajaba. Les dio las gracias por encima del hombro por haberla llevado. Pronto Nikki estaba corriendo bajo la autopista, dejando sus huellas sobre excrementos secos de paloma mientras se dirigía hacia el río, donde podía ver, a lo lejos, las luces de la policía.

Lauren Parry estaba examinando el cadáver de Pochenko cuando Nikki llegó corriendo, jadeando y sudorosa por la carrera.

—Relájate, Nik, no se va a mover de aquí —dijo la forense—. Te iba a llamar para contarte lo de nuestro hombre, pero Ochoa se me adelantó.

El detective Ochoa se unió a ellas.

—Parece que este tío no te va a volver a molestar más.

Heat rodeó el cadáver para echarle un vistazo. El enorme ruso estaba tendido de lado en un banco del parque mirando hacia el Hudson. Era uno de esos lugares pintorescos para detenerse y descansar, situados sobre el césped entre el carril bici y la orilla del río. Ahora se había convertido en la última parada para descansar de Pochenko.

Se había cambiado de ropa desde la noche que había intentado matarla. Sus pantalones cargo y su camiseta blanca parecían nuevos, que era como los delincuentes fugados se vestían, usando las tiendas como si de sus propios armarios se tratase. La ropa de Pochenko parecía venir directa del expositor, a no ser porque estaba cubierta de sangre.

—La patrulla de control de los sin techo lo encontró —dijo Ochoa—. Han estado haciendo rondas para intentar coger a gente dentro de los conductos de aire acondicionado. —No pudo resistirse a añadir—: Parece que él sí que va a estar fresquito y a gusto.

Nikki captó el humor negro de Ochoa, pero con el cadáver allí delante no tenía ganas de bromas. No importaba cómo hubiera sido. Vitya Pochenko era ahora un ser humano muerto. Cualquier alivio personal que pudiera sentir por el fin de su amenaza, era eso, personal. Él había pasado ahora a la categoría de víctima y se le debía justicia como a otro cualquiera. Uno de los talentos de Nikki Heat para el trabajo era su capacidad de meter sus propios sentimientos en una caja y ser profesional. Miró de nuevo a Pochenko y se dio cuenta de que iba a necesitar una caja más grande.

—¿Qué tenemos? —preguntó a Lauren Parry.

La forense le hizo señas para que fuera detrás del banco.

—Un solo tiro en la parte de atrás de la cabeza.

El cielo estaba empezando a resplandecer, y la luz del color de la mantequilla derretida permitía que Nikki viera más claramente el agujero de bala en el pelo cortado a cepillo de Pochenko.

—Ha sido a quemarropa.

—Sí. Desde muy cerca. Y mira la posición de su cuerpo. Es un banco grande, lo tiene todo para él, pero está en un extremo.

Heat asintió.

—Alguien estaba sentado a su lado. ¿No hay signos de lucha?

—Ninguno —contestó la forense.

—Así que lo más probable es que fuera un amigo o un socio el que se acercó tanto.

—Lo suficiente para un ataque sorpresa —aventuró Ochoa—. Va por detrás y pum —exclamó, haciendo el gesto detrás de ellas hacia la autopista del oeste, que ya estaba llena de personas que iban a trabajar—. Nada de testigos y el ruido del tráfico ocultó el disparo. Tampoco veo ninguna cámara del Departamento de Transporte.

—¿Y la pistola? —preguntó Nikki a la forense.

—De pequeño calibre. Yo diría que de veinticinco, si me ponen una pistola en la cabeza.

—Lauren, cariño, necesitas salir más.

—Lo haría, pero el negocio va demasiado bien —replicó, y señaló al ruso muerto—. ¿Esa quemadura en la cara y el dedo roto son cosa tuya? —Heat asintió—. ¿Algo más que deba saber?

—Sí —intervino Ochoa—. Nunca te metas con Nikki Heat.

***

Rook estaba esperando en la comisaría cuando ella y Ochoa llegaron.

—Me he enterado de lo de Pochenko —dijo, haciendo una gran reverencia con la cabeza—. Mi más sentido pésame.

Ochoa se rió.

—Eh, el Mono Escritor empieza a pillarlo.

Una vez más, Nikki ignoró el humor negro.

—Ochoa, habla con los que están siguiendo a Miric. El socio conocido de Pochenko. Quiero saber dónde estaba su colega corredor de apuestas cuando le dispararon.

El detective Ochoa se abalanzó sobre los teléfonos. Rook se acercó con un vaso de Dean & DeLuca a la mesa de Heat.

—Toma, te he traído lo de siempre. Un café con leche desnatada y vainilla, doble y sin espuma.

—Ya sabes lo que opino sobre los cafés cursis.

—Y a pesar de todo, te tomas uno todas las mañanas. Qué mujer tan complicada.

Ella se lo arrebató y le dio un sorbo.

—Gracias. Muy considerado. —Su teléfono empezó a sonar—. Y la próxima vez acuérdate de las virutas de chocolate.

—Qué complicada —repitió él.

Nikki contestó. Era Raley.

—Dos cosas —dijo—. Agda está esperando en la entrada.

—Gracias, ahora mismo voy. ¿Y la otra?

—Antes de irme a casa anoche, hice una parada en el chino.

***

Agda Larsson se había arreglado para la entrevista. Llevaba ropa *vintage* del East Village y como accesorios un reloj Swatch rosa y blanco de los campeonatos de voley playa en una muñeca y una pulsera de cuerda con nudos en la otra. Mientras hacía girar uno de los nudos entre el índice y el pulgar, preguntó:

—¿Estoy metida en algún lío?

—No, esto es sólo un formalismo. —Eso era cierto en parte. Con esta entrevista, Nikki pretendía básicamente poner los puntos sobre las íes. De todos modos, quería encontrar la respuesta a una cuestión, a aquella que la incomodaba. Se lo preguntaría cuando llegara el momento—. ¿Cómo lleva todo esto? Entre el asesinato y el robo, debe de estar a punto de regresar a Suecia.

Agda movió la cabeza con incredulidad.

—Es bastante desagradable, ¿sí? Pero tenemos asesinatos en mi país, también. Casi doscientos el año pasado, dicen.

—¿En todo el país?

—Sí, ¿no es terrible? Es en todas partes.

—Agda, quiero hacerle unas preguntas sobre la vida dentro de la familia Starr.

Ella asintió lentamente.

—La señora Kimberly dijo que querrían hacerlo cuando le comuniqué que venía aquí.

Nikki puso la antena.

—¿Le ha advertido que no hablara de esas cosas?

—No, me recomendó que dijera lo que quisiera.

—¿Le dijo eso?

La niñera se rió entre dientes y sacudió su rubia cabellera para que cayera lisa.

—En realidad, dijo que no importaba porque la policía era una incompetente y que no descubrirían nada aunque les mordiera —contestó Agda. Vio que a Nikki no le hacía ninguna gracia y que fruncía el ceño en un inútil intento de parecer seria—. Dice lo que le apetece, la señora Starr.

Y consigue lo que quiere, pensó Heat.

—¿Cuánto hace que trabaja para ella?

—Dos años.

—¿Cómo es su relación con ella?

—Ella puede ser difícil. A la mínima, chasca los dedos: «Agda, llévate a Matthew al parque», o llama a la puerta de mi habitación en medio de noche: «Agda, Matthew se encontraba mal y ha vomitado, ven a limpiarlo».

—Anteayer, la señora Starr y su hijo se fueron de la ciudad.

—Es verdad, se fueron a Westport, a la casa que tiene el doctor Van Peldt en la playa. En Connecticut.

—Usted no fue con ellos. ¿Fue por su cuenta hasta allí, o quedó con ellos en Grand Central?

Agda negó con la cabeza.

—No fui con ellos.

—¿Y qué hizo?

—Pasé la noche con un amigo en la universidad.

Heat apuntó «NYU» en su bloc.

—¿Es eso poco corriente? Lo que quiero decir es que si la señora Starr llama a su puerta por la noche para que vaya a cuidar al niño, apuesto a que se la lleva a sus viajes fuera de la ciudad.

—Es verdad. Normalmente yo voy a las vacaciones y a los viajes para que ella pueda divertirse y para que su hijo no la moleste.

—Pero ese día no. —Nikki descubrió lo que la había estado incomodando—. ¿Había alguna razón por la que ella no quería que la acompañara? —La detective la miró amablemente y continuó—: ¿Hay alguna razón por la que la señora Starr no quisiera que usted estuviera cerca?

—No, sólo me quedé para poder gestionar la entrega del piano. Quería que Matty se despegara del ordenador y adquiriera un poco de cultura, así que le compró un magnífico piano. Es precioso. Cuando lo sacaron de la caja, casi me desmayo. Debe de costar una fortuna.

La pena adopta muchas formas, pensó Nikki.

—Hábleme de su relación con Matthew Starr.

—Es muy estrecha, como supondrá. Le caigo bien pero me llama de todo cuando le mando acostarse o apagar *Hotel, dulce hotel: las aventuras de Zack y Cody* para cenar. —Alzó las cejas mirando a Nikki, interrogante—. ¿Refiere a eso?

La detective Heat hizo una nota mental de que la que estaba sentada al otro lado de la mesa no era precisamente la poetisa más laureada de Suecia.

—Gracias, ahora permítame preguntarle por Matthew Starr padre. ¿Qué tipo de relación tenía con él?

—Muy buena.

—¿En qué sentido?

—Bueno, era muy amable conmigo. La señora Starr chasca los dedos a mí, y siempre es como «Agda haz esto», o «Agda, haz que se esté quieto, es mi hora de yoga».

—¿Agda? ¿Y el señor Starr?

—El señor siempre fue cariñoso. Me consolaba después de que ella me gritara. El señor Starr me da dinero de más e invita a cenar en mi noche libre. O me lleva a comprar ropa, o… Mire, él me regaló este Swatch.

—¿La señora Starr lo sabía?

—*Tvärtom*, no. Matthew dijo que guardar sólo para nosotros.

Nikki estaba sorprendida por su inocente exposición, y decidió mantener la bola en juego.

—¿Su relación con el señor Starr llegó a ser alguna vez física?

—Por supuesto.

—¿Hasta qué punto?

—Me frotaba los hombros para consolarme después de que me gritaran. A veces me abrazaba o me acariciaba el pelo. Era muy tranquilizador. Era muy amable.

—¿Cuántos años tiene, Agda?

—Veintiuno.

—¿Se acostó alguna vez con Matthew Starr?

—¿Se refiere a hacer sexo? *Skit nej!* Eso no sería apropiado.

***

Evidentemente, durante su entrevista con la niñera había habido algunas carcajadas y algunos comentarios jocosos en la sala de observación a costa de los Starr que se trasladaron a la oficina abierta cuando los Roach y Rook la siguieron hasta allí.

—¿Qué opinas de Agda? —preguntó Raley.

Rook se lo pensó un instante.

—Es como los muebles suecos —dijo—. Son bonitos para mirar, pero les faltan piezas.

—Mi parte preferida —añadió Ochoa— fue cuando contó cómo ese tío básicamente se la estaba camelando delante de las narices de su mujer y luego dijo que no se había acostado con él porque sería inapropiado.

—Es lo que se llama *camelus interruptus* —intervino Raley desde lejos, al lado de la cafetera—. Yo creo que Agda es simplemente uno de los tratos que Matthew Starr nunca tuvo la oportunidad de cerrar antes de que lo asesinaran.

Rook se volvió hacia Nikki.

—Resulta difícil de creer que sea del mismo país que inventó el Premio Nobel. ¿Te ha dicho algo útil?

—Eso no se sabe hasta que se sabe —dijo Heat.

Empezó a sonar la banda sonora de *Cazafantasmas*, de Ray Parker Jr.

—Rook, por favor, dime que eso no viene de tus pantalones —dijo ella.

—Es un tono personalizado. ¿Te gusta? —Sostuvo en alto su teléfono móvil. En la identificación de llamada se podía leer «Casper»—. *Cazafantasmas,* ¿lo pillas? Disculpe, detective Heat, mi informador puede tener datos relacionados con el caso —dijo Rook, y salió dando grandes zancadas para responder a la llamada dándose aires de importancia.

En menos de un minuto estaba de vuelta, todavía al teléfono, pero sin arrogancia alguna.

—Pero yo fui el que te la presentó… ¿No me lo puedes decir a mí? —Cerró los ojos y suspiró—. Vale —claudicó, y le tendió el teléfono a Nikki—. Dice que sólo te lo contará a ti.

—Soy Nikki Heat.

—Un placer, detective. En primer lugar, asegúreme que Jameson Rook está angustiado.

Miró a Rook, que se estaba mordiendo el labio inferior esforzándose para escuchar a hurtadillas.

—Bastante.

—Bien. Si alguna vez alguien ha necesitado que lo hagan caer de un pedestal es él. —El tono de voz suave y misterioso del anciano le calentó el oído. Oír a Casper sin verlo aislaba su voz y era como escuchar a David Bowie con unas notas de la afabilidad de Michael Caine—. Al grano —dijo él—. Tras su visita, estuve haciendo horas extras porque supuse que el tiempo se le echaba encima.

—Nunca he tenido un caso en el que no haya sido así —admitió la detective.

—Y aunque usted le restó importancia, cree que hay un asesinato relacionado con el robo de los cuadros.

—Sí, le resté importancia y sí, es lo que creo. Tal vez dos asesinatos.

—Una maravillosa tasadora, una agradable mujer que conocía bien su trabajo, ha sido asesinada esta semana.

Nikki se puso en pie de un salto.

—¿Sabe algo de eso?

—No, sólo conocía a Barbara de alguna reunión esporádica hace años. Pero era de las mejores. Digamos que haberme enterado de que su muerte podría formar parte de esto, no hace más que aumentar mi compromiso con su investigación.

—Muchas gracias. Por favor, llámeme si descubre algo.

—Detective, ya tengo información. Créame, no estaría malgastando nuestro tiempo si no tuviera algo sustancioso que ofrecerle.

Nikki abrió bruscamente su bloc.

—¿Ha intentado alguien vender los cuadros?

—Sí y no —respondió Casper—. Alguien ha vendido uno de los cuadros, el Jacques-Louis David. Pero esa venta se llevó a cabo hace dos años.

Nikki empezó a caminar de aquí para allá.

—¿Qué? ¿Está completamente seguro?

Se produjo una larga pausa antes de que el elegante ladrón de arte respondiera.

—Querida, piense en lo que sabe de mí y considere si es realmente necesario que me haga esa pregunta.

—Ha quedado claro —dijo Nikki—. No dudo de usted, sólo estoy confusa. ¿Cómo puede estar un cuadro en la colección de Matthew Starr si lo han vendido hace dos años?

—Detective, usted es una persona inteligente. ¿Qué tal se le dan las matemáticas?

—Bastante bien.

—Entonces para encontrar su respuesta tendrá que ponerlas en práctica.

Y Casper colgó.

Capítulo
17

La recepcionista de la Promotora Inmobiliaria Starr le habló de nuevo y le dijo a la detective Heat que Paxton estaría con ella inmediatamente. Nikki se sentía como si estuviera tirando de una cuerda. Ni el tono de espera de Anita Baker la apaciguó. No era la primera vez en su vida que parecía estar moviéndose a un ritmo diferente del resto del mundo. Demonios, ni siquiera era la primera vez en el día.

Por fin un tono de llamada.

—Hola, siento que haya tenido que esperar. Estoy cerrando muchos de los asuntos de Matthew.

Eso podía tener muchos significados, pensó ella.

—Última llamada, lo prometo.

—No me molesta, de verdad —dijo, riéndose—. Aunque...

—¿Aunque qué?

—Me pregunto si no sería más fácil que trasladara mi oficina a su comisaría.

También Nikki se rió.

—Podría hacerlo. Usted tiene mejores vistas, pero nosotros tenemos mejor mobiliario. ¿Qué le parece?

—Me quedo con las vistas. Dígame en qué puedo ayudarla, detective.

—Me preguntaba si podría darme el nombre de la empresa que aseguraba la colección de arte de Matthew.

—Por supuesto —dijo, e hizo una pausa—. Pero recuerde que le dije que me había obligado a cancelar esa póliza.

—Lo sé. Sólo quiero preguntarles si guardan fotos de archivo de la colección que pueda utilizar para rastrearla.

—Ah, fotos, bien. Nunca se me habría ocurrido. Gran idea. ¿Tiene un bolígrafo?

—Cuando quiera.

—Se llama GothAmerican Insurance y está aquí, en Manhattan. —Ella oyó teclear con fuerza y él continuó—: ¿Lista para apuntar el teléfono?

—¿Puedo hacerle una pregunta más? —dijo Nikki, tras haber tomado nota—. Me ahorrará volver a llamarlo más tarde.

Pudo notar que Noah estaba sonriendo cuando respondió:

—Lo dudo, pero adelante.

—¿Ha extendido hace poco un cheque a Kimberly Starr para comprar un piano?

—¿Un piano? —dijo—. ¿Un piano? —repitió—. No.

—Bueno, pues se ha comprado uno —le informó Heat, mientras miraba la foto que tenía en la mano del Departamento de Investigación de Escenarios de Crimen del salón de los Starr—. Es una belleza. Un Steinway edición Karl Lagerfeld.

—Kimberly, Kimberly, Kimberly.

—Cuesta ochenta mil dólares. ¿Cómo se lo puede permitir?

—Bienvenida a mi mundo, detective. No es de sus mayores locuras. ¿Quiere oír lo de la lancha motora que compró el pasado otoño en los Hamptons?

—¿Pero de dónde saca el dinero?

—De mí no.

Nikki echó un vistazo a su reloj. Era probable que le diera tiempo a ver a los tipos del seguro antes del almuerzo.

—Gracias, Noah, es todo lo que necesito.

—Por ahora, querrá decir.

—¿Seguro que no quiere ocupar una de nuestras mesas? —ofreció ella. Ambos seguían riéndose cuando colgaron.

***

Heat subrayó su «¡Síííí!» con un golpe de puño cuando Raley acabó de hablar con el jefe de archivo de Goth-American. No sólo tenían documentación fotográfica rutinaria de las colecciones de arte aseguradas, sino que la guardaban durante siete años tras la cancelación de una póliza.

—¿Cuándo nos las darán?

—En menos de lo que tardas en calentar mis sobras —dijo Raley.

Ella presionó a su detective:

—¿Exactamente cómo de rápido?

—El jefe de archivo me las está enviando ahora mismo por correo electrónico.

—Reenvíaselas al Departamento Forense en cuanto las recibas.

—Ya le he dicho a GothAmerican que los pongan en copia —dijo.

—Raley, eres el auténtico zar multimedia —dijo Heat, dándole unas palmadas en el hombro. Ella cogió el bolso y salió corriendo hacia el Departamento Forense, llevándose casi por delante a Rook aparentemente sin darse cuenta.

El mundo aún no había conseguido alcanzar la velocidad de Heat. Y cuando Nikki estaba a punto de cerrar un caso, no era muy probable que lo consiguiera.

***

La detective Heat volvió del Departamento Forense a la oficina abierta una hora y media más tarde con la cara de póquer que Rook había visto cuando estaba organizando la redada en el taller de coches.

—¿Qué has descubierto? —le preguntó.

—Nada, sólo que los cuadros de la colección de arte de Matthew Starr eran todos falsos.

Él se levantó de un salto.

—¿La colección entera?

—Falsificaciones —repuso, colgando el bolso en el respaldo de su silla—. Los de las fotos del seguro son verdaderos. Los de la cámara de Barbara Deerfield no tanto.

—Ésa sí que es buena.

—Está claro que es un buen motivo para asesinar a un tasador de arte.

Él la apuntó con su dedo índice.

—Yo estaba pensando exactamente lo mismo.

—No me digas, ¿en serio?

—Soy un periodista consumado. Yo también soy capaz de interpretar pistas, no eres la única, ¿sabes?

Se estaba poniendo gallito, así que decidió divertirse un poco.

—Genial. Entonces dime quién tenía un móvil.

—¿Te refieres a quién asesinó a Barbara Deerfield? Pochenko.

—¿Por iniciativa propia? Lo dudo.

—¿Tú qué crees? —preguntó, tras pensar un instante.

—Te diré lo que creo. Creo que es demasiado pronto para que me ponga a soltar despropósitos.

La detective se dirigió hacia la pizarra y puso una marca de visto al lado de la nota para ver las fotos del seguro. Él la siguió como un perrito faldero y ella sonrió para sus adentros.

—Pero tienes alguna idea, ¿no? —dijo él. Ella se limitó a encogerse de hombros—. ¿Tienes a algún sospechoso en mente? —Nikki esbozó una sonrisa y volvió a su mesa. Él la siguió—. Lo tienes. ¿Quién es? —insistió.

—Rook, ¿no estabas haciendo todo este seguimiento para poder meterte en la mente de un detective de homicidios?

—¿Y?

—Luego no digas que no te estoy ayudando. ¿Sabes lo que te vendría bien? Que pensaras como un detective de homicidios y vieras qué sacas en claro por ti mismo —le recomendó Nikki. Luego cogió su teléfono de sobremesa y pulsó uno de los botones de marcación rápida.

—Eso suena demasiado laborioso —admitió Rook.

Ella levantó la palma de la mano mientras escuchaba el tono al otro lado de la línea. Él se llevó un nudillo a los labios, desesperado. Ella adoraba volver loco a Rook como lo estaba haciendo en aquel momento. Era divertido y, además, si ella estaba equivocada, no quería que él se enterase.

Finalmente, alguien cogió el teléfono.

—Hola, soy la detective Heat de la 2-0. Quiero tramitar el transporte de un prisionero que tienen ahí. Su nombre es Buckley, Gerald Buckley... Sí, espero.

—¿No crees que le estás pidiendo peras al olmo? —preguntó Rook mientras Nikki esperaba—. Ese tío no te va a contar nada. Y menos con esa picapleitos suya.

La detective esbozó una sonrisa de suficiencia.

—Bueno, eso fue en el interrogatorio de ayer. Hoy vamos a hacer un poco de teatro.

—¿Qué tipo de teatro?

—Una obra. Como en «la representación ha de ser el lazo en que se enrede la conciencia del rey» —dijo imitando el acento isabelino—. Ése sería Buckley —añadió.

—Te habría encantado ser actriz, ¿no?

—Tal vez ya lo sea —dijo Nikki—. Ven y verás.

**

Heat, Roach y Rook esperaban en la recepción de la oficina del forense jefe en Kips Bay cuando los carceleros llegaron con Gerald Buckley y su inseparable abogada.

Nikki lo miró de arriba abajo.

—El mono le favorece, señor Buckley. ¿Rikers es tan divertido como se esperaba?

Buckley le torció la cara a Heat como hacen los perros cuando fingen que no han sido ellos los que han depositado el zurullo que tienen a su lado en la alfombra nueva. Su abogada se interpuso entre ellos.

—Le he aconsejado a mi cliente que no respondiera a ninguna otra pregunta. Si tiene una causa, preséntela. Pero no más entrevistas, a menos que le sobre el tiempo.

—Gracias, abogada. Esto no va a ser una entrevista.

—¿No va a haber entrevista?

—Eso es. —La detective esperó mientras Buckley y su abogada intercambiaban miradas confusas, antes de continuar—: Vengan por aquí.

Nikki encabezó el séquito integrado por Buckley, su abogada, los Roach y Rook. En la sala de autopsias, Lauren Parry estaba de pie al lado de una mesa de acero inoxidable cubierta con una sábana.

—Eh, ¿qué estamos haciendo aquí? —preguntó Buckley.

—Gerald —dijo su abogada, y él frunció los labios. Luego ella se dirigió a Nikki—: ¿Qué estamos haciendo aquí?

—¿Le pagan por hacer eso? ¿Por repetir lo que él dice?

—Exijo saber por qué han arrastrado a mi cliente hasta este lugar.

Nikki sonrió.

—Tenemos un cadáver que necesita ser identificado. Creo que el señor Buckley podrá hacerlo.

Buckley se inclinó sobre la oreja de su abogada y murmuró:

—No quiero verlo… —Pero Heat ya le había hecho una señal a Lauren Parry, que levantó la sábana de la mesa y dejó el cadáver a la vista.

El cadáver de Vitya Pochenko todavía estaba vestido como lo habían encontrado. Nikki había llamado antes para hablar del tema con su amiga, que dijo que ver un cadáver desnudo listo para ser sometido a una autopsia causaba un impacto difícil de superar. Heat se las arregló para convencerla de que el gran lago de sangre seca de su camiseta blanca era más evocador, y así fue como la forense se lo presentó.

El ruso estaba tumbado boca arriba, con los ojos abiertos para causar la máxima impresión. Tenía el iris completamente dilatado y sólo se veía la pupila; era como la más oscura de las ventanas hacia su alma. Su cara carecía de cualquier color, excepto por las manchas color púrpura cerca de la mandíbula, donde la gravedad había lanzado la sangre en la dirección de su caída en el banco. Estaba también esa horrible roncha chamuscada de color caramelo y salmón que cubría uno de los lados de su cara.

Nikki vio cómo las mejillas y los labios de Gerald Buckley palidecían hasta quedarse a sólo un par de capas de pintura de ferretería de igualar a Pochenko.

—Detective Heat, si me permite interrumpirla —dijo Lauren—, puede que tenga el calibre del arma.

—Discúlpeme un momento —le dijo Nikki a Buckley. Él dio un prometedor medio paso hacia la puerta, con sus ojos incrédulos aún clavados en el cadáver. Ochoa se acercó para acorralarlo y él se detuvo antes de chocar con él.

Gerald Buckley se quedó tal cual estaba, sin dejar de mirar. Su abogada había encontrado una silla y estaba sentada de lado, en el ángulo apropiado para ver la obra. Nikki se puso un par de guantes haciéndolos chasquear y se unió a la forense en la mesa. Lauren sujetó con manos expertas el cráneo de Pochenko y lo giró para mostrar el orificio de bala que tenía detrás de la oreja. Había un pequeño charco de fluido cerebral sobre el brillante acero inoxidable, bajo la herida, y Buckley gimió al verlo.

—He hecho mediciones críticas y comparaciones balísticas tras nuestra reconstrucción del ángulo de entrada *in situ*.

—¿Veinticinco? —preguntó Nikki.

—Veinticinco.

—Un calibre realmente pequeño para derribar a un hombre tan grande.

La forense asintió.

—Pero una bala de pequeño calibre directamente en el cerebro puede ser extraordinariamente eficaz. De hecho, una de las armas con las que se producen mayor cantidad de muertes con un solo disparo es el Winchester X25. —Heat podía ver el reflejo de Buckley en la bandeja metálica de la báscula colgante, estirando el cuello para no perderse nada de lo que decía Lauren—. Se trata de una bala fabricada como si fuera de punta hueca, pero el hueco está lleno de balines de acero que ayudan a la expansión dentro del cuerpo una vez pegado el tiro.

—Vaya. Cuando eso golpeó su cerebro, debió de haber sido como machacar con un martillo un plato lleno de huevos revueltos —dijo Raley. Buckley lo estaba mirando aterrado, así que la detective remató—: Como si lo de ahí dentro fuera la primera fila de un concierto de uno de los Gallagher.

—Más o menos —admitió Lauren—. Sabremos más una vez le hayamos cortado el cerebro para abrirlo y buscar el tesoro, aunque yo diría que se trata de uno de esos proyectiles.

—Pero el hecho de usar un arma tan pequeña implicaría que quienquiera que haya sido el que hizo esto, sabía que iba a tener la oportunidad de acercarse mucho.

—Claro —dijo Lauren—. Definitivamente, sabían lo que hacían. Un arma diminuta de pequeño calibre. Fácil de ocultar. La víctima nunca lo ve venir. En cualquier momento y en cualquier lugar.

—¡Pum! —exclamó Ochoa.

Buckley gimió y se estremeció.

Heat se dirigió hacia él, asegurándose de no interferir en la imagen del ruso muerto. El portero parecía un pez fuera del agua. Abría y cerraba la boca, pero no conseguía articular palabra.

—¿Puede identificar claramente a este hombre?

Buckley eructó y Nikki temió que le vomitara encima, pero no lo hizo y eso pareció ayudarle a recuperar la voz.

—¿Cómo pudo alguien… cargarse a Pochenko?

—Hay gente involucrada en este caso que ha muerto, Gerald. ¿Está seguro de que no quiere darme un nombre que ayude a detener esto antes de que usted se una a ellos?

Buckley no daba crédito.

—Era un animal salvaje. Se reía cuando lo llamaba Terminator. Nadie podía matarlo.

—Pues alguien lo hizo. De un solo tiro en la cabeza. Y apuesto a que usted sabe quién —avanzó ella. Contó hasta tres y continuó—: ¿Quién lo contrató para robar la colección de arte?

La abogada se puso en pie.

—No responda a eso.

—Tal vez no sepa quién fue —dijo Heat. Sonó de lo más intimidatorio, precisamente por la tranquilidad con que lo pronunció. En lugar de gritarle o interrogarlo con severidad, se estaba desentendiendo de él—. Creo que estamos persiguiendo nuestro propio rabo. Deberíamos soltarlo. Pagarle la fianza bajo su propia responsabilidad. Dejarle creer que todo ha acabado ahí fuera. Ver cuánto dura.

—¿Es ésa una oferta de buena fe, detective? —preguntó la abogada.

—Ochoa, trae la llave para quitarle las esposas.

Detrás de él, Ochoa hizo repiquetear un manojo de llaves y Buckley retrocedió, encorvando los hombros al oír el sonido, como si se tratara del chasquido de un látigo.

—¿No es eso lo que quiere, Gerald?

El hombre se tambaleaba de pie. Blancas franjas de saliva conectaban su paladar con su lengua.

—¿Qué…? —Buckley tragó saliva—. ¿Qué le ha pasado en…? —Hizo un gesto recorriendo de arriba hacia abajo su propia cara para señalar la quemadura de Pochenko.

—Ah, se lo hice yo —dijo Nikki tranquilamente—. Le quemé la cara con una plancha caliente.

Él miró hacia Lauren, que asintió para corroborarlo. Luego miró a Heat y después a Pochenko, para volver otra vez a Heat.

—Está bien.

—Gerald —dijo la abogada—, cállate.

Él se volvió hacia ella.

—Cállate tú.

Gerald Buckley miró a Nikki y le habló con amabilidad, resignado.

—Le diré quién me contrató para robar los cuadros.

Nikki se giró hacia Rook.

—¿Nos disculpas un momento? Necesito que esperes fuera mientras el señor Buckley y yo hablamos.

Capítulo
18

Mientras volvían de la oficina forense, Nikki no necesitó darse la vuelta para saber que Rook estaba enfadado en el asiento trasero. Aunque se moría de ganas de hacerlo, porque ver su tormento le habría producido un malévolo placer.

Ochoa, que iba sentado atrás con él, le preguntó:

—Eh, Holmes, ¿te encuentras mal? ¿te mareas?

—No —respondió Rook—. Aunque tal vez haya pillado un resfriado cuando me mandaron al pasillo en el momento en que Buckley iba a hablar.

Heat tuvo la tentación de girarse con cara de pena.

—¿Un poco de teatro? Me echaste a patadas durante la última escena.

Raley frenó en el semáforo de la Séptima Avenida y dijo:

—Cuando algo está a punto de destaparse, cuantos menos, mejor. Y lo último que quieres es que haya un periodista delante.

Nikki se apoyó en el reposacabezas y echó un vistazo al termómetro digital del JumboTron del Madison Square Garden. Treinta y siete grados.

—De todos modos, seguro que sabes qué nombre dijo Buckley, ¿no, Rook?

—Dímelo y te diré si es el que pensaba.

Eso provocó algunas risitas entre dientes dentro del Crown Victoria.

Rook resopló.

—¿Cuándo se ha convertido esto en una novatada?

—No es ninguna novatada —dijo ella—. Quieres ser como los detectives, ¿no? Haz lo que nosotros hacemos y piensa como uno de nosotros.

—Menos como Raley —advirtió Ochoa—. Él no piensa bien.

—Incluso te ayudaré un poco —se ofreció Heat—. ¿Qué sabemos? Sabemos que los cuadros eran falsos. Sabemos que habían desaparecido cuando el equipo de Buckley llegó allí. ¿Continúo, o ya te lo imaginas?

El semáforo cambió y Raley siguió conduciendo.

—Estoy desarrollando una teoría —dijo Rook.

Al final, ella acabó por apoyar el codo sobre el asiento para mirarlo a la cara.

—Eso no es exactamente decir un nombre.

—Vale, está bien —dijo, e hizo una pausa—. Agda —soltó—. Rook esperó una respuesta, pero sólo obtuvo miradas de asombro, así que llenó el silencio—. Tenía vía libre para acceder al apartamento ese día. Y he estado pensando en su entrevista. No me trago su pose de niñera ingenua ni los inocentes masajitos de hombros. Esa cría se estaba tirando a Matthew Starr. Y creo que él la abandonó como hizo con el resto de sus amantes, sólo que ella se enfadó lo suficiente como para querer vengarse.

—¿Entonces fue Agda quien lo mató? —preguntó Heat.

—Sí. Y robó los cuadros.

—Interesante —dijo, y se quedó pensando un momento—. Y supongo que también te habrás imaginado por qué Agda mató a la tasadora de arte. Y cómo se llevó los cuadros.

Los ojos de Rook perdieron contacto con los suyos y descendieron hacia sus zapatos.

—Aún no he atado todos los cabos, todavía es una teoría.

Ella miró alrededor para sondear a sus compañeros.

—Es un proceso. Lo aceptamos.

—¿Pero tengo razón?

—No lo sé, ¿la tienes? —dijo, y se pasó el resto del camino mirando hacia delante para que él no viera su sonrisa.

***

Rook y los detectives Raley y Ochoa tuvieron que apresurarse para seguir el ritmo de Heat cuando llegaron a la comisaría. En cuanto entró en la oficina abierta, Nikki se fue directa a su mesa y abrió el archivador.

—Vale, ya lo tengo —dijo Rook cuando llegó tras ella—. ¿Cuándo empezó Agda a trabajar para la familia Starr?

—Hace dos años —contestó Heat, sin molestarse en mirarlo a la cara. Estaba ocupada buscando entre las fotos de un archivo.

—¿Y cuándo dijo Casper que habían vendido los cuadros? Es verdad, hace dos años —dijo Rook. Esperó un poco, pero ella siguió mezclando su baraja de fotografías—. Y Agda se llevó los cuadros del Guilford porque no trabaja sola. Creo que nuestra sueca podría formar parte de alguna red de robo de arte. Una red internacional de robo y falsificación.

—Ajá…

—Es joven, guapa, se introduce en los hogares de la gente rica y tiene acceso a sus obras de arte. Es su hombre topo. Mujer. Niñera.

—¿Y por qué una red internacional de falsificación iba a ser lo suficientemente tonta como para robar un puñado de cuadros falsos?

—No eran falsificaciones cuando las robaron —señaló él, y cruzó los brazos bastante satisfecho consigo mismo.

—Ya —dijo la detective—. ¿Y no crees que se habrían dado cuenta si su niñera hubiera salido del apartamento con un cuadro? ¿O que habrían notado el sitio vacío en la pared?

Él se quedó pensativo, cerrado en banda.

—Tienes preguntas para todo, ¿no?

—Rook, si nosotros no le buscamos los tres pies al gato, los abogados de la defensa lo harán. Por eso necesito construir un caso.

—¿No lo he hecho ya por ti?

—¿No te has dado cuenta de que sigo construyéndolo? —Encontró la fotografía que estaba buscando y la metió en un sobre—. Roach.

Raley y Ochoa se acercaron a su mesa.

—Cogeréis el Roachmóvil para hacer un viajecito fuera de la ciudad con esta foto de Gerald Buckley. Id al lugar que mencionó en la oficina forense. No debería de ser difícil de encontrar. Enseñad la foto a ver si alguien lo conoce y volved aquí de nuevo, *inmediatamente.*

—¿Fuera de la ciudad? ¿Cómo me he perdido eso? Ah, ya, otra vez la exclusión de Buckley —dijo Rook—. Déjame adivinar. ¿Vais a comprobar si Agda mintió sobre lo de la universidad y si en realidad estaba en otro lugar con los cuadros?

—Raley, ¿tienes un mapa?

—No necesito ningún mapa.

—No, pero Rook sí —dijo Heat—. Está perdido.

Cuando Raley y Ochoa se fueron, retiró el archivo de su mesa. Rook todavía seguía rondándola.

—¿Qué vamos a hacer?

Nikki señaló una silla.

—¿Vamos? Nosotros, es decir, tú, vas a aparcar tu trasero de Premio Pultizer y te vas a quitar de mi camino mientras intento conseguir unas cuantas órdenes judiciales.

Rook se sentó.

—¿Órdenes de arresto? ¿En plural?

—Órdenes de registro, en plural. Necesito dos y una más para pinchar un teléfono —dijo. Miró el reloj y murmuró un juramento—. Ya es mediodía, y las necesito inmediatamente.

—Creo que puedo serte útil, si tienes prisa.

—No, Rook.

—Si está tirado.

—He dicho que no. Mantente al margen de esto.

—Si ya lo he hecho antes.

—Ignorando mis instrucciones.

—Y consiguiéndote tu orden judicial —contraatacó. Echó un vistazo a su alrededor, para cerciorarse de que la oficina abierta estaba vacía, y bajó la voz—. Después de lo de la otra noche, ¿no podríamos pasar de esto?

—Ni se te ocurra.

—Deja que te ayude.

—No. Nada de llamar al juez Simpson.

—Dame una buena razón.

—Porque ahora que el juez y yo somos colegas de póquer —dijo ella, sonriendo, mientras cogía el teléfono—, lo puedo llamar yo misma.

—Te acuestas conmigo y luego te burlas de mis teorías y me robas a todos mis amigos —se quejó Rook, echándose hacia atrás y cruzándose de brazos—. Precisamente por eso no pienso presentarte a Bono.

***

Horace Simpson se materializó con las órdenes judiciales acompañadas de una amonestación judicial en la que le recomendaba que volviera a llevar su trasero a la mesa de póquer de Rook para que él pudiera recuperar sus pérdidas. Y pensar que durante años la detective había tenido que dar mil vueltas para llegar a los jueces.

Tener las órdenes de búsqueda en sus manos resultó ser la parte fácil. Instalar el sistema de escuchas telefónicas requería tiempo, lo que implicaba varias horas de espera. No Nikki Heat. Irrumpió en la oficina abierta procedente de la oficina del capitán Montrose y cogió el bolso.

—¿Y ahora qué?

—El capitán me ha cedido una patrulla. Vamos a ejecutar mis órdenes de registro —dijo. Cuando él se levantó para ir con ella, ella continuó—: Lo siento, Rook, estamos en una fase crítica. Esto es sólo para policías.

—Vamos, me quedaré en el coche, te lo prometo. Hace calor, pero sólo necesito que me dejes una rendija de la ventanilla abierta. Dicen que es peligroso, pero yo soy fuerte, me llevaré agua.

—Estarás mejor aquí revisando tus pruebas. Tienes la pizarra para estudiar, tienes aire acondicionado y tienes tiempo, mucho tiempo. Recuerda, piensa como un detective —dijo, cruzando la sala y dándole la espalda.

—Podrías llevarme tranquilamente, sé adónde vas.

—Eso hizo que ella se detuviera. Se dio la vuelta para mirarlo desde la puerta—. Al Guilford y a un almacén particular de Varick —dijo él.

Ella miró su bolso.

—Has estado husmeando en mis órdenes, ¿verdad?

Ahora le tocaba sonreír a él.

—Me he limitado a pensar como un periodista.

***

Dos horas más tarde, Heat volvió y se encontró a Rook mirando fijamente la pizarra.

—¿Se te ha ocurrido alguna idea más mientras estaba fuera?

—La verdad es que sí.

Ella se dirigió a su mesa y comprobó su buzón de voz. Estaba vacío. Nikki colocó bruscamente el auricular en su sitio con frustración y miró su reloj.

—¿Estás bien? ¿Algún problema con tus órdenes de registro?

—Al contrario —dijo—. Sólo estoy ansiosa por lo de pinchar los teléfonos. Lo otro ha ido muy bien. Más que bien.

—¿Qué has descubierto?

—Tú primero. ¿Cuál es tu nueva teoría?

—Bueno. He estado pensando en todo esto y ya sé quién ha sido.

—¿No ha sido Agda?

—¿Por qué? ¿Es Agda?

—Rook.

—Perdona, vale. Es un disparate. Paso de Agda. Pero he estado pensando en algo que dijo sobre el nuevo piano. —Eso captó el interés de Nikki, que se sentó apoyada en el extremo de su mesa, con los brazos cruzados—. ¿Me estoy acercando? —preguntó.

—No tengo todo el día. Al grano.

—Cuando la entrevistaste, Agda dijo algo sobre que el piano era precioso, que casi se había desmayado cuando lo habían sacado de la caja. —Hizo una pausa—. ¿Quién entrega pianos en cajas hoy en día? Nadie.

—Interesante. Continúa. —De hecho, ésas eran las aguas en las que ella estaba pescando, y Nikki tenía curiosidad por escuchar su versión.

—Sabemos que entregaron el piano porque lo vimos después del robo. Así que eso me lleva a preguntarme por qué meter una caja a menos que algo vaya a ir dentro de ella después de sacar el piano.

—Y entonces ahora crees que ha sido, ¿quién?

—Es obvio. La empresa de pianos es la tapadera de unos ladrones de arte.

—¿Ésa es tu respuesta final? —La cara inexpresiva que ella puso hizo que Rook diera marcha atrás tan rápidamente que a Nikki le entraron ganas de echarse a reír a carcajadas. Pero mantuvo su cara de póquer.

—O... —continuó él—, déjame terminar. Has ejecutado unas órdenes de registro en el Guilford y en un almacén privado. Mantengo lo de la caja del piano, pero diría que ha sido... Kimberly Starr. Tengo razón, lo sé. Lo puedo ver en tu cara. A ver, dime que no tengo razón.

—No pienso decirte nada —dijo ella. Raley y Ochoa entraron en la oficina abierta. Heat volvió a empezar con ellos—. ¿Por qué iba a echar a perder la diversión?

—Raley y yo hemos estado enseñando la foto de Buckley —dijo Ochoa—. Dos personas lo han reconocido. No está mal.

—No está nada mal —dijo Nikki, atreviéndose a dejarse sentir la emoción de que el caso fuera cogiendo impulso—. ¿Y testificarán?

—Declararán —dijo Raley.

El teléfono de la mesa de Nikki sonó y ella se lanzó a por él.

—Detective Heat —dijo, y estuvo un rato asintiendo como si su interlocutor la pudiera ver—. Excelente. Genial. Estupendo. Muchísimas gracias. —Colgó y se dirigió hacia su equipo—: Ya han instalado el sistema de escuchas. Empieza el baile.

Por una vez, las cosas se estaban moviendo al ritmo de Heat.

***

Nikki y Rook estaban embutidos en la esquina de la diminuta sala, rodilla con rodilla, sentados en unas sillas metálicas plegables detrás del técnico de la policía que estaba grabando las llamadas. El ventilador del aire acondicionado silbaba, así que Heat había desconectado el aire para poder oír sin esa distracción, y allí dentro hacía un calor sofocante.

Un piloto azul parpadeaba en la consola.

—Grabando —dijo el técnico.

Heat se puso los auriculares. El tono de llamada ronroneó en la línea. Su respiración se volvió superficial, como en la redada de Long Island City, sólo que esta vez no conseguía calmarse. El corazón le golpeaba el pecho con la cadencia de la música disco hasta que Nikki oyó el clic al descolgar y uno de los latidos dio un brinco.

—¿Sí?

—Uso tu línea directa porque no quiero que la recepcionista sepa que te estoy llamando —dijo Kimberly Starr.

—Vale… —Noah Paxton parecía no fiarse de ella—. No entiendo por qué.

Nikki le hizo una señal al técnico para asegurarse de que estaba grabando. Él asintió.

—Estás a punto de hacerlo, Noah —continuó Kimberly.

—¿Algo va mal? Tienes una voz rara.

Nikki entrecerró fuertemente los ojos para concentrarse, con la intención de limitarse a escuchar. Con los auriculares puestos, el sonido tenía la calidad de un iPod. No se le escapaba ningún matiz. El bufido del aire de la silla en la que Noah estaba sentado. Kimberly tragando saliva con dificultad.

Nikki esperó. Ahora quería palabras.

—Necesito tu ayuda con una cosa. Sé que siempre hiciste cosas por Matthew, y ahora quiero que hagas lo mismo por mí.

—¿Cosas? —Seguía estando a la defensiva.

—Venga, Noah, corta el rollo. Los dos sabemos que Matt se metía en mucha mierda turbia que tú solucionabas. Ahora yo necesito de esos servicios.

—Te escucho —dijo él.

—Tengo los cuadros.

Nikki se sorprendió a sí misma apretando los puños de la tensión y aflojándolos. La silla de la oficina de Paxton crujió.

—¿Qué?

—¿No hablo lo suficientemente claro? Noah, la colección de arte. No la robaron, yo la cogí. La escondí.

—¿Tú?

—No yo en persona. Unos tipos lo hicieron por mí mientras yo estaba fuera de la ciudad. Olvídalo. La cuestión es que los tengo y que quiero que me ayudes a venderlos.

—Kimberly, ¿te has vuelto loca?

—Son míos. No estaban asegurados. Merezco algo por todos los años que pasé con ese hijo de puta.

Ahora le tocó a Heat tragar con dificultad. Todo empezaba a encajar. El corazón se le iba a salir del sitio.

—¿Qué te hace pensar que yo sabría cómo venderlos?

—Noah, necesito ayuda. Tú eras el que le sacaba las castañas del fuego a Matthew, ahora quiero que hagas lo mismo conmigo. Y si no me quieres ayudar, ya encontraré a alguien que lo haga.

—No tan rápido, Kimberly, frena —le recomendó él. Se oyó otro bufido neumático y Heat se imaginó a Noah Paxton levantándose tras su mesa en forma de herradura—. No llames a nadie. ¿Me oyes?

—Te oigo —dijo ella.

—Tenemos que hablar de ello. Todo esto tiene solución, sólo necesitas mantener la calma. —Hizo una pausa, y luego continuó—: ¿Dónde están los cuadros?

Una ola de expectación recogió a Nikki y la elevó hasta que se sintió repentinamente ingrávida en su cresta. Un hilo de sudor se curvaba alrededor de la almohadilla de vinilo de uno de sus auriculares.

—Los cuadros están aquí —dijo Kimberly.

—¿Y dónde es aquí?

«Dilo —pensó Nikki—, dilo».

—En el Guilford. ¿Qué te parece, eh? Tanto buscarlos y al final no habían salido del edificio.

—Muy bien, escúchame. No llames a nadie, sólo tranquilízate. Tenemos que resolver esto cara a cara, ¿de acuerdo?

—De acuerdo.

—Bien. Espera ahí. Ahora mismo voy —dijo, y colgó.

Nikki se quitó los auriculares. Cuando Rook se quitó los suyos, dijo:

—Lo sabía. Tenía razón. Fue Kimberly. Ja, ja, ¿quién va a chocar esos cinco? —dijo, levantando la palma de la mano hacia ella.

—Nosotros no chocamos esos cincos.

Rook se quedó allí de pie.

—Oye, será mejor que lleguemos allí antes que Noah. Si esa mujer mató a su marido, ¿quién sabe qué será lo próximo que haga?

Nikki se levantó.

—Gracias por el consejo, detective Rook.

Él le abrió la puerta, y salieron dando grandes zancadas.

Heat, Raley, Ochoa y Rook cruzaron el vestíbulo del Guilford hacia los ascensores. Cuando las puertas se abrieron, Nikki puso la palma de la mano sobre el pecho de Rook.

—No tan rápido, ¿adónde crees que vas?

—Con vosotros.

Ella negó con la cabeza.

—De eso nada. Tú esperas aquí abajo.

Las puertas automáticas intentaron cerrarse. Ochoa metió un hombro en medio para mantenerlas abiertas.

—Vamos, hice lo que me dijiste. Pensé como un detective y me merezco estar ahí cuando la detengáis. Me lo he ganado. —Cuando los tres detectives estallaron en carcajadas, Rook retrocedió un pelín—. ¿Y si me quedo en el vestíbulo?

—Me dijiste que esperarías en el vestíbulo cuando detuve a Buckley.

—De acuerdo, fui impaciente una vez.

—Y en nuestra redada en Long Island City, ¿qué hiciste después de que yo te hubiera dicho que esperaras?

Rook golpeó con la punta del zapato el borde de la alfombra.

—Mira, esto empieza a sonar más a intervención que a detención.

—Te prometo que no te haremos esperar mucho. Después de todo —dijo ella con fingida solemnidad—, te lo has ganado.

Se metió en el ascensor con los Roach.

—Precisamente por eso puede que dedique todo mi artículo a otra persona.

—Me rompes el corazón —afirmó ella mientras las puertas se cerraban en sus narices.

Cuando la detective Heat entró por la puerta principal del apartamento, se encontró a Noah Paxton solo en la sala.

—¿Dónde está Kimberly?

—No está aquí.

Raley y Ochoa entraron detrás de Nikki.

—Registrad todas las habitaciones —ordenó ella. Ochoa desapareció con Raley por el pasillo.

—Kimberly no ha vuelto —dijo Paxton—. Ya lo he comprobado.

—Nos gusta hacer las cosas por nosotros mismos. Somos así de graciosos —ironizó Heat.

Echó un vistazo a la habitación llena de obras de arte, colgadas como siempre lo habían estado, desde el suelo hasta el techo. Nikki se maravilló ante la imagen.

—Los cuadros. Vuelven a estar aquí.

Noah parecía compartir su asombro.

—Yo tampoco lo entiendo. Estoy intentando imaginarme de dónde diablos han salido.

—Tranquilo, ya no tiene que fingir más, Noah. —Vio cómo las arrugas fruncían su frente—. Nunca salieron del Guilford, ¿verdad? Escuchamos la llamada que le hizo no hace ni veinte minutos.

—Entiendo —admitió, y se quedó pensando unos segundos, sin duda recapitulando su parte de conversación, preguntándose si él podría ser un accesorio detrás del hecho—. Le dije que estaba loca —dijo.

—Eso es ser un buen ciudadano.

Él extendió las palmas de las manos hacia ella.

—Le pido disculpas, detective. Sabía que debía llamarla. Supongo que aún sigo teniendo mi instinto de protección por la familia. He venido a hacerla entrar en razón. Aunque ya sea demasiado tarde. —Nikki se encogió de hombros—. ¿Cuándo descubrió que había sido ella la que los había robado? ¿Durante la llamada?

—No. Las sirenas de alarma sonaron cuando oí que nuestra viuda en duelo había comprado un piano y se había ido de la ciudad para la entrega. ¿Le parece Kimberly el tipo de persona que dejaría encargados de cambiar de lugar sus preciosas antigüedades a una cuadrilla de trabajadores y a una niñera tarada? —Nikki se acercó al Steinway y presionó una tecla—. Lo cotejamos con el jefe de mantenimiento del edificio. Confirmó que los transportistas del piano habían llegado aquí por la mañana con una caja enorme, pero no recordaba haberlos visto bajar con ninguna. Perdió el norte con toda la confusión del apagón, supongo.

Noah sonrió y sacudió la cabeza.

—Caray.

—Lo sé, bastante retorcido, ¿verdad? Nunca salieron del edificio.

—Qué ingenioso —dijo Paxton—. No me suena nada a Kimberly Starr.

—Bueno, no era tan lista como se creía.

—¿Qué quiere decir?

Nikki le había dado vueltas y vueltas en la cabeza, así que lo tenía más claro que el agua. Ahora se llevaría con ella a Noah en su viaje.

—¿Sabía que Matthew había cambiado de opinión acerca de lo de vender su colección?

—No, no tenía ni idea.

—Bueno, pues así era. El mismo día que lo mataron vino una mujer de Sotheby's llamada Barbara Deerfield para tasarla. Fue asesinada antes de volver a su oficina.

—Eso es terrible.

—Creo que su asesinato estaba relacionado con el de Matthew.

Su cara se ensombreció.

—Es una tragedia, pero no entiendo la conexión.

—Yo tampoco la entendía. Seguí dándole vueltas, ¿por qué iba a matar nadie a una tasadora de arte? Luego descubrí que la colección de Starr estaba formada por falsificaciones.

Nikki vio cómo la cara de Noah Paxton palidecía.

—¿Falsificaciones? —Dejó vagar la mirada por las paredes. Nikki vio que se fijaba en una obra de arte situada al lado del corredor abovedado. La que estaba cubierta por una sábana.

—Falsificaciones, Noah —repitió ella, captando de nuevo su atención—. Toda la colección.

—¿Cómo puede ser? Matthew pagó un dineral por esos cuadros y se los compró a reputados marchantes —dijo él. Paxton estaba recuperando el color, y un poco más a medida que se ponía más nervioso—. Le puedo asegurar que cuando los compramos no eran falsificaciones.

—Lo sé —admitió la detective—. Las fotos de archivo del seguro lo confirman.

—Entonces, ¿cómo puede ser que ahora sean falsificaciones?

Nikki se sentó en el reposabrazos de un sofá que costaba más que el coche de la mayoría de la gente.

—La tasadora tomó sus propias fotos de la colección, a modo de notas. Nos dimos cuenta de que su cámara y sus fotos no se correspondían con las fotos del seguro. Ella había documentado una habitación llena de falsificaciones. —Heat se detuvo para dejarlo digerir aquello—. En algún momento, entre la compra y la tasación, alguien cambió las obras de arte.

—Es increíble. ¿Está segura?

—Completamente. Y Barbara Deerfield habría llegado a la misma conclusión si hubiera vivido para analizar sus fotos. De hecho —dijo Nikki—, yo diría que la razón por la que mataron a Barbara Deerfield fue que alguien no quería que se supiera que la Colección Starr de sesenta millones de dólares era falsa.

—¿Está diciendo que Matthew intentaba endosarle a alguien unas falsificaciones?

Nikki negó con la cabeza.

—Matthew nunca habría contratado a un tasador si supiera que se trataba de falsificaciones. ¿Después de todo el dinero y el ego que había invertido en este pequeño Versalles? Le habría dado un ataque si hubiera llegado a enterarse.

Los ojos de Noah se abrieron como platos cuando se dio cuenta.

—Dios mío, Kimberly…

Nikki se puso en pie y dio un paseo hasta el óleo de John Singer Sargent de las dos inocentes niñas, disfrutando de él con un sólo vistazo.

—Kimberly fue más rápida que otra persona robando la colección de arte —dijo—. He detenido a un segundo grupo de personas que entraron aquí más tarde, durante el apagón, y lo único que se encontraron fueron las paredes vacías.

—Todos se han tomado muchas molestias para robar algo que no vale nada.

—Kimberly no sabía que los cuadros no valían nada. La viuda de Starr pensó que se estaba cobrando su recompensa multimillonaria por haber tenido un matrimonio de mierda.

—Obviamente, los otros ladrones también pensaron que tenían valor —dijo Paxton, señalando los cuadros—. De otro modo, ¿por qué iban a intentar robarlos?

Nikki se alejó de la pintura y se volvió hacia él.

—No lo sé, Noah. ¿Por qué no me lo dice usted?

Se tomó su tiempo antes de responder, mientras la miraba evaluando si se trataba de una pregunta retórica o de algo que olía peor. Era imposible que le gustara la mirada que ella le dirigía, pero se inclinó por la retórica.

—Serían meras suposiciones.

Si la sesión de aquella mañana en el forense había sido teatro, para Nikki esto era jujitsu brasileño y ella estaba boxeando. Un mano a mano.

—¿Conoce a un tal Gerald Buckley?

La boca de Paxton adquirió forma de «U» al revés.

—No me suena.

—Qué curioso, Noah. Porque Gerald Buckley sí lo conoce a usted. Es el portero del turno de noche del edificio —informó ella al tiempo que veía cómo intentaba poner su cara más seria. Nikki lo encontró casi convincente; no estaba mal. Pero ella era mejor—. Le refrescaré la memoria. Buckley es el hombre que usted contrató para que llevara a cabo el segundo robo durante el apagón.

—Eso es mentira. Ni siquiera lo conozco.

—Bueno, eso es realmente extraño —dijo Ochoa desde el arco que daba al pasillo. Paxton estaba nervioso. No había visto volver a los otros dos detectives, y se estremeció cuando Ochoa habló—. Mi compañero y yo hemos dado un paseo hasta Tarrytown esta tarde. Hasta un bar que hay allí.

—Un lugar llamado… ¿Sleepy Swallow? —intervino Raley.

—Como sea —dijo Ochoa—. Suponemos que usted es cliente habitual, ¿no? Todo el mundo lo conoce. Y tanto el barman como una camarera identificaron al señor Buckley como alguien que había estado con usted durante mucho tiempo hacía unas cuantas noches.

—Durante el apagón —añadió Raley—. Alrededor de la hora a la que Buckley debería haber estado haciendo su turno de trabajo, que había cancelado.

—Buckley no es su hombre más fuerte —dijo Heat. La mirada de Noah estaba cada vez más perdida y volvía la cabeza de detective a detective a medida que hablaban, como si estuviera siguiendo la pelota en un partido de tenis.

—El tío se derrumbó como un castillo de naipes —añadió Ochoa.

—Buckley también dice que lo llamó y que le dijo que fuera inmediatamente al Guilford para dejar entrar a Pochenko por la puerta de la azotea. Eso fue justo antes del asesinato de Matthew Starr —dijo Nikki.

—¿Pochenko? ¿Quién es Pochenko?

—Tranquilo. No se lo estoy poniendo difícil, ¿verdad? —dijo Heat—. Pochenko es una persona que usted aseguró no haber visto nunca en mi rueda de reconocimiento de fotos. Y eso que se las enseñé dos veces. Una aquí, y otra en su oficina.

—Está echando la caña a ver si pesca. Todo eso no son más que especulaciones. Se está basando en las habladurías de un mentiroso. De un alcohólico que está desesperado por conseguir dinero —dijo Paxton. Estaba de pie y un rayo de sol que entraba por las altas ventanas incidía sobre él directamente haciendo brillar su frente con la luz—. Sí, admito que me reuní con ese tal Buckley en el Swallow. Pero sólo porque me estaba estafando. Lo utilicé un par de veces para conseguir prostitutas para Matthew y estaba intentando extorsionarme para sacarme dinero. —Paxton levantó la barbilla y metió las manos en los bolsillos, lo cual significaba en el idioma del lenguaje corporal «ésa es mi versión y de ahí no me muevo», pensó Nikki.

—Hablemos de dinero, Noah. ¿Recuerda aquella pequeña transgresión suya que mis forenses descubrieron? ¿Aquella vez que amañó los libros para ocultar unos cuantos cientos de miles de dólares a Matthew?

—Ya le he dicho que eran para la universidad de su hijo.

—Supongamos por ahora que eso es verdad. —Nikki no lo creía, pero estaba aplicando otra regla de jujitsu: cuando te estás acercando para hacer una llave, no te dejes engañar por un agujero negro—. Sea cual fuere su razón, se las arregló para ocultar sus huellas devolviendo ese dinero hace dos años, justo después de que se vendiera uno de los cuadros de su colección, un Jacques-Louis David, exactamente por la misma cantidad. ¿Coincidencia? Yo no creo en las coincidencias.

Ochoa negó con la cabeza.

—Ni de broma.

—Decididamente, la detective no es amiga de las coincidencias —apuntó Raley.

—¿Es así como empezó, Noah? ¿Necesitaba unos cuantos de los grandes e hizo que copiaran uno de los cuadros y lo sustituyó por el real, que luego vendió? Usted mismo dijo que Matthew Starr era un ignorante. El hombre nunca se dio cuenta de que el cuadro que usted puso en su pared era una falsificación, ¿verdad?

—Qué descarado —dijo Ochoa.

—Y se volvió más descarado aún. Cuando vio lo fácil que era seguir con eso, lo intentó con otro cuadro y con otro más y luego empezó a llevarse la colección obra a obra, a lo largo del tiempo. ¿Conoce a Alfred Hitchcock?

—¿Por qué? ¿Me acusa él acaso del *Asalto y robo de un tren*?

—Alguien le preguntó una vez si se había cometido el crimen perfecto. Él dijo que sí. Y cuando el entrevistador le preguntó cuál había sido, él respondió: «Nadie lo sabe, por eso es perfecto».

Nikki se unió a Ochoa y Raley cerca del arco del pasillo.

—Pues tengo que adjudicárselo a usted; cambiar los cuadros reales por los falsos fue el crimen perfecto. Hasta que Matthew decidió vender de repente. Entonces su crimen dejaría de ser secreto. La tasadora era la primera que debía ser silenciada, así que contrató a Pochenko para que la matara. Y luego hizo que Pochenko viniera aquí y lanzara a Matthew por encima de la barandilla del balcón.

—¿Quién es Pochenko? No deja de hablar de ese tío como si yo tuviera que saber quién es.

Nikki le hizo un gesto para que se acercara.

—Venga aquí.

Paxton dudó, miró la puerta principal, pero se acercó al arco del pasillo para unirse a los detectives.

—Eche un vistazo a esos cuadros. Fíjese bien en uno cualquiera, en uno que le guste.

Él se acercó a uno, le echó un vistazo superficial y se volvió hacia ella.

—¿Y bien?

—Cuando Gerald Buckley lo delató, también nos dio la dirección del almacén en el que le hizo guardar las pinturas robadas. Hoy he conseguido una orden de registro para él. Y adivine qué he encontrado allí —preguntó, señalando la colección expuesta allí, bajo el brillo de la luz anaranjada de la puesta de sol—. La auténtica Colección Starr.

Paxton intentó mantener la compostura, pero se quedó de una pieza. Se volvió para mirar de nuevo el cuadro. Y luego el que estaba al lado de ése.

—Sí, Noah. Éstos son los cuadros originales que usted robó. Las copias están aún en la caja del piano, en el sótano.

Paxton se estaba volviendo loco. Caminaba de pintura en pintura temblando y respirando con dificultad.

—He de decir que el almacén que alquiló es de primera clase —continuó la detective Heat—. Climatizado, con tecnología punta antiincendios y muy seguro. Tienen las cámaras de seguridad con mayor definición que he visto en mi vida. Mire uno de los fotogramas congelados que he sacado de ellas. Es una foto pequeña, pero bastante nítida.

Paxton alargó una mano temblorosa. Nikki le pasó una foto sacada de la cámara de seguridad del almacén. Él empalideció aún más.

—Todavía tenemos que revisar sus archivos. Pero, por lo pronto, tienen un vídeo suyo llevando una obra de la colección de Matthew Starr a su almacén aproximadamente cada ocho semanas. Esta imagen suya en concreto fue tomada hace un mes; llevaba una pintura enorme —dijo, señalando hacia el otro extremo de la habitación a un lienzo de gran formato—. Es aquel de allí. —Paxton ni se molestó en volverse; se limitó a sostener la foto en sus manos—. Aunque ése no es mi cuadro favorito. Mi favorito es éste.

Asintió con la cabeza mirando hacia Ochoa, que tiró de la sábana que cubría el marco de la pared que estaba a su lado dejando al descubierto una instantánea de otro fotograma de la cámara de seguridad.

—Según el código de tiempo, fue tomada uno coma seis segundos después de la imagen que tiene en sus manos. Ése es un lienzo enorme, señor Paxton. Demasiado pesado y demasiado valioso para que un hombre se arriesgue a transportarlo solo. Y mire quién está doblando la esquina ayudándolo por el otro extremo.

Paxton se olvidó de la foto que tenía en sus manos y la dejó caer al suelo. Se quedó mirando fijamente con incredulidad la imagen enmarcada de la cámara de videovigilancia colgada en la pared, donde se le veía transportando el cuadro ayudado por Vitya Pochenko.

Dejó caer la cabeza, y su cuerpo se encorvó. Se tambaleó hasta abrazarse a sí mismo en el respaldo de un sofá.

—Noah Paxton, queda usted detenido por los asesinatos de Matthew Starr y Barbara Deerfield. —Nikki le dio la espalda y se volvió hacia Raley y Ochoa—. Esposad...

—¡Arma! —gritaron los Roach a la vez. Raley y Ochoa se llevaron las manos a las caderas. Nikki ya tenía la mano en su Sig, en su pistolera. Pero cuando se volvió de nuevo hacia Paxton, él la estaba apuntando con la pistola.

—La ha sacado del cojín del sofá —dijo Raley.

—Tírela, Paxton —ordenó Heat. No extendió la mano, pero dio un paso hacia él, intentando situarse en posición de desarme. Él dio dos pasos hacia atrás para ponerse totalmente fuera de su alcance.

—No lo haga —dijo él—, o dispararé. —Le temblaba la mano y Nikki temía que disparara sin querer, así que se quedó quieta. Además, Raley y Ochoa estaban detrás de ella. Si iba a por él, se arriesgaría a que una bala perdida le diera a alguno de ellos.

Su plan era ganar tiempo haciendo hablar a Paxton.

—Esto no va a funcionar, Noah. Nunca lo hace.

—Sólo va a ser horrible —dijo Ochoa.

—No sea estúpido —intervino Raley.

—Quietos —ordenó Paxton, dando otro paso atrás hacia la puerta principal.

—Sé lo que está haciendo, está intentando pensar en una escapatoria, pero no hay ninguna. —Detrás de ella, Nikki pudo oír los pasos amortiguados sobre la alfombra que sus dos detectives iban dando lentamente para acorralar a Paxton. Ella siguió hablando con él para darles tiempo—. Debe saber que hay un coche patrulla abajo y policías en el vestíbulo. Son los mismos que lo siguen desde esta mañana, cuando Buckley lo delató.

—Vosotros dos, quietos. Os juro que, como os mováis, empiezo a disparar.

—Haced lo que dice —dijo Heat. Se dio la vuelta para mirarlos—. ¿Me estáis oyendo, chicos? Lo digo en serio. —Nikki usó su giro para impedir que Paxton la viera desenfundar su Sig. Dejó caer la mano contra su costado y sujetó fuertemente el arma contra la parte de atrás del muslo cuando se volvió de nuevo hacia Paxton.

Entretanto, él había retrocedido un paso más. Tenía la mano libre sobre la manilla de la puerta.

—Todos atrás.

Se quedaron donde estaban. Nikki continuó intentando convencerlo hablando con él, aunque sujetaba su arma detrás de ella.

—Usted es experto en números, ¿no? ¿Cuántas posibilidades cree que tiene de llegar a la calle?

—Cállese, estoy pensando.

—No, no está pensando.

La mano le temblaba cada vez más.

—¿Y qué más da? Estoy jodido.

—Pero no está muerto. ¿Quién prefiere que se ocupe de esto, su abogado o su funeraria?

Se lo pensó unos instantes, moviendo los labios en algún silencioso diálogo interno. Y justo cuando Nikki creyó que iba a entrar en razón, abrió la puerta principal de par en par. Ella levantó el arma, pero Paxton ya había salido disparado dejando la puerta atrás e iba corriendo por el pasillo.

Todo lo que sucedió después fue muy rápido. La puerta se cerró de un portazo mientras Nikki se abría paso hacia ella. Detrás oyó las pistolas que se desenfundaban, pasos y a Raley hablando por su *walkie-talkie*.

—El sospechoso mide metro ochenta. El sospechoso va armado, repito, va armado, lleva un revólver y está en el sexto piso. Detectives en persecución.

Heat pegó la espalda a la pared con los hombros a la altura del marco de la puerta y con su Sig Sauer levantada en posición isósceles.

—Cubridme —ordenó. Ochoa funcionó como un reloj. Se agachó, se apoyó en una rodilla sosteniendo su

Smith & Wesson en la mano derecha y sujetando el pomo con la izquierda.

—Adelante.

Acto seguido, la detective Heat dijo:

—Ya.

Ochoa empujó la puerta para abrírsela. Nikki pivotó alrededor de la jamba, cuadrando su objetivo en la parte de arriba del pasillo. Se detuvo, aún en posición de combate, sacudió la cabeza y murmuró: «Madre...».

Ochoa y Raley salieron tras ella y se detuvieron también. Raley habló tranquilamente por la radio.

—A todas las unidades, tenemos un rehén.

Allí estaba Rook, de pie en medio del pasillo, mientras Paxton lo agarraba por detrás y le apuntaba con la pistola a la cabeza. Miró a Nikki tímidamente.

—Supongo que ha sido Noah —dijo.

Capítulo
20

Deje de retorcerse —dijo Noah Paxton. Rook empezó a volver la cabeza para decirle algo a su agresor, pero Paxton apretó con fuerza el cañón de la pistola contra su cráneo.

—¡Ay! ¡Eh!

—He dicho que se esté quieto, maldita sea.

—Haz lo que te dice, Rook. —Nikki aún tenía levantada su Sig Sauer, apuntando al pequeño trozo de Noah Paxton que se veía detrás de su escudo humano. No necesitaba volverse para saber que Raley y Ochoa estaban haciendo lo mismo con sus armas detrás de ella.

Rook levantó las cejas con remordimiento y la miró como un niño que hubiera roto la lámpara del salón con una pelota de béisbol.

—Lo siento muchísimo.

—Rook, cállate —le ordenó Nikki.

—A partir de ahora haré lo que me digan.

—Empieza ya y cállate la boca.

—Vale —dijo, y se dio cuenta de que no se estaba callando—. Huy, perdón.

—Quiero que tiren las armas —dijo Paxton—. Todos.

Heat no dijo que no porque un enfrentamiento verbal directo podría hacer más tensa la situación. En lugar de ello, mantuvo su posición isósceles y dejó que ésa fuera la respuesta. Habló con tranquilidad.

—Es lo suficientemente listo para saber que no va a conseguir salir de aquí, Noah, así que ¿por qué no lo deja ir y resolvemos esto de forma pacífica?

—¿Sabe? Lo que dice tiene sentido —intervino Rook. Heat y Paxton lo mandaron callar al unísono.

Paxton agarraba con la mano izquierda un trozo de la camiseta de Rook para mantenerlo cerca. Tiró de ella.

—Atrás —le dijo. Él no se movió, así que tiró bruscamente de él—. He dicho que se mueva. Eso es, venga conmigo, despacio, despacio. —Guió a Rook hacia atrás, dando pasitos hacia el ascensor. Cuando vio que los tres detectives se movían hacia delante, siguiendo sus pasos, se detuvo—. Eh, atrás.

Heat y los Roach pararon, pero no retrocedieron.

—No me da miedo usar esto —les advirtió Paxton.

—Nadie ha dicho que se lo dé —dijo ella con voz tranquila pero autoritaria—, aunque no quiere hacerlo.

Paxton separó ligeramente el arma para sujetarla mejor, y Rook se deslizó hacia atrás sólo para conseguir que le dieran un nuevo empujón.

—No sea estúpido. —Noah volvió a apretar fuertemente el cañón contra el hueso blando situado tras la oreja del periodista—. Sólo hace falta uno. ¿Tiene idea de lo que esto puede hacerle?

Rook asintió tanto como se atrevió.

—Huevos revueltos.

—¿Qué?

—Como un martillo golpeando un plato de… no importa, prefiero no hablar de ello.

Paxton tiró de nuevo de su camiseta y continuaron retrocediendo hacia el ascensor. Y de nuevo los detectives avanzaron con ellos. A medida que se aproximaban al ascensor, Nikki miró el panel situado sobre la puerta. Indicaba que el ascensor estaba esperando allí, en el sexto.

Heat habló con una voz apenas perceptible:

—Raley.

—*Moi.*

—Haz que pierdan el ascensor.

Detrás de ella, Raley conectó su micro y dijo en voz baja:

—Vestíbulo, llamad inmediatamente al ascensor que está en el sexto.

Paxton oyó cómo el ascensor se ponía suavemente en marcha justo detrás de él.

—¿Qué demonios creen que están haciendo? —Se volvió rápidamente sobre el hombro, justo a tiempo para ver cómo el número del seis se oscurecía y se iluminaba el número cinco. No se movió lo suficiente para que Nikki tuviera un blanco perfecto, pero ella aprovechó su distracción para acercarse dos pasos más.

Él se volvió y la vio.

—Quieta ahí.

Heat se detuvo. Había reducido la distancia entre ellos y estaba sólo a tres metros de él. Aún no lo suficientemente cerca, pero sí más cerca. No podía ver la cara de Paxton, sólo su ojo de aspecto salvaje que miraba a hurtadillas por el hueco que había entre el cañón de la pistola y la cabeza de Rook. Su voz era cada vez más colérica.

—Me han acorralado.

—No se va a ir. Ya se lo dije —afirmó ella, intentando mantener la calma de su voz para contrarrestar su furia.

—Voy a disparar.

—Es el momento de bajar la pistola, Noah.

—Su sangre la salpicará.

Rook la miró a los ojos y articuló para que le leyera los labios: «Dispara». «A él».

No tenía ángulo de tiro y se lo hizo ver con un mínimo movimiento de cabeza.

—Usted lo ha jodido todo, detective, ¿sabe? Ojalá Pochenko hubiera acabado con usted.

Nikki abrió los ojos de par en par y se le puso un nudo en la garganta.

—¿Fue usted? —preguntó Rook.

—Déjalo, Rook —lo interrumpió Nikki, luchando para dejarlo pasar ella también. Detrás de ella oyó jurar a Raley y a Ochoa.

—¿Usted envió a ese animal a su apartamento? —Al periodista se le hincharon las aletas de la nariz—. ¿Lo envió a su casa? —Su pecho se expandía con cada respiración como si su indignación fuera acalorándolo—. Hijo de… puta. —Se dio la vuelta y separó su cuerpo de la pistola mientras se lanzaba. Un fuerte disparo resonó en el vestíbulo mientras Rook caía al suelo cuan largo era.

Paxton se vino abajo sobre una rodilla a su lado, gimiendo, con la sangre que le brotaba de un hombro cayendo sobre el periodista. El arma estaba a su lado, sobre la alfombra, y Noah intentó cogerla.

Nikki arremetió contra él y le hizo un placaje. Puso violentamente a Paxton boca arriba y lo inmovilizó poniéndole las rodillas sobre el pecho. Él tenía la pistola en la mano, pero no tuvo tiempo para apuntarle. La detective colocó su Sig Sauer a unos centímetros de su cara. Los ojos de él revolotearon hacia la mano de la pistola, calculando.

—Adelante —lo animó la detective Heat—. De todos modos, necesito una blusa nueva.

***

La multitud que salía del trabajo se estaba amontonando en La Chaleur, la cafetería que estaba en la acera delante del Guilford, para observar la actividad policial. El sol se acababa de poner y, en la oscuridad que todo lo silenciaba, las luces intermitentes de los coches patrulla y de las ambulancias se reflejaban en sus Cosmopolitan y en las copas de dieciocho dólares de Sancerre.

Entre la cafetería y la escalera principal del edificio de apartamentos, las luces iluminaban la espalda de dos policías de paisano que estaban hablando con la detective Heat. Uno de ellos sacó su bloc de notas. Ambos le estrecharon la mano. Nikki se apoyó contra la cálida fachada de piedra del Guilford y vio al equipo de balística dirigiéndose hacia su Crown Victoria negro.

Rook se acercó y se unió a ella.

—«¿Adelante, de todos modos necesito una blusa nueva?».

—Creo que estuvo muy bien para el poco tiempo que tuve —dijo, intentando averiguar qué pensaba él—. ¿Qué? ¿Demasiado cursi?

—Captó la atención de Noah. —Siguió la mirada de ella hasta la pareja que investigaba el incidente mientras se iban en coche hacia el centro de la ciudad—. Nadie te dijo que sacaras la placa y la pistola, espero.

—No, esperan que esto se resuelva bien. En realidad, les sorprendió que no lo hubiera matado.

—¿No tenías ganas de hacerlo?

Ella se lo pensó un momento.

—Está vivo —dijo. La detective dejó que ese simple hecho facilitara todos los detalles—. Si necesito patadas de venganza, pido una de Charles Bronson por Netflix. O de Jodie Foster. —Ella se volvió hacia él—. Además, yo te estaba apuntando a ti. Era a ti a quien quería matar.

—Y todavía voy y te hago una señal para eximirte de responsabilidades.

—He perdido mi oportunidad, Rook. Me arrepentiré toda la vida.

Los Roach salieron del edificio y se acercaron.

—La ambulancia se lo va a llevar ahora mismo —dijo Ochoa.

Nikki esperó hasta que bajaron la camilla de Paxton por las escaleras y se la llevaron rodando hasta el bordillo de la acera antes de irse seguida de Raley, Ochoa y Rook. Bajo la estridente luz de emergencia que descendía desde la parte de arriba de la puerta de la ambulancia, la cara de Noah tenía un color grisáceo. Ella consultó al enfermero que iba a su lado.

—¿Está bien para una pequeña charla?

—Pueden hablar uno o dos minutos, nada más —dijo el sanitario.

Heat se quedó allí de pie, amenazante.

—Sólo quería que supiera que hemos sacado algo en limpio de ese pequeño drama con rehén incluido de allá arriba. Su pistola. Es del veinticinco. El mismo calibre que mató a Pochenko. Los de balística van a investigar. Y le van a aplicar un test de parafina para buscar residuos de pólvora. ¿Qué cree que encontraremos?

—No tengo nada que decir.

—¿Cómo? ¿Nada de adelantos? Está bien, puedo esperar a los resultados. ¿Quiere que lo llame para contárselos o prefiere esperar a oírlos en su comparecencia?

—Paxton torció la cara—. Dígame, cuando vino corriendo hasta aquí para echarles el guante a esos cuadros, ¿iba a usarla también contra Kimberly Starr? ¿Por eso llevaba la pistola con usted? —Ante la ausencia de respuesta, ella se dirigió a su equipo—: Kimberly me debe una.

—Hoy es un gran día —dijo Raley.

—Probablemente le hayas salvado la vida al arrestarla —añadió Ochoa.

Noah giró la cara hacia ella.

—¿Ya la ha arrestado?

Heat asintió.

—Esta tarde, justo después de haber encontrado los cuadros en el sótano.

—Pero ¿y su llamada? La que ustedes escucharon…

—Ya estaba bajo custodia. Kimberly hizo esa llamada para mí.

—¿Por qué?

—¿Por qué iba a ser? Para que usted acudiera a mi exposición —respondió Nikki. Hizo una señal al personal de la ambulancia y se fue, de manera que la última imagen que la detective vio fue la mirada de Noah Paxton.

***

La ola de calor llegó a su fin esa noche, casi de madrugada, y no lo hizo discretamente. Un frente procedente de Canadá que descendía amenazante por el Hudson colisionó con el aire caliente y estancado de Nueva York y dio lugar a un espectáculo aéreo de luces, vientos huracanados y lluvia lateral. Los meteorólogos de la televisión se daban palmaditas en la espalda y señalaban manchas rojas y naranjas en las imágenes del radar Doppler mientras los cielos se abrían y los truenos retumbaban como cañonazos en los cañones de piedra y vidrio de Manhattan.

En el Hudson, a la altura de Tribeca, Nikki Heat redujo la velocidad para no empapar a los clientes apiñados bajo las sombrillas de fuera del Nobu que rezaban en vano para conseguir algún taxi libre que los llevara a los barrios residenciales en medio de aquel aguacero. Giró en la calle de Rook y aparcó el coche de policía en un espacio libre en una zona de carga en la manzana de su edificio.

—¿Sigues enfadada conmigo? —preguntó.

—No más de lo normal —admitió, y puso la palanca de cambios en punto muerto—. Me quedo callada siempre que resuelvo un caso. Es como si me hubieran vuelto del revés.

Rook tenía algo en la cabeza, y vaciló.

—De todos modos, gracias por dejarme acompañarte en todo esto.

—De nada.

La luz tipo Frankenstein estaba tan cerca que su resplandor les iluminó la cara al mismo tiempo que estalló el trueno. Diminutas piedras de granizo empezaron a repiquetear sobre el techo.

—Si ves a los cuatro jinetes del Apocalipsis —dijo Rook—, agáchate.

Ella esbozó una débil sonrisa que se convirtió en un bostezo.

—Lo siento.

—¿Tienes sueño?

—No, estoy cansada. Estoy demasiado agotada para dormir.

Se quedaron allí sentados escuchando la ira de la tormenta. Un coche pasó lentamente a su lado con el agua por los tapacubos.

Finalmente, él rompió el silencio.

—Oye, he estado pensando mucho, pero aún no sé cómo jugar a esto. Trabajamos juntos. Bueno, algo así. Nos hemos acostado, de eso no cabe duda. Hemos practicado sexo apasionadamente una vez, pero luego ni siquiera nos hemos cogido de la mano, ni en la relativa privacidad de un taxi. Estoy intentando imaginarme las reglas. Esto no está equilibrado, es más un tira y afloja. Durante los últimos días he llegado a la conclusión de que no te gusta mezclar el sexo ardiente y el romance con la concentración que requiere el trabajo policial. Así que me pregunto si la solución para mí es romper nuestra relación laboral. Dejar a un lado mi investigación para la revista para que podamos...

Nikki lo agarró y lo besó intensamente. Luego se apartó de él y dijo:

—¿Quieres callarte?

Antes de que él pudiera decir que sí, ella lo agarró de nuevo y volvió a pegar su boca a la de él. Él la rodeó con los brazos. Ella se desabrochó el cinturón de seguridad y se acercó a él. Sus rostros y su ropa estaban empapados en sudor. Otro *flash* de luz iluminó el coche a través de las ventanillas empañadas por el sudor de sus cuerpos.

Nikki lo besó en el cuello y luego en una oreja.

—¿De verdad quieres saber lo que pienso? —le susurró entonces.

Él no dijo nada, se limitó a asentir.

El grave estruendo del trueno finalmente los alcanzó. Cuando fue disminuyendo, Nikki se sentó, cogió las llaves y apagó el motor.

—Esto es lo que pienso. Pienso que después de todo esto, tengo energía que quemar. ¿Tienes algunas limas, sal y algo divertido y embotellado?

—Sí.

—Entonces creo que deberías invitarme a subir y ya veremos qué nos depara la noche.

—Cuidado con lo que dices.

—Espera y verás.

Salieron del coche y echaron una carrera hasta su edificio. A medio camino, Nikki lo cogió de la mano y se puso a su lado riéndose mientras corrían juntos por la acera. Se detuvieron en las escaleras de la entrada, sin aliento, y se besaron como dos amantes nocturnos empapándose bajo la refrescante lluvia.

Agradecimientos

Cuando era un joven e impresionable muchacho, hijo de padres trabajadores, tuve la buena fortuna de tropezarme con un especial de *National Geographic* sobre los logros de sir Edmund Hillary, el legendario escalador neozelandés que fue el primero en escalar las nevadas y misteriosas cumbres del monte Everest. Decir que el artículo me impresionó sería quedarse corto. Durante dos gloriosas semanas de mi décimo verano, estuve completamente decidido a convertirme en el mayor escalador de montañas del mundo (no importaba que por aquel entonces yo no hubiera visto jamás una montaña en vivo y en directo, a no ser los cañones urbanos de la ciudad de Nueva York).

En mi camino para superar a sir Edmund, recluté a mi buen amigo Rob Bowman, cuyo hermano mayor jugaba al fútbol americano en la Pop Warner. Le cogí las zapatillas de clavos al hermano de Rob y le afané un martillo al jefe de mantenimiento del edificio, creyendo que podría utilizar su extremo curvado como piolet. Estaba en mitad de la escalada de la pared de yeso cuando mi madre llegó a casa. Las traicioneras y duras laderas del Everest no pudieron con mi madre y mi distinguida carrera escaladora acabó mucho antes de llegar a la cima… o más bien al techo.

No fue hasta mucho tiempo después cuando conocí la existencia de Tenzing Norgay. Y es que aunque Edmund Hillary es comúnmente conocido como el primer hombre que conquistó el Everest, nunca habría sido capaz de llegar a la cima sin el señor Norgay. Para aquellos que no están familiarizados con esta primera escalada histórica, Tenzing Norgay era el *sherpa* de sir Edmund Hillary.

Siempre que llego a la sección de agradecimientos de un libro, pienso a menudo en Tenzing Norgay, el héroe no reconocido de la escalada de Hillary.

Al igual que sir Edmund, yo, como autor de este libro, seré el que reciba prácticamente todo el reconocimiento por cualquiera que sea el logro intrínseco de estas páginas. Sin embargo, por el camino he tenido un montón de Tenzing Norgay personales para aconsejarme, guiarme, levantarme el ánimo y cargar con mi equipaje (tanto físico como emocional). Han estado ahí para ayudarme a continuar, para inspirarme y para recordarme que no debía mirar a la imponente cumbre, sino a mis propios pies. A medida que yo iba dando un paso tras otro, ellos han ido abriéndome el camino.

La cuestión es que tengo que darle las gracias a un buen número de personas.

En el primer puesto de esa lista se encuentran mi hija Alexis, por mantenerme siempre alerta, y mi madre, Martha Rodgers, por mantenerme siempre con los pies en el suelo. Dentro de la amplia familia Castle, me gustaría dar las gracias especialmente a la adorable Jennifer Allen, siempre mi primera lectora, y a Terri E. Miller, mi cómplice de delito. Ojalá que usted, querido lector, tenga la suerte de conocer a mujeres como ellas.

Debo agradecer, a regañadientes, a Gina Cowel y al grupo de la editorial Black Pawn, cuyas amenazas de emprender acciones legales me inspiraron en principio para coger lápiz y papel. Y también a la maravillosa gente de Hyperion Books, especialmente a Will Balliett, Gretchen Youn y Elizabeth Sabo.

Me gustaría mostrar mi agradecimiento a mi agente, Sloan Harris de ICM, y recordarle que este libro es un exitazo que espero que haga que él mejore considerablemente mi contrato.

Estoy en deuda con Melissa Harling-Walendy y Liz Dickler en el desarrollo de este proyecto, además de con mis queridos amigos Nathan, Stanna, Jon, Seamus, Susan, Molly, Ruben y Tamala. Ojalá que nuestros días, duren lo que duren, continúen llenos de risas y gracia.

Y, finalmente, a mis dos más leales y devotos *sherpas,* Tom y Andrew, gracias por el viaje. Ahora que hemos llegado a la cima, en vuestra compañía me siento capaz de tocar las estrellas.

RC
Julio 2009

Este libro
se terminó de imprimir
en los talleres gráficos de
Dédalo Offset, S. L. (Pinto, Madrid)
en el mes de agosto de 2010

Suma de Letras es un sello editorial del Grupo Santillana

www.sumadeletras.com

Argentina
Avda. Leandro N. Alem, 720
C 1001 AAP Buenos Aires
Tel. (54 114) 119 50 00
Fax (54 114) 912 74 40

Bolivia
Calacoto, calle 13, 8078
La Paz
Tel. (591 2) 279 22 78
Fax (591 2) 277 10 56

Chile
Dr. Aníbal Ariztía, 1444
Providencia
Santiago de Chile
Tel. (56 2) 384 30 00
Fax (56 2) 384 30 60

Colombia
Calle 80, 10-23
Bogotá
Tel. (57 1) 635 12 00
Fax (57 1) 236 93 82

Costa Rica
La Uruca
Del Edificio de Aviación Civil 200 m al Oeste
San José de Costa Rica
Tel. (506) 22 20 42 42 y 25 20 05 05
Fax (506) 22 20 13 20

Ecuador
Avda. Eloy Alfaro, 33-3470 y Avda. 6 de
Diciembre
Quito
Tel. (593 2) 244 66 56 y 244 21 54
Fax (593 2) 244 87 91

El Salvador
Siemens, 51
Zona Industrial Santa Elena
Antiguo Cuscatlan - La Libertad
Tel. (503) 2 505 89 y 2 289 89 20
Fax (503) 2 278 60 66

España
Torrelaguna, 60
28043 Madrid
Tel. (34 91) 744 90 60
Fax (34 91) 744 92 24

Estados Unidos
2023 N.W 84th Avenue
Doral, FL 33122
Tel. (1 305) 591 95 22 y 591 22 32
Fax (1 305) 591 74 73

Guatemala
7ª Avda. 11-11
Zona 9
Guatemala C.A.
Tel. (502) 24 29 43 00
Fax (502) 24 29 43 43

Honduras
Colonia Tepeyac Contigua a Banco Cuscatlan
Boulevard Juan Pablo, frente al Templo
Adventista 7º Día, Casa 1626
Tegucigalpa
Tel. (504) 239 98 84

México
Avda. Universidad, 767
Colonia del Valle
03100 México D.F.
Tel. (52 5) 554 20 75 30
Fax (52 5) 556 01 10 67

Panamá
Vía Transísmica, Urb. Industrial Orillac,
Calle Segunda, local 9
Ciudad de Panamá
Tel. (507) 261 29 95

Paraguay
Avda. Venezuela, 276,
entre Mariscal López y España
Asunción
Tel./fax (595 21) 213 294 y 214 983

Perú
Avda. Primavera, 2160
Surco
Lima 33
Tel. (51 1) 313 40 00
Fax. (51 1) 313 40 01

Puerto Rico
Avda. Roosevelt, 1506
Guaynabo 00968
Puerto Rico
Tel. (1 787) 781 98 00
Fax (1 787) 782 61 49

República Dominicana
Juan Sánchez Ramírez, 9
Gazcue
Santo Domingo R.D.
Tel. (1809) 682 13 82 y 221 08 70
Fax (1809) 689 10 22

Uruguay
Juan Manuel Blanes, 1132
11200 Montevideo
Tel. (598 2) 402 73 42 y 402 72 71
Fax (598 2) 401 51 86

Venezuela
Avda. Rómulo Gallegos
Edificio Zulia, 1º - Sector Monte Cristo
Boleita Norte
Caracas
Tel. (58 212) 235 30 33
Fax (58 212) 239 10 51